KB161227

거문고 줄 꽂아 놓고

[옛사람의 산길]

이승수 지음

돌베개

거문고 줄 꽂아놓고
옛사람의 사귐

이승수 지음

2006년 9월 5일 초판 1쇄 발행
2018년 10월 30일 초판 7쇄 발행

펴낸이 한철희 | 펴낸곳 주식회사 돌베개 | 등록 1979년 8월 25일 제406-2003-000018호
주소 (10881) 경기도 파주시 회동길 77-20 (문발동)
전화 (031) 955-5020 | 팩스 (031) 955-5050
홈페이지 www.dolbegae.co.kr | 전자우편 book@dolbegae.co.kr

책임편집 김희동 | 편집 이경아·박숙희·윤미향·김희진·서민경
표지디자인 박정은 | 본문디자인 이은정·박정영 | 인쇄·제본 상지사 P&B

ISBN 89-7199-246-8 03810

이 도서의 국립중앙도서관 출판시도서목록(CIP)은 e-CIP 홈페이지
(http://www.nl.go.kr/cip.php)에서 이용하실 수 있습니다.(CIP제어번호: CIP2006001857)

거문고 줄 꽂아 놓고

책머리에 |

태풍과 장마전선의 영향으로 며칠째 폭우가 퍼붓고 있어 온 나라가 물난리다. 이럴 땐 아무래도 빗소리의 감미로움에 빠져들기가 조심스럽다. 이 책을 준비하는 몇 년 동안, 우정의 미덕과 환상에 젖어 있기보다 우정의 부작용과 폐해에 대해 고민하는 시간이 더 많았다. 삶과 세상에 대한 확신보다 의심이 더 많았기 때문일 것이다. 안타깝지만 나는 미덕과 폐해 사이의 불일치와 모순을 뛰어넘지 못했고, 아직도 그 사이에서 헤매고 있다.

　세 친구가 있으면 그중 하나가 소외되기 쉬운 것처럼, 강력한 우정은 소외를 낳게 마련이다. 우정은 관계 안에서만 아름다울 뿐이다. 또 그처럼 아름답게 보이는 우정도 실상은 구속과 이해타산, 상처로 얼룩진 경우가 많다. 오랜 고심 끝에 모든 인간관계의 기본은 우정이되, 그 우정에 있어 가장 중요한 것은 배려와 관용, 신뢰라고 판단했다. 이런 이유로 배타적이고 독점적인 우정, 우정은 이래야 한다고 강조하는 듯한 지나치게 선정적인 사연, 그리고 사실 여부를 확인할 수 없는 일화는 가급적 이 책에서 배제했다. 세상을 더 건강하고 아름답게 하지 못하는 한 우정은 아무런 의미가 없다.

살다 보면 사무치게 외로운 날이 있다. 가족도 날 달래주지 못하고, 책 읽기나 영화 보기조차 귀찮은 그런 날이 있다. 이런 날이면 나는 친구를 생각한다. 술이나 한잔하자고 할까? 그러나 이내 그만두고 만다. 가슴 한쪽이 텅 빈 듯한 공허감을 그냥 두기로 한다, 비어 있는 채로. 얼마간 비어 있는 채로 두면 된다. 중요한 것은 그 빈 공간을 간직하고 견디는 일이다. 삶은 그런 것이다. 그러니 좋은 친구는 그 빈 공간을 채워주는 사람이 아니다. 그 공간을 존중하고 사랑하고 끝까지 지닐 수 있도록 도와주는 사람이다. 우정의 제1 요건은 상대방을 자유롭게 해주는 것이다. 이 책에서는 그런 사람들의 이야기를 소개했다.

이 책을 쓰라고 떠맡겨 괴로움과 즐거움을 함께 선사한 김혜형 님, 오랜 난산을 기다려 무잡한 원고를 한 권의 책으로 만들어준 김희동 님과 돌베개의 여러분에게 고마운 마음을 전한다. 원고의 주인공이 되어준 여러 선배들께 삼가 이 책을 바친다. 이 글을 통해 선배들과 지금의 사람들이 교감과 대화를 나누게 되었으면 좋겠다. 여력이 닿는 대로 조선 후기의 아름다운 우정 이야기들을 다시 한 권의 책으로 묶어볼 요량이다. 공덕원만!

2006년 여름
관산재에서 필자 삼가 쓰다.

차례

책머리에 · 4

그대 기다려 거문고를 타리라 · 8

신륵사 뒤뜰 석종의 침묵 │ 나옹화상과 이색 · 26

두 호걸 한 지점에 서다 │ 정몽주와 정도전 · 40

떠도는 이들의 애틋한 마음 │ 김시습과 남효온 · 62

속리산과 지리산의 대화 │ 성운과 조식 · 78

도산서원에서의 이틀 밤 │ 이황과 이이 · 100

도의로 따르는데 행적을 따질 건가 │ 양사언과 휴정 · 114

국난 시의 어진 두 재상 | 이항복과 이덕형 · 132

우리 사이가 맑은 까닭은 | 허균과 매창 · 154

심양 객관의 자욱한 담배 연기 | 김상헌과 최명길 · 172

호한과 녹림객의 산중 결교結交 | 임경업·이완과 녹림객 · 192

사제가 벗이 되는 이유 | 이익과 안정복 · 210

북경에서의 한 점 인연과 긴 여운 | 나빙과 박제가 · 228

그대 기다려 거문고를 타리라

벗을 기다리는 마음

거문고 줄 꽂아놓고 홀연히 잠에 든 제
시문견폐성柴門犬吠聲에 반가운 벗 오는고야
아희야 점심도 하려니와 탁주 먼저 내어라

조선 후기 김창업金昌業의 작품으로 전해지는 시조이다. 거문고 줄을 꽂아놓았다는 것은 연주 준비가 끝났다는 의미이다. 그럼에도 잠에 든 것은 그 연주를 들어줄 사람이 없기 때문이다. 거문고 운운하는 말은 자연스럽게 지음知音의 고사를 떠올리게 한다. 마음과 능력을 알아주는 사람을 만나지 못하면 제 아무리 뛰어난 재주를 가졌어도 무용지물이다. 그래서 "선비는 자기를 알아주는 사람을 위해 죽는다"거나, "세상에 태어나 한 사람의 지기知己를 얻는다면 충분하다"는 등의 비장한 말들이 나왔다. 당나라의 한 시인은 "이 세상에 한 사람 지기 있다면, 하늘 끝에 있어도 이웃과 같네"라고 읊조렸고, 이후 많은 사람들이 이 구절을 되뇌었다.

하지만 동서고금을 통틀어 우정에 대한 수많은 헌사들은 참다운 벗을 얻기가 쉽지 않음, 즉 사람들은 누구나 고독하다는 사실을 전제로 한다. 냉소적이고 비관적인 사람에게 그 말들은 모두 발악처럼 들린다. 위 시조의 화자도 외롭다. 줄을 잘 골라놓고, 스르릉 스르렁 줄을 튕겨보고, 솔바람 소리에 맞춰 새로 얻은 곡조를 타보기도 하다가, 들어줄 사람이 없어 결국은 마른 걸레로 거문고 곳곳을 잘 닦아 벽 한구석에 세워놓는다. 그때 사립문에서 개 짖는 소리가 들렸다. (문이 사립이니 살림 형편이 신통치 않다.) 마침 거문고 연주를 들어줄 손님이 찾아온 것이다. 너무 반가워, "점심상 올릴까요?" 하고 묻기도 전에 "술상 내오너라. 점심은 조금 있다가 먹자" 하고 부엌을 향해 소리친다. 그 흥분한 표정이 눈에 선하다.

술을 마셔야 마음이 열리고, 말이 많아지고, 자리가 길어진다. 또 그래야만 자연스럽게 거문고를 꺼내 연주할 수 있고, 시문을 짓고, 세상사를 논의할 수가 있다. 한낮의 적막을 깨고 초야 선비의 집을 찾아온 손이 혹 밥만 먹고 훌쩍 가버린다면 큰 낭패다. 찾는 이 없는 소박한 집의 낮은 적막하고 길다. 마치 보통 사람들의 삶처럼. 그 집은 손이 찾아오면서 아연 활기를 띤다. 마찬가지로 우리네 삶은 한 사람의 지기를 얻는 순간 생동감으로 넘치게 된다.

그런데 그 지기란 게 얻기가 쉽지 않으니 문제다. 천신만고 끝에 얻었다고 해도 오래가지 못하며, 지기라고 생각했는데 아니란 걸 확인하는 일이 다반사다. 너무 늦게 나타날 때도 있고, 너무 멀리 떨어져 있는 경우도 있다. 생사生死로 갈리고, 빈부貧富와 귀천貴賤의 차이로 어색해진다. 그래서 사마천司馬遷은 한 사람은 죽고 한 사람은 살았을 때, 한 사람은 넉넉하고 한 사람은 빈한할 때, 한 사람은 신분이 높고 한 사람은 낮을 때 사귀는 정(交情)을 알 수 있다고 했다. 성호星湖 이익李瀷은 「사귐을 논함」論交이라는 글에서 옛날 월越나라 민요를 소개한 바 있다.

자네는 수레 타고 내가 삿갓 썼거든   君乘車我戴笠
수레에서 내려와 인사를 해주시게   他日相逢下車揖
그대가 우산 메고 내가 말을 탔거든   君擔簦我跨馬
기꺼이 자네 위해 말에서 내리겠네   他日相逢爲君下

고급 자동차를 타고 고향에 가는 길에 경운기를 몰고 가는 친구를 만나면 차에서 내려 흙 묻은 손을 만지며 인사하겠다는 이 설정은 소박하고 간명해서 좋다. 우정이란 이런 게 아닐까? 하지만 이런 우정이 쉽지 않다는 사실을 세상맛을 조금이라도 본 사람은 다 안다. 그래서 많은 사람들에게 우정이란 저 강 건너에 있는 것, 조금씩 어긋나는 것, 아름답지만 깨지기 쉬워 조심스러운 것, 그리고 때로는 상처투성이의 그 무엇이다. 나이가 들면서, 그리고 죽음이 가까워지면서 사람은 차츰 혼자 남게 된다. 이렇게 철저하게 혼자, 즉 고독한 개인이 되었을 때의 벗이 진짜 벗이고, 그들의 사귐이 바로 우정이다. 이때 벗은 나를 발견하는 거울이고, 내 고독을 감싸주는 울타리이며, 내 마지막 자존심을 지켜주는 보루이다.

우정의 슬픈 그림자

그러한 벗이 멀리 떠나거나 죽기라도 하면 우리는 끝없는 슬픔에 잠긴다. 이제는 더 이상 나 자신을 비춰 볼 수 없고, 안전하게 고독을 감내할 수 없으며, 마지막 자존심을 고집할 수 없기 때문이다. 이젠 세상에서 진짜 혼자이기 때문이다. 사랑이 깊은 연인들이 '사랑'을 함부로 입에 올리지 않듯, 그런 사람들은 '의리'니 '우정'이니 하는 말 한마디로 관계를 덮으려 하지 않는다. 다만 멀어져갈 때 충격에 사로잡히고, 떠나간 빈자리를 보며 허무에 빠질 뿐이다. 이때 사람들은 참지 못하고 탄식을 내뱉는다. 많은 우정 이야기에 슬픔이 배어 있는 이유이다.

이승이 저승보다 낫다고 말들 하나	人說人間勝地下
내 생각엔 저승이 이승보다 낫다네	我言地下勝人間
좌우로 율곡 군망 두 사람 손을 잡고	左携栗谷右君望
솔바람 한밤중에 벽산에 누웠으니	半夜松風臥碧山

송강松江 정철鄭澈이 지은 「만우」挽友로, 죽은 벗을 애도하는 작품이다. 개똥밭에 굴러도 이승이 좋다지만, 저승이 이승보다 좋은 이유는 벗들이 거기에 있기 때문이다. 여기서 벗들이란 1584년과 1585년에 잇달아 세상을 떠난 이이李珥와 신응시辛應時(자字가 군망)를 말한다. 벗들이 다 떠나간 이승은 이제 외롭고, 차라리 그들이 누워 있는 한밤중의 청산 속이 더 따스하다. 벗들이 다 죽은 뒤에 정철은 비로소 우정을 말한다.

하지만 세력과 이익에 따라 구름처럼 이합집산 하는 세상에 살면서 그러한 우정을 찾는 것은 쉬운 일이 아니다. 유몽인柳夢寅과 이정구李廷龜는 같은 시대에 살았다. 나이도 비슷하고 성균관에서 함께 공부하기도 했다. 학문이나 문장도 수준이 맞았으며, 출세 속도 역시 엇비슷했다. 하지만 결정적으로 당색이 달랐다. 젊어서부터 가까이 지내온 두 사람의 관계는 당색 때문에 갈수록 어색해졌다. 이를 견디다 못한 유몽인이 글을 한 편 써 보냈다. 마침 이정구가 북경에 사신으로 가기 전이어서 전송하는 글로 형식을 잡았다. 아래는 글 전문이다.

성징聖徵(이정구의 자字)이여, 성인은 붕우를 오륜의 하나로 두었으니 그 의리가 무겁지 않은가! 세상에서 가장 중대한 것은 죽고 사는 일인데, 어떤 사람은 벗을 위해 몸을 허락하니 그 나머지야 말해 무엇 하겠는가? 요즘 세상에도 벗의 의리를 중시하는가, 나는 잘 모르겠네.

벗을 사귀는 길은 또 어찌 이렇게 여러 갈래인가? 조정 관리의 논의대로 이리저리 끌려 다니면 붕우의 도를 끝까지 지킬 수 있겠는 가? 벗 사귐의 도는 하나인데, 무엇 때문에 둘이 되는가? 둘이 되어 도 불행한데 무엇으로 말미암아 넷이 되고 다섯이 되는가? 하나였다가 너덧이 되는 것은 줄을 세워 사사로운 집단을 만들기 때문이니, 처음의 큰 원칙을 지킬 수 있겠는가? 처음의 큰 원칙을 지키는 사람은 결국 혼자가 되어 나머지 너덧 사람과 적이 되고 마니 어찌 외롭지 않을 수 있겠는가? 한쪽의 세력이 일어나면 다른 한쪽의 세력이 시드는데, 자기네가 내세운 원칙만을 고수하여 행동의 기준으로 삼으며 그것을 절의라고 하네. 이 절의라는 것이 과연 각각의 독립적인 인물들에게도 보편적으로 적용될 수 있는 것인가? 누른 것은 누르기만 하고 푸른 것은 푸르기만 한데, 과연 그 누르고 푸른 것을 본성이라 할 수 있는가? 갑에게 물으면 갑이 옳고 을은 그르다 하고, 을에게 물으면 을이 옳고 갑은 그르다 하니, 양쪽의 말이 모두 옳은 것인가 그른 것인가? 갑과 을이 서로를 인정할 수는 없는 것인가?

나는 혼자일세. 요즘의 선비들 중 나만큼 독립적인 사람이 있는 가? 혼자 세상을 횡행하니, 어느 한쪽의 사람들만을 사귈 필요가 있겠는가? 한쪽에 치우치지 않으니, 나머지 너덧도 모두 내 벗이라네. 나의 사귐이 또한 넓지 않은가? 당쟁의 한기가 얼음을 꽁꽁 얼려도 나는 떨지 않고, 열기가 땅을 태워도 나는 불타지 않네. 속한 집단에 따라 옳고 그름을 가리지 않고 오직 마음을 따를 뿐이니,

내 마음이 돌아가는 바는 큰 원칙을 지키는 한 사람뿐이라네. 그러니 거취와 진퇴가 어찌 넉넉하고 느긋하지 않을 수 있겠는가?

성정은 젊은 시절의 벗이라. 성균관에서 수학하면서 처음 가까워졌고, 조정에 나아가 더 도타워졌으며, 재상의 반열에 올라서는 더욱 친밀해졌네. 그 뜻이 나와 같았던 것인가! 인심은 날로 얄팍해지고 세도 또한 속절없이 변하니, 평지에 풍파가 한번 일면 형제간에도 끝까지 우애를 지키기 힘든 판이네. 그래도 우리가 서로 아끼는 것은 늙도록 처음과 같네. 무얼 그렇게 사랑하기에 어느 한쪽에 사적으로 치우치지도 않고 처음의 한 사람을 저버리지 않은 것인가? 한 가지를 말할 수 있네. 간과 폐는 사람 몸속에 함께 있지만 성질이 같지 않고, 눈과 귀는 얼굴에 함께 있지만 기능이 같지 않네. 우리나라의 고기와 진秦 땅의 고기 맛이 같고, 새의 깃과 눈송이의 흰빛이 같네. 억지로 다른 것을 같게 하려면 같아지지 않지만, 같은 점을 중심으로 보면 절로 같아져서 원래부터 같은 것 같네. 그러니 벗을 위해 한 몸을 바치지 않을 수 있겠는가? 어찌 부자·형제간의 의리와 같지 않겠는가? 혹 그게 아니고, 자기가 속한 집단만을 우선으로 하여 독립적인 한 사람을 뒤로 물린다면 나는 앞으로 혼자인 그대로 살면서 근심하지 않으려네. 자네가 북경에 가는데 마땅히 전별할 게 없어 이 글을 주려는데 괜찮겠는가?

당파가 사분오열하던 시대이다. 개인적으로 두 사람은 오랜 교분이 있었지만, 정치 계보는 그런 개인적인 사귐을 허용하지 않았다. 벗 사귐의 폭은 당파 안으로 제한되었다. 혹 유몽인 같은 사람이 나서, 당파에 얽매이지 않고 기질과 취향과 뜻이 맞는 사람이면 모두 벗으로 사귀겠다고 했다. 하지만 그런다고 해서 당파 간의 벽이 낮아지는 것은 아니었다. 오히려 모든 당파로부터 비난을 받고 따돌림을 당하다가 외톨이가 되었다. '프리'와 '독립'을 선언했다가 졸지에 기회주의자로 몰리거나 공공의 적이 되어 비난의 세례를 받는 것은 오늘날도 매한가지이다. 유몽인은 이를 무릅쓰고 자신이 어디에도 매이지 않은 독립된 개인임을 내세워 관계의 재정립을 시도했다. 이를 위해 차이를 인정하고 같은 점에 초점을 맞추는 구동존이求同存異의 태도를 내세웠다.

간과 폐, 눈과 귀는 생김새와 기능이 제각각 다르지만, 이들 모두는 몸의 일부로서 생명을 지속시키고 사물을 지각할 수 있게 한다는 점에서는 똑같다. 이들이 모든 기능을 독점하려고 싸우면 생명이 지속될 수 없듯이, 선비들이 당파에 얽매여 벗을 사귀고 일을 처리한다면 사회가 무너질 수밖에 없음을 말한 것이다. 유몽인이 천지간의 독립된 인물임을 자처하며 이정구를 설득하는 이 글은 이 책의 논지와도 빈틈없이 부합된다. 유몽인은 왜 먼 길을 떠나는 사람에게 격려와 당부의 말 대신에 이런 생뚱맞은 이야기를 꺼냈을까? 아마 답답한 세태를 참다못해, 이정구는 그래도 자기 생각을 이해해줄 것이라고 여기고 말머리를 꺼냈을 것이다. 나는 그런 유몽인의 마음을 잘 안다. 하지만 과연 유몽인의 생각이 온전하게 이정구에게 받아들여졌을지는 솔직히 의문이다.

그래서 유몽인의 목소리가 서글프게 느껴진다.

백동수白東脩라는 사람이 있었다. 의협심이 대단한 무인으로, 1790년 『무예도보통지』의 편찬에도 참여했다. 하지만 서얼이라 세상에 크게 쓰이지 못했다. 결국 그는 강원도 인제 산골로 낙향하기로 했고, 같은 서얼로 의기가 맞았던 박제가朴齊家가 전송하는 글을 지어주었다. 동학들과 함께 이 글을 읽을 때, 나는 한 줄에 한 번씩 천장을 쳐다보았다. 어떤 문장에서는 내 처지나 경험이 떠올랐고, 다른 문장에서는 백동수와 박제가의 표정이 그려졌으며, 또 어떤 문장에서는 고금이 다르지 않은 세태 풍속을 생각했다. 간혹 눈시울이 뜨거워졌다.

글은 가난한 날 맺은 우정의 소중함을 말하면서 시작된다. 그리고 벗의 유형을, 말하고 싶어도 말할 수 없는 사람과 말하지 않으려 하다가도 저절로 말하게 되는 사람으로 나누었다. 사람이 누구나 가장 아끼는 것은 재물이고, 남에게 가장 꺼내기 어려운 것은 돈 빌려달라는 말이다. 가난한 사정을 감추고 사는 사람은 집 밖에 나가 억지로 웃고 떠들며 이야기를 나누지만, 정작 먹고사는 문제에 대해서는 눈치만 보다가 입을 다물고 만다. 어렵사리 용기를 내서 운을 떼면, 상대방은 벌써부터 눈썹 사이에 싫은 기색을 띠고 돈이 없다고 선수를 친다. 이런 사람이 바로 말하고 싶어도 말할 수 없는 사람이다. 그래서 가난한 사정을 터놓고 이야기할 만한 벗을 쉽게 얻을 수 없다고 하는 것이다. 글은 이렇게 이어진다.

가난한 날에 사귄 벗이 가장 좋은 벗이라고 합니다. 자질구레하고 시시콜콜한 관계라서 그런 것인가요? 요행으로 얻은 관계라서 그렇게 말하는 것인가요? 처한 사정이 같다 보니 직업이나 지위를 따져볼 필요가 없고, 걱정거리가 같다 보니 어렵고 힘든 상황을 잘 알기에 말하는 것일 뿐입니다. 손을 꽉 잡고 괴로움을 위로해줄 땐 반드시 밥을 잘 챙겨 먹는지, 추위에 고생하지는 않는지를 먼저 묻고 나서 가족들의 사정을 묻습니다. 그러면 말하지 않으려 했다가도 자기도 모르게 술술 털어놓게 되니, 친구의 처지를 진심으로 슬퍼해주는 마음에 감격했기 때문입니다. 예전엔 그토록 남에게 꺼내기 힘들었던 사정도 줄줄 입에서 거침없이 쏟아져 나와 말문을 막을 수가 없습니다.

이것이 바로 말하지 않으려 했으나 자신도 모르게 말하게 되는 사이이다. 살아가며 수많은 사람들을 만나지만 모두 바람처럼 스쳐가는 존재들 아닌가? 적당히 웃고, 적당히 예를 갖추고, 때론 적당히 장단도 맞추는, 그래서 상처를 입거나 피해를 보지만 않으면 그만인 사이. 그에게 어떤 상처가 있고, 그가 무엇을 두려워하고, 무엇을 사랑하고 무엇을 꿈꾸고 있는가? 가난하거나 곤궁할 때 사귄 벗이 아니라면 이런 것들을 어찌 알겠으며, 이런 것들을 모르고 어찌 그를 안다고 할 수 있을까? 삶에 숨겨진 상처와 불안과 곤궁을 보듬어주지 못하고, 고독과 자유와 소망을 지켜주지 못한다면 그를 어찌 벗이라 할 수 있을까?

백동수가 가족을 이끌고 가는 인제 땅 기린골은 거칠고 외진 곳이었다. 화전민들만 있고 사대부는 살지 않았다. 낮에는 손가락 끝이 무지러진 나무꾼과 쑥대머리 광부들만이 모닥불 주위에 둘러앉아 있고, 밤이면 갈 곳 없는 산새들과 슬픈 짐승들이 울부짖는 소리만이 메아리쳤다. 살다 보면 남몰래 구슬피 눈물을 흘리며 서울을 그리워할 곳이었다. 하지만 서울 물 먹은 지식인이 살기 힘든 곳임에도 불구하고 박제가는 떠나라며 힘주어 등을 두드려주었다.

아아! 영숙永叔(백동수의 자)은 또 기린 산골에서 무엇을 할까요. 한 해가 저물어 싸라기눈이 흩뿌리면 산이 깊어 여우와 토끼는 살져 있으리니, 말을 달리며 활을 당겨 한 발에 그것들을 잡고 안장에 걸터앉아 웃는다면, 세상에서 아웅다웅하던 뜻이 통쾌히 풀리고 적막하고 궁핍하던 처지를 잊기에 충분할 것입니다. 어찌 꼭 거취의 갈림길에 연연하며 이별의 즈음을 근심하겠습니까? 또 어찌 반드시 서울 안에서 먹다 남긴 밥을 찾아다니다 다른 사람의 싸늘한 눈초리나 만나고, 하고 싶은 말이 있어도 말하지 못하는 처지로 살아가겠습니까? 영숙이여, 떠나십시오! 나는 지난날 곤궁 속에서 벗의 도리를 얻었습니다.

벗을 아낀다면 말리는 게 상식이지만, 박제가는 주저 말고 떠나가라고 백동수의 등을 떠밀었다. 백동수의 능력과 절망을 깊이 알았기 때문이고, 그의 의기와 고독을 지켜주고 싶었기 때문이며, 자신도 거기서 세상을 떠나는 용기를 얻고 싶었기 때문이다. 구구한 생활을 안타까이 지켜보기보다는 호쾌하게 사는 그의 모습을 상상하고 싶었기 때문이다. 부조리하고 모순에 가득 찬 세상을 그 자신이 견딜 수 없었기 때문이다.

추사秋史 김정희金正喜가 59세 때인 1844년 유배지 제주도에서 그린 〈세한도〉歲寒圖에 얽힌 사연에도 비슷한 서글픔이 묻어 있다. 잘 나가던 사람이 권력의 미움을 받아 졸지에 벽지로 쫓겨나자 문득 인심이 싸늘해졌다. 정승 집 개가 죽으면 문상객들이 진을 쳐도, 정승이 죽으면 문에 거미줄을 친다고 하지 않던가! 하지만 그의 제자 이상적李尙迪은 달랐다. 이상적은 유배지의 김정희에게 자주 안부를 물었고, 1843년과 1844년에는 청나라에서 구한 귀한 서적을 보내주었다. 학자에게 책은 생명과도 같은데 국내에서 구할 수 없는 것을 어렵사리 구해 보내주었던 것이다. 김정희는 여기에 감읍해 〈세한도〉를 그리고 그림 한구석에 글을 써서 답례하였다. 공자는 싸늘한 세태에 분격하여 "날씨가 추워진 뒤에야 송백松柏이 늦게 시듦을 알 수 있다"고 했고, 김정희는 유배객을 생각해준 제자에게 감동하여 〈세한도〉를 그렸으니, 감동적인 우정에는 언제나 이렇게 쓸쓸하고 서글픈 감정이 묻어 있는 것인가?

하지만 이 책에서 이런 슬픈 이야기들을 하고 싶지는 않다. 실체가 없는 참다운 우정의 회복을 부르짖고 싶은 마음도 없다. 옛날에는 참다운 우정이 있었는데 지금은 없다는 둥, 세상이 황폐해져 우도友道를 찾기가 어렵다는 둥, 옛일을 낭만적으로 떠올리며 내가 사는 이 시대를 개탄할 생각은 더더욱 없다. 완벽하고 영원한 우정의 모델을 제시해, 변변한 친구 하나 없는 대다수 사람들을 압박할 마음도 없다. 나는 다만 내 삶을 성찰하고 싶었다. 자랑스럽게 내세울 벗 하나 없는 내 삶을 위로하고 싶었다. 누구에게도 따스한 벗이 되어주지 못하는 내가 우정을 이야기하는 이 불일치와 아이러니에 삶의 진실이 있다.

최근 한국 영화의 가장 보편적인 코드는 '조폭'이라고 한다. 때로 그러한 현상을 우려하는 목소리가 있기는 하지만, 심정적으로는 대부분 그 코드에 공감한다. 패거리 문화에 익숙하기 때문이다. 이른바 잘나가는 사람들은 학연과 권세와 이익으로 결속하고 연대한다. 여기에 '형님/아우' 하는 가족 윤리가 끼어들면 난공불락의 성이 된다. 그들은 너무 순수해서 자폐적이기까지 하다. 이 자폐적 순수성은 그 밖의 세상에 대해서는 극단적인 배타성을 나타낸다. 한편 번듯한 학벌과 권력 등 간판을 갖추지는 못했지만 자존심과 주먹은 있어 그들 패거리에 의해 일방적으로 휘둘리고 싶지 않은 사람들도 자기들끼리 결속하고 연대한다. 이른바 '조폭'이 바로 그들이다. 이들 사이에도 '형님/아우' 하는 가족 윤리가 개입된다. 상층의 패거리가 배타적으로 권력을 독점하고 재생산할수록, 하층의 패거리는 거기에 비례해서 어둠의 권력을 장악하려 한다. 둘은 공생 관계에 있는 유사 집단인데, 굳이 선후를 따지자면 후자는 전자의 그늘에서 자라난 버섯과 같다.

여기도 저기도 끼지 못한 사람들은 불안에 시달린다. 그러다가 종교 사원에 모이고, 동창회에 모이고, 친목회에 모이고, 향우회에 모인다. 이 사회에서는 어딘가에 속하지 않으면 불안하다. 그렇다면 어딘가에 속한 사람들의 마음은 편안한가? 그들도 불안하다. 그래서 늘 일체성과 연대감을 확인하고, 규칙과 의리에 집착한다. 자신의 판단보다는 관습을 더 믿게 되고, 자기 내면의 목소리에 귀를 기울여야 할 때 소문에 온 신경을 곤두세운다. 필요하고 원해서 결속하는 것이 아니라, 사회 분위기가 그러하니 뒤처지거나 손해 보지 않기 위해서 모일 뿐이다. 그러니 이 사회엔 손님밖에 없고, 피해자 아닌 사람이 없다. 패거리 문화의 병폐이다.

이런 사회에서 성패의 관건은 인간관계와 소속 집단의 세력이다. 두 가지는 붙어 다닐 때가 많다. 우리들은 좋은 친구를 사귀고 힘 있는 집단에 들어가야 생존할 수 있다는 강박증에 걸려 있다. 능력 있는 친구들 속에 있고, 세력 있는 집단에만 속해 있으면 만사가 형통이기 때문이다. 우리 사회의 구성원들은 특권 집단에 속하기 위해 필사적으로 경쟁한다. 소속 집단이 성패의 절대 관건이 되는 사회에서는 개인의 진실·능력·소망 등은 구석에 버려질 수밖에 없고, 궁극에는 소모적인 경쟁과 오만, 냉소만이 만연하게 될 것이다. 그렇다고 좋은 조건을 얻으려는 사람들의 노력을 폄하할 생각은 추호도 없다. 다만 집단이 모든 걸 좌우하는 분위기 속에서 개인이 사라져가는 것이 안타까울 뿐이다. 사람들은 숙명으로 주어진 고독, 즉 혼자 감당해야 하는 책임과 사유를 우정과 의리와 집단에 떠넘기려 한다.

우정이 지나치게 강조되는 사회는 아름답지 않다. 나는 이 글을 통해 우정과 친구라는 이름의 강박증에서 자유로워지고 싶었다. 그래서 이야기를 엮으며 세 가지 원칙을 지켰다. 첫째, 가급 신분과 직업, 성별과 국적 등 외적인 조건의 차이에 바탕을 둔 관계를 선택했다. 여러 가지 조건이 같아서 친하게 지내는 건 대수로울 게 없기 때문이다. 둘째, 우정의 조건으로 영속적인 연대감이나 결속보다는 순간의 신뢰와 합일을 중시했다. 셋째, 서로의 사유와 삶을 구속하지 않고 자유롭게 해주려는 정신을 기준으로 삼았다. 이 세 가지를 아우르면, 우정이란 성숙한 인격을 지닌 자유로운 영혼들의 대화 또는 만남이라고 할 수 있다. 그리고 이것이 바로 이 책을 일관하는 주제가 된다. 성숙한 인격은 고독을 감내하는 데서 빚어지는 것이다. 가장 바람직한 우정은 천지간에 홀로 설 수 있는 사람들 사이에 성립하는 것이 아닐까?

우정에 대해서는 개인과 사회의 두 차원에서 접근할 수 있다. 인간은 누구나 불완전하고 삶은 늘 흔들리기에 우리는 우정을 통해 삶의 균열을 메우고 불안에서 벗어나고자 한다. 이것은 인간의 숙명이자 본질이니 개인의 문제로 접근하면 된다. 반면 역사적 맥락 속에서 우정이 특별히 강조되는 시대가 있다. 가령 17세기 이후 조선 사회에서는 우도友道에 관한 담론이 형성되어 18세기에 정점에 이른다. 이러한 현상을 이해하기 위해서는 인간의 진실을 지나치게 억압하고 파괴하는 이념과 제도, 급격하게 이익사회로 전환되던 세태, 이러한 이념·세태와 인간 사이의 모순과 괴리에 대한 깊은 통찰, 수평적 인간관계를 중시했던 양명학陽明學의 영향 등 여러 가지 요건을 입체적으로 고려해야 한다. 이 책에서 후자는 다루지 않았다. 이 시기의 여러 우정을 제대로 그리기 위해서는 역사·사회적인 차원의 많은 요건들을 먼저 설명해야 하기 때문이다. 조선 후기의 우정론에 대해서는 조금 더 신중한 접근이 이루어져야 할 것이다.

연암燕巖 박지원朴趾源은 젊은 시절, 여러 사람들의 이야기를 지으면서 그 의의를 아래처럼 말한 바 있다.

인의예지신仁義禮智信이라 하니 우도友道를 지탱하는 믿음〔信〕이 오륜의 끝에 놓여 있는 것은 가치가 낮아서가 아니다. 이는 화수금목토火水金木土 오행五行 중 토土가 일정한 위치나 성질 없이 나머지 네 가지에 두루 작용하는 것과 같은 이치이다. 부모와 자식 사이엔 친애함이 있고(父子有親), 임금과 신하 사이엔 의리가 있고(君臣有義), 지아비와 지어미 사이엔 분별이 있으며(夫婦有別), 어른과 아이 사이엔 질서가 있다(長幼有序)고 한다. 그런데 이 네 가지 관계에 있어 벗 사이의 덕목인 '믿음'이 전제되지 않는다면 그 덕목이 지켜질 수 있겠는가? 사람이 지켜야 하는 법도가 지켜지지 않으면 벗이 이를 바로잡는다. 오륜 중에서 믿음이 맨 뒤에 있음은 앞의 네 가지를 다스려야 하기 때문이다.

우정이란 비단 벗 사이에만 적용되는 덕목이 아니라는 것이다. 오래도록 잘 살아온 부부는 서로 친구 같다고 한다. 친구 같다는 것은 부부의 애정에 서로에 대한 신뢰가 깔려 있다는 말이다. 부모와 자식 사이, 스승과 제자 사이, 상사와 부하 사이, 선배와 후배 사이, 즉 모든 인간관계에 있어 가장 기본적인 덕목은 신뢰인 셈이다. 세상 모든 존재는 다르다. 우정은 이처럼 다른 존재들을 집단 속에 가두거나 하나로 묶는 것이 아니라, 차이를 인정하면서 서로를 신뢰하는 데서 생겨나는 것이다. 우정의 첫째 조건은 일치나 연대가 아니라 바로 신뢰이고, 이 신뢰는 성숙한 인격에서 나온다.

이 책에서는 두 사람씩 짝을 지어, 스물네 명의 열두 우정 이야기를 다루었다. 이들은 나이, 신분, 성, 이상, 이념, 국적 등 삶의 조건이 달랐다. 그래도 서로를 깊이 이해하고 신뢰했으며 자유롭게 했다. 모두 성숙한 인격을 갖춘 자유로운 영혼들이었기 때문이다. 여러 가지 자료를 찾아보고 그 사람됨을 상상하며 인터뷰를 하러 가는 사람처럼, 이들의 사귐을 살피고 준비하는 동안 일상의 무료함에서 벗어날 수 있었다. 이들과 만나본 뒤 이런 결론을 얻었다. 살면서 가장 중요한 것은 고독과 친해지는 일, 어디에도 기대지 않고 홀로 판단하고 서고 책임지는 능력, 그리고 그 바탕 위에서 관대하고 따스하게 세상을 바라보는 안목을 지니는 일이다. 이런 사람들이 많다면 자연 이질적인 존재들 사이에 신뢰가 쌓일 것이다. 친구와 우정의 이름으로 치장된 패거리 문화가 판치는 세상이 아니라, 관용과 신의가 편만한 세상이 아름답다.

신륵사 뒤뜰
석종의 침묵

나옹화상과 이색

나옹화상(懶翁和尙, 1320~1376)   법명은 혜근慧勤. 나옹은 호이다. 20세 때 친구의 죽음을 보고 생사에 대한 번뇌가 깊어져 출가했다. 1348년 원나라 북경에 갔다. 견문을 넓히기 위해 중국 각지를 편력했으며, 특히 평산平山 처림處林과 천암千巖 원장元長에게서 달마達磨로부터 내려오는 중국 선禪의 영향을 받았다. 최초의 가사 「서왕가」의 작자로도 알려져 있다. 1376년 여주 신륵사에서 입적했다.

이색(李穡, 1328~1396)   본관은 한산, 호는 목은牧隱, 시호는 문정文靖. 이제현의 제자이자, 이곡의 아들이다. 1354년 서장관으로 원나라에 가서 회시會試에 장원, 전시殿試에 차석으로 급제했다. 조선 개국 후 태조가 한산백韓山伯에 책봉했으나 사양하였다. 정몽주, 길재와 더불어 고려 말 삼은三隱의 한 사람으로 꼽힌다.

실상일까, 나의 믿음일까?

사람들에게는 실상과는 상관없이 자기 믿음의 관성에 이끌려 사물을 인식하려는 이상한 경향이 있다. 그런 것이 아니라는 사실이 입증되어도, 옆에서 누누이 잘못을 지적해주어도, 심지어 그 믿음 때문에 불이익을 당한 경험이 있어도 완강하게 처음의 믿음을 고집하는 경우 말이다. 이는 아마도 마음속에서 미적 욕망이나 윤리적 신념이 워낙 강하게 작용하기 때문일 것이다. 아니면 처음 그렇게 인지할 때의 심리 상태가 지극히 불안정해 인지 내용이 깊이 각인되어버렸거나, 자기도 알아채지 못하는 어떤 외적 조건이 정서에 작용했을지도 모르는 일이다.

　나옹화상懶翁和尙(1320~1376)과 목은牧隱 이색李穡(1328~1396), 고려 말을 장식했던 고승高僧과 대유大儒의 관계가 내게는 자꾸 천년불변의 아름다운 우정으로 다가온다. 황혼의 고운 노을빛이나 늦가을의 서러운 단풍 색에 하염없이 마음이 끌리듯, 멸망하는 고려의 마지막을 아름답게 보려는 본능 때문인가? 유자儒者의 몸가짐에 탈속한 선승禪僧의 마음을 동시에 지향하는, 그래서 불자와 유자의 만남을 아름답게 보려는 나의 관성 때문인가? 우정을 내세우며 작당해 온갖 못된 짓을 저지르는, 또는 반대로 비열하고 부조리한 면모를 우정으로 포장하는 세상 사람들에 대한 실망이 큰 탓인가?

　어쨌든 좋다. 지금 밖에는 꽃가루가 날리고, 5월인데도 날씨는 한여름인 양 몽롱하다. 저 몽롱함 속에 모든 것이 한데 버무려져 있어 도

무지 어제와 오늘, 산과 하늘, 그리고 현실과 환상을 가려낼 수 없다. 모든 것은 순식간에 지나가고 마는 헛것, 즉 환幻이다. 약속이나 다짐이 굳을수록, 서로 나눈 말과 문자가 많을수록, 사이가 아름답게 수식될수록 허무감은 증폭한다. 모든 것이 불안정하게 부유하고 안화眼花처럼 나타났다 사라질 때, 우리를 위안하는 것은 만나지 않고(無面) 말하지 않은(不言) 관계의 편안함이다. 낳지 않으면 사라짐도 없고(不生不滅), 더하지 않으면 줄어들 것도 없다(不增不減).

나옹과 목은은 그런 우정을 자랑한다. 두 사람은 만나지 않았으면서도 영원히 함께 있고, 한마디 말조차 나누지 않았으니 서로 간에 어긋남도 전혀 없다. 그리고 곰곰이 생각해보니, 나는 신륵사에서 만난 두 사람을 새겨서 기억하고 있다.

여주, 신륵사, 남한강

신륵사를 간다. 옛날처럼 맞은편에서 배를 타고 가야만 물결의 질감과 율감을 입체적으로 느끼고 봉미산 자락 절집 품으로 안겨드는 풍미를 맛볼 수 있는데, 다리가 놓인 이후에는 편리함을 얻은 대신 옛 운치는 다시 얻기 어렵게 되었다. 못내 아쉽긴 하지만, 가능한 한 느긋한 마음으로 느리게 걸음으로써 잃어버린 것을 보상받으려 한다. 조잡한 기념품을 판매하는 가게들, 여관과 모텔들, 방생용 자라를 파는 포장마차들을 스치듯 지나간다. 썰렁하게 크기만 한 일주문도 무심히 지나친다. 앞만 보고 걸으면 유명한 벽돌 탑(전탑)이 나오고, 탑을 끼고 오른쪽으로 내려가면 강월헌江月軒이 있다. 강월헌은 나옹의 또 다른 호이다. 그 아래로 남한강이 흐른다.

강물을 굽어본다. 목은은 배 위에서 이성계李成桂가 보낸 독약 탄술을 마시고 죽었다고 한다. 그 역사적 진위를 떠나, 남한강 물결 위에서 술을 마시다 죽었다면 그 또한 운치 있는 일이다. 충주와 서울을 오가던 상선과 뗏목들, 그리고 거기에 삶을 의지하던 이들의 고달픈 얼굴도 눈에 들어온다. 한밤중 누각에 앉아 강물에 어린 달빛에 취해 있는 나옹의 모습도 그려본다. 분명 나옹은 자연스레 강물에 비친 달을 보았지, 힘들게 머리를 들어 하늘의 달을 보지는 않았을 것이다. 달을 보며 그가 떠올린 것 또한 부처의 모습이나 '월인천강' 月印千江의 법리가 아니라, 스무 살 때 죽은 친구의 얼굴, 속세에 두고 온 어머님의 표정이었을 것이다. 설산에서 고행하던 석가가 마귀들의 유혹을 항마촉지인降魔觸指印으로 제압하고 있을 때 감은 두 눈에 들어왔던 것도 비슷한 형상들이었으리. 정情이 깊은 사람만이 통달할 수 있다. 그 누구인들 정 안에서나 밖에서나 자유로울 수 있을까?

맞은편 언덕 위에 영월루가 솟아 있고, 그 아래에서 온몸으로 물결을 맞고 보내는 것은 마암馬巖이다. 신륵神勒과 마암馬巖은 짝으로 얽힌 이름이다. 옛날 이 바위에서 검은 용마(驪馬)가 나와 날뛰어 아무도 어쩌지를 못했는데, 절의 신승이 굴레(勒)를 씌워 제어했다고 한다. 그 신승이 나옹이라고도 하고, 혹은 신승이 짠 굴레를 남이 장군이 와서 용마에 씌웠다고도 하나, 그건 모두 뒤에 붙여진 이야기에 지나지 않는다. 충주댐이 생기기 전 남한강은 장마 때마다 범람했다. 그래서 땅이 비옥해져 좋은 쌀이 생산되기도 했지만, 시커멓게 넘실대는 물결은 그야말로 공포의 대상이었다. 사람의 힘으로는 어쩌지 못하는 물결이 여마驪馬의 이미지를, 그리고 이를 억제하고 싶은 사람들의 염원이 신륵을 만들어냈을 것이다. 오른쪽 하류에 여주대교가 놓여 있고, 그 너머에 풍광 좋기로 유명한 청심루淸心樓가 있었으나 이젠 흔적도 찾을 수 없다.

여기서 옛 사연과 풍광을 만끽했으면 왔던 길을 거슬러 오른다. 하지만 그냥 성큼성큼 오르면 아무 맛이 없다. 옛날에는 강월헌이 있는 바위 모두를 동대東臺라고 했다. 여기서는 눈을 감은 채 아무 데나 서면 곧바로 옛사람들과 만날 수 있다. 1569년 율곡栗谷 이이李珥는 달 밝은 밤 이 바위 위에 앉아 시를 읊조린 적이 있다.

고요한 밤 물결 속엔 맑은 달 걸려 있고	夜靜江天霽月懸
풀숲에선 벌레 울고 물새는 잠들었네	蟲音在草水禽眠
시인은 가을이라 절로 느낌 많아져서	騷人自是秋多感
솔 아래 찬 바위에 시름겨워 앉아 있네	松下寒巖坐悄然

1736년에 이덕수李德壽는 또 같은 장소에서 이렇게 심회를 표출했다.

아래는 장강이요 강 위엔 달 떴으니	臺下長江江上月
나옹의 마음에다 목은의 글이로다	懶翁心法牧翁文
고승의 지난 자취 뉘에게 물어볼까	高禪往迹憑誰問
저물녘 구름 속에 백탑만 솟아 있네	白塔亭亭立暮雲

이들이 본 것 역시 강물에 어린 달빛이요, 만난 사람은 나옹과 목은이었다. 여기서 강월江月을 굽어보며 만감에 사로잡혔던 사람들이 어디 이들뿐이겠는가? 누구나 눈을 감으면 바위 위에 찍힌 보이지 않는 발자국을 볼 수 있고, 동대 위에 노을처럼 어려 있는 사연과 탄식들을 들을 수 있다.

아쉬움을 떨치고 겨우 발길을 옮기면 벽돌 탑이 앞에 나타난다. 여기도 그냥 지나지 말지니, 두 번 세 번 탑돌이를 하면서 탑을 쌓는 정성으로 작은 소망이나마 빌어보라. 마음이 한층 정갈해질 것이다.

그 다음의 행보는 각자에게 맡겨두나, 나는 보통 구룡루와 심검당 사이로 해서 극락보전을 지나 조사당을 왼 허리에 끼고 곧장 석종石鍾이 있는 곳으로 간다. 나옹의 사리를 안존한 석종이나, 그 앞에 세워진 석등이나, 비문을 새긴 비석이나 어느 것 하나 500여 년 묵은 세월의 이끼가 끼지 않은 것이 없다. 솔숲에 둘러싸여 그윽하기 그지없는 이곳은 평소 찾는 사람이 거의 없지만, 바로 여기가 나옹과 목은이 영겁토록 말없이 우정을 나누고 있는 곳이다.

석종에 감도는 사연

1374년 양주 회암사檜巖寺의 주지가 된 나옹은 이 절의 중창 사업에 공력을 들였다. 회암사는 나옹이 깨달음을 얻은 곳이다. 1376년 4월 15일 낙성식을 열었는데 전국 각지에서 수많은 인파가 몰렸다. 이것이 화근이었다. 한참 농사철인 데다, 정치·사회적으로는 내외가 모두 불안할 때였다. 나옹은 어사대의 탄핵을 받았고, 우왕은 그를 밀양으로 옮기도록 조치했다. 나옹 일행은 5월 5일경 물길로 신륵사에 도착했는데, 병든 나옹은 여기서 열흘 정도 요양하다가 5월 15일 입적하였다. 그러니 실상 나옹이 신륵사와 인연을 맺은 기간은 열흘밖에 안 되는 셈이다.

하지만 이때부터 나옹과 목은의 만남이 시작된다. 우왕은 목은에게 나옹의 비문을 짓게 했다. 목은은 선왕(공민왕)의 신하로서 선왕의 스승(나옹)을 위해 비문을 짓는 것은 마땅한 일이라며 기꺼이 응했다. 이로부터 나옹의 제자들은 스승에 관한 글이라면 일체를 목은에게 부탁했고, 목은은 모두 선선히 승낙했다. 혹 일면식이 없는 승려가 부탁을 해와도 물리치지 않았다. 나옹에 대한 목은의 마음은 아래의 한마디로 알수 있다.

나는 보제(나옹은 1371년 왕사王師 대조계종사大曹溪宗師 선교도총섭禪敎都摠攝 근수본지중흥조풍복국勤修本智重興祖風福國 우세우세佑世 보제존자普濟尊者에 봉해졌다)만을 알 뿐이니, 나머지 사람이야 무슨 상관인가?

나옹의 제자들은 신륵사에 사리 석종을 조성하면서 목은에게 글을 부탁했고, 목은은 글을 지어주었다. 신륵사 뒤뜰에 나옹의 사리 부도와 목은의 글이 나란히 서서 500년 이상 말없는 대화를 나누게 된 내력이다. 글의 뒷부분만을 옮겨본다.

강월헌은 보제가 머물던 곳인데, 그의 몸은 이미 불에 타 없어졌다. 그러나 강물과 달빛은 예전과 같다. 지금 신륵사는 장강에 임해 있고, 석종은 높이 솟아 있다. 달이 뜨면 그 그림자가 강에 기울어져 잠기게 되고, 하늘빛과 물색, 등불과 향불 연기의 그림자가 그 속에서 뒤섞여 살라지리니, 강월헌은 몇천 년이 지나더라도 보제가 살아 있을 때와 같을 것이다. …… 석종의 견고함은 신륵사와 처음과 끝을 같이할 뿐 아니라, 이 강물과 함께 영원할 것이다. 이 법계理法界에서는 별이 반짝이는 순간도 짧은 시간이 아니요 영겁 세월도 길지 않지만, 인연 따라 나고 사라지는 세계(事法界)에는 이루어지고 무너지는 변화(成壞)가 있다. 세계에는 비록 이루어지고 무너지는 변화가 있지만 사람의 성품은 늘 그대로 의연하다. 보제의 사리는 앞으로 세계와 더불어 변화를 겪을 것인가, 아니면 그의 성품과 함께 늘 그대로 의연할 것인가? 아무리 우매한 사람들이라도 헤아려 알 것이다. 뒷날 사리에 예를 표하는 사람들이 보제의 높은 풍격을 흠모하여 돌이켜 자기에게서 그 마음을 구한다면 그제야 보제의 은혜에 보답함이 될 것이다. 그렇지 않는다면 보제의

도道는 보제의 것일 뿐, 다른 사람들에게 무슨 소용이 있을 것인가?

"작은 티끌 속에 시방세계가 담겨 있고, 한 번의 짧은 생각이 곧 무량억겁의 세월"이라는 의상義湘의 말처럼 순간은 곧 영원이다. 마지막 며칠을 묵은 인연으로 나옹과 신륵사는 영겁의 세월을 함께하고, 한 생각의 인연으로 목은과 나옹은 또 변치 않는 사이가 되었다. 이들의 몸은 이미 오래전에 사라졌지만, 강물은 흐르고 달은 그 속에 잠겨 있으며 석종 역시 변함없이 서 있다. 거기에는 나옹의 마음과 목은의 마음이 깃들어 있고, 우리들 마음도 언제든 거기에 참여할 수 있다.

목은은 나옹을 기리면서 유독 마음을 강조하였다. 묘향산 안심사安心寺의 사리 석종에 부친 글에서는 "마음은 하나이니, 중생과 여러 부처가 본래 다르지 않다. 하물며 지공指空과 보제의 마음이 나와 다르겠는가? 뒷날 석종에 참례하는 사람은 돌이켜 마음에서 구해야 할 것"이라고 했다. 처신이 어긋나고 행색이 다르지만 마음으로는 아무런 거리낌 없이 통할 수 있다는 뜻이었을까? 외적인 제약 때문에 마음껏 마음을 주고받지 못했음을 강조한 것일까? 중요한 것은 그 마음이 유자와 불자 사이를, 산 자와 죽은 자 사이의 거리를 뛰어넘을 수 있다는 사실이다.

다른 길을 걷다

나옹은 승려였다. 궁중 하급 관리의 집안에서 태어나 개성에서 성장했다. 8세 때 잠시 고려에 왔던 인도 승려 지공指空과 만나 인연을 맺었고, 20세에 지금의 경북 상주에 있는 공덕산 묘적사로 출가했다. 가까운 친구의 죽음으로 생사에 대한 번뇌가 깊어진 때문이다. 4년 뒤 양주 회암사로 옮겼고, 여기서 수행한 지 4년 만에 깨달음을 얻었다. 그 시점에서 다시 길을 떠나, 28세 되던 1347년 원나라 대도大都(지금의 북경)에 들어갔다. 원나라에서 10년을 머물렀다. 5년은 지공이 있던 법원사法源寺(지금도 북경 정양문 밖에 남아 있다)에 머물렀고, 2년은 황실의 후원으로 광제선사廣濟禪寺(역시 북경 자금성 서쪽에 남아 있다)의 주지를 지냈으며, 나머지 3년은 중원 여러 곳을 유력했다. 귀국해서는 공민왕의 절대적인 신뢰를 입었다. 명나라에서는 그의 문집을 간행한 바 있고, 일본에서도 대장경을 간행할 때 그의 초상화를 부탁했을 정도로 나옹의 명성은 고려에 그치지 않았다.

수행자로서 나옹은 계율에 엄격하기로 유명했다. 한번은 누이가 만나기를 청한 적이 있다. 이에 나옹은 답장을 보내 거절했다.

어려서 출가한 이래 세월을 기억하지 않았고 친소親疎를 생각하지 않았으며, 오직 도道만을 생각하며 오늘에 이르렀습니다. 인의仁義의 도(유교를 가리킴)에는 육친의 정과 사랑하는 마음이 없지 않으나,

우리 불도에서는 이러한 마음이 일어나는 즉시 크게 어그러지게 됩니다. 밤낮 어디서나 아미타불을 외워 삿된 마음이 일지 않는 지경에 이르면, 나를 기다리는 마음은 물론 육도윤회의 고통에서도 벗어날 수 있을 것입니다.

너무 냉혹한 것 아니냐는 비판을 받을 수도 있겠으나, 엄격함은 이렇듯 자신에게 철저한 태도에서 생겨나는 것이다.

한편 목은 이색은 유자였다. 1328년 고려 말의 대유 이곡李穀의 아들로 태어났다. 20세 되던 1347년 원나라에 갔는데, 공교롭게도 나옹이 갔던 그해이다. 원나라의 국자감에 입학해 공부하다가 부친상을 당해 3년 만에 귀국했다. 북경에 있을 때 나옹이 머물던 법원사에 놀러 간 적이 있으나, 두 사람이 상면했는지는 알려지지 않았다. 이후 과거에 급제해 여러 관직을 거쳤는데, 공민왕이 예불할 때도 발길을 돌려 나올 정도로 철저하게 유자로서 처신했다. 40세 되던 해에는 성균관 대사성을 맡아 유교 교육에 전념하였다. 그의 문하에서 정도전, 정몽주, 이숭인 같은 유자들이 대거 배출되었다. 조선 개국 세력의 회유를 받았으나 절의를 내세워 거부하다가 신륵사에서 의문의 죽음을 맞았다.

이처럼 나옹과 목은은 가는 길이 명확하게 달랐다. 두 사람 모두 오래도록 원나라를 체험한 선 굵은 지식인으로, 공민왕과의 관계가 돈독했다. 여러 가지 정황으로 보아 두 사람은 생전에 서로 잘 알았을 가능성이 많다. 하지만 생시에는 전혀 교분을 나누지 않았던 것으로 보인다. 이에 대해 목은은 가는 길이 엄연히 다르기 때문이라고 해명했다. 나옹의 명성이 천하에 높을 때에도 목은은 나아가 인사하는 예를 갖추지 않았으며, 나옹이 입적했을 때 역시 어떤 태도도 보이지 않았다. 이는 "길이 다르면 서로 꾀하지 아니한다"는 공자의 가르침 때문이었다. 참 어렵고 어려운 게 처신이다.

두 사람의 다른 색깔은 죽을 때의 모습에서 더욱 분명하게 나타난다. 나옹은 "와도 온 곳이 없으니 달그림자가 천 강에 비친 것과 같고, 가도 가는 곳이 없으니 맑은 하늘의 모습이 찰나에 나뉘는 것과 같다"라고 했다. 아마도 '공'空을 말한 것일 터이다. 뒤에 목은이 죽음에 임하매 승려가 다가와 설법을 하려고 하자 그는 손을 내저으며 말했다. "죽고 사는 이치에 나는 아무런 의심이 없다." 이는 유가의 '이'理를 말한 것이다. 존재에 대한 정확한 통찰, 자기 신념에 대해 추호의 의심이나 한 치의 흐트러짐이 없는 태도, 우리는 두 사람에게서 투명함과 엄격함을 발견할 수 있다. 나옹은 나옹이고 목은은 목은이었던 것이다.

다른 극점은 서로 통한다

하지만 맑고 엄격할 때, 다른 극점은 서로 통하게 마련이다. 고려 말은 여전히 불교의 분위기가 강했으며 목은은 그런 사회 상황 속에서 성장했다. 밖으로는 불교 신앙을 인정하지 않으면서도 내심 그 심오한 철리 세계에 침잠하는 것은 당시 많은 사대부들의 일반적인 태도였다. 목은 역시 불교의 세계를 깊이 이해하고 있었으며 많은 승려들과 교유하였다. 승려들에게 준 글에서는 불교 문자를 자유자재로 구사하고 있으며, 선가 특유의 역설적 표현이 섬광처럼 빛나기도 한다. 아래의 시는 첫 장에 나옹이 그린 산수화가 그려진 승려의 시권詩券에 적어준 작품으로, 세간의 삶에 지친 목은의 마음이 잘 나타나 있다.

만 그루 장송 숲에 구름은 자욱한데	萬樹長松雲滿天
푸른 절벽 깊은 곳에 폭포가 걸렸구나	蒼崖深處掛飛泉
돌고 도는 삼생의 삶 나는 평생 싫었으니	平生自厭生三耳
어느 날 그대 따라 좌선을 배울거나	何日相從學坐禪

나옹이 입적한 뒤 신륵사에는 그의 진영眞影을 봉안한 진영당이 지어졌다. 나옹의 진영을 본 목은은 또 심회를 이렇게 말한 바 있다.

스님께 없는 것은 나의 처자 족쇄요	師少我妻子枷璅
나에게 없는 것은 금란가사 옷이라오	我少師金襴袈裟
서로의 잃고 얻음 그 어디서 조절되나	欲識乘除同調處
봄바람 속 제비 춤 꾀꼬리 노래라네	春風燕舞與鶯歌

나옹은 승려이기 때문에 족쇄와도 같은 처자식이 없고, 목은에게

는 나옹이 원나라에 있을 때 황실에서 받았다는 금란가사가 없다. 이것은 쉽사리 넘을 수 없는 서로의 명백한 차이이다. 다만 목은은 그 차이를 버무려 한 차원에서 만나고 싶었을 뿐이다. 그래서 찾은 것이 봄바람 속 제비의 춤과 꾀꼬리의 노랫소리였다. 그것은 "새는 울어 / 뜻을 만들지 않고 / 지어서 교태로 / 사랑을 가식假飾하지 않는다"(박남수, 「새」)는 어느 시인의 말처럼, 꾸밈과 지어냄이 없는 자연이었다. 자연에 서라면 유불의 거리와 생사의 차이가 부질없다.

도에 들어가는 문은 둘이 아니지만　　　　卽道無二門
도를 배우는 길은 하나가 아니라네　　　　學道非一術

구한말의 대문장가였던 창강滄江 김택영金澤榮이 남긴 구절이다. 지극한 경지에 들어서면 분야가 달라도 서로 통하게 마련임을 말한 것이다. 한 사람은 승려로 공空을 실천했고, 한 사람은 유자로서 이理를 밟았지만 서로 통했다. 두 사람의 다른 색깔은 각각 한 점 잡색을 용납하지 않을 정도로 선명했지만, 둘 사이의 소통에는 조금도 거리끼는 것이 없었다. 나는 두 사람이 생전에 만나지 않은 것을 안타까워하다가도, 사생 간에 인연이 있었던 것이나마 또 다행이라 여긴다. 그러다가 인연에 얽매이지 않았던 이들의 모습에 한 번 웃음 짓고 만다. 신륵사에 가면 꼭 조사당 뒤의 석종을 찾아보시라. 그러면 누구라도 500년 말없는 대화에 참여할 수 있을 것이다.

두 호걸
한 지점에 서다

정몽주와 정도전

정몽주(鄭夢周, 1337~1392)　　본관은 영일, 호는 포은圃隱. 1360년 문과에 장원 급제해 관직에 나갔다. 여러 전쟁에 종군했고, 여섯 차례나 외교 사행을 다녀왔다. 조선의 개국에 반대하다가 이방원 일파에게 죽임을 당했다. 당시 지었다고 전해지는 시조 「단심가」는 지금도 애송된다.

정도전(鄭道傳, 1342~1398)　　본관은 봉화, 호는 삼봉三峰. 1362년 진사가 되었다. 고려의 전제를 개혁하고 불교를 혁파하는 등 조선을 개국하고 새로운 문화의 토대를 닦는 데 핵심적인 역할을 담당했다. 명나라에 맞서 요동 공벌을 계획했으나, 제1차 왕자의 난에 희생되고 말았다.

물이 좁아 더 크지 못한 물고기

〈빅 피쉬〉Big Fish(2003)라는 영화가 있다. 이 영화에서 아버지는 언제나 아들에게 이야기를 들려준다. 아들의 탄생은 거대한 물고기가 품에 들어온 것으로 말해주었다. 어린 아들의 삶 마디마디마다 자신의 젊은 시절 여행담을 들려주었는데, 그 이야기는 자못 환상적이다. 어린 시절 마녀의 눈에서 자신의 마지막 순간을 보고, 동굴 속 거인을 만나 고향을 떠나며, 숲 속에서 유령의 마을에 들어갔다가 그곳 사람들의 만류를 뿌리치고 나온 이야기 등……. 아들은 자라면서 그 이야기가 허구와 과장이라고 판단해 아버지와 갈등한다. 하지만 아버지가 병상에 누워 죽어가는 순간, 아들은 아버지가 들려준 이야기의 진실을 깨닫게 된다. 그 이야기는 사실은 아니었을지라도 모두 진실이었던 것이다. 결국 아들은 아버지를 죽게 하지 않고 큰 물고기를 강으로 보내주었다. 이 장면에서 나는 하염없이 눈물을 흘렸지만, 가슴이 아프지는 않았다.

그런데 아버지가 어항 속의 금붕어를 가리키며 들려준 말이 있다.

"저들에게 더 많은 공간을 주면 더 크게 자라게 된다. 지향하기 때문이다."

또 아버지가 들려준 이야기 속의 마녀는, 아버지가 고향을 떠날 때 이렇게 말해준다.

"큰 물고기는 안 잡히기 때문에 자기 길을 갈 수 있다."

명나라 말기의 대사상가 이지李贄는 호걸을 거대한 물고기에 비유해 말한 적이 있다. 사람이 물이라면 호걸은 거대한 물고기와 같으니, 거대한 물고기를 구하려면 반드시 기이한 물(異水, 바다를 가리킴)을 기다려야 하는 것처럼 호걸을 원한다면 반드시 이인異人을 기다려야 한다는 것이다. 우물은 맑고 깨끗하지만 큰 물고기는커녕 작은 피라미조차 살지 못한다. 큰 물고기를 원하는 사람은 우물로 가지 않는다. 마찬가지로 그저 맑고 깨끗한, 평범한 사람들 사이에서는 호걸을 기대할 수 없다. 바다가 깊고 넓어야 큰 물고기를 기대할 수 있듯, 사회가 포용력이 커야만 기상이 군세고 식견이 넘치는 호걸이 살 수 있다는 뜻이다. 이지가 말한 큰 물고기는 다분히 『장자』의 첫머리를 장식하는 '곤'鯤을 연상시킨다. 장자가 말한 '붕'鵬과 '곤'은 바로 호걸이다. 장자의 상상력을 맹자는 사회 문명의 차원으로 좁혀, 주周나라 문왕文王 같은 이상적인 성인 군주의 교화와 지도 없이도 스스로 일어나 하나의 질서를 만들 수 있는 인물을 '호걸지사'豪傑之士라고 하였다.

이처럼 여러 이야기에 등장하는 거대한 물고기는 모두 '호걸'이라는 개념으로 수렴된다. 호걸이란 세계와 맞대면하면서 유유히 넓은 세상을 헤쳐 나가는 인물을 일컫는다. 조선시대부터 오늘날까지로 한정하면, 우리 역사에 지사志士는 많았다. 절의節義의 이름으로 죽어간 사람이 얼마나 많았던가! 재사才士도 많았다. 문화 예술의 여러 분야에서 뛰어난 재능을 보인 사람은 또 얼마나 많았던가! 예사禮士는 더 많았다. 행동 하나 말 한 마디마다 전례와 규범을 따지며 몸가짐을 단속했던 사람들은 부지기수이다. 하지만 단 하나, 뜻과 기상이 세상을 덮고 천지 간에 독립특행獨立特行했던 호사豪士(豪傑之士)를 본 것이 언제던가! 시선 을 천년부동의 태산교악에 두고 가슴은 천년부절의 장강대하와 호흡 하는 그런 호걸로 우리는 누구를 꼽을 것인가?

나는 같은 해에 태어나 함께 한 세상을 살았던 정몽주鄭夢周(1337~ 1392)와 정도전鄭道傳(1342~1398) 두 사람을 호걸로 꼽는 데 주저하지 않 는다. 두 사람에게는 이 땅이 좁았다. 고려 땅에 태어나지 않았다면 정 몽주는 필시 걸림 없이 더 넓은 세계를 횡행했을 것이다. 정도전이 중 원에 태어났더라면, 원나라의 야율초재耶律楚才나 청나라의 다이곤多爾 滾처럼 천하의 질서를 새롭게 구축할 수 있었을 것이다.

풍진남북의 풍운아, 정몽주

정몽주의 인상은 오랫동안, 「단심가」를 부르고 선죽교에서 피살된 충 신의 이미지로만 굳어져왔다. 마지막 순간의 모습이 워낙 강렬하기는 했지만, 그것만이 특별히 도드라지게 부각된 것은 불사이군不事二君의 이념적 표상이 필요했던 조선 지배층의 이데올로기 때문이었다. 조선 의 지배층은 충신으로서의 정몽주를 지속적으로 방영했고, 사람들에 게는 그것이 전모인 것처럼 각인되었다. 관성은 지속적인 힘을 발휘한 다. 식민지 시대에도, 군사정권 시절에도 정몽주는 손쉽게 호출할 수 있는 충신의 코드였다. 하지만 충신 정몽주는 너무 숭고해서 가까이 다가가기 어렵다.

정몽주는 충신이기 이전에 당대 최고의 경륜가였다. 그가 살았던 시대는 국내외적으로 모두 극심한 혼란기였다. 바닷가에는 왜구들이 하루가 멀다 하고 출몰했고, 북쪽에서는 홍건적과 여진족의 침탈이 잦았다. 원元·명明 교체기를 겪고 있던 중원에서는 전쟁이 끊이질 않았으며, 고려의 내정 또한 친명과 친원으로 갈려 어수선함이 가시지 않았다. 정몽주는 그런 세상의 흐름을 외면한 채 골방에 들어앉아 서책이나 붙들고 있던 서생이 결코 아니었다. 그는 여러 차례 전투에 참여했으며, 도합 여섯 차례나 외교 사행을 떠났다. 다섯 차례에 걸친 명나라 사행에서 두 차례는 해로로 남경을 다녀왔으며, 세 번은 요동에서 길이 막혀 되돌아왔다. 또한 아무도 가려고 하지 않는 일본행도 마다하지 않았다. 수차례 죽을 고비를 넘기기도 했다. 이런 과정을 통해 그는 민생과 국제 정세의 실상을 체득했고, 만 리 세상을 호흡하는 호기를 가득 채웠다.

한편 이런 일도 있었다. 정몽주는 1362년(공민왕 11) 3월 예문검열藝文檢閱에 제수되었다. 이때 그를 뽑아준 김득배金得培가 홍건적을 격파하는 큰 공을 세웠으나 모함을 받아 사형당하고 효수梟首되었다. 효수된 시신은 함부로 수습하지 못하는 것이 국법이었다. 하지만 정몽주는 자신이 그의 문생임을 내세워 왕에게 청하여 시신을 수습하고 정성스럽게 장사 지냈다. 그리고 김득배를 위해 제문을 지었는데, 거기서 "비록 죄가 있더라도 공功으로 덮어주는 것이 옳고, 죄가 공보다 무겁다면 자기 죄를 마음으로 인정하게 한 뒤에 치는 것이 옳다. 어찌하여 말의 땀이 마르지 않고 개선의 노래가 그치기도 전에 태산 같은 공功을 칼끝의 피로 만드는가? 이것이 내가 피눈물을 흘리며 하늘에 묻는 까닭이다" 라며 비분을 금치 못하였다. 참으로 위태로운 행동이 아닐 수 없었다.

　이 같은 정몽주의 행동들은 하나의 내면에서 기인한 것이다. 그것은 순수하고 섬세한 감성이었다. 순수했기 때문에 태산처럼 무거운 일들을 마다하거나 회피하지 않았고, 섬세했기 때문에 옳고 그름의 문제를 얼버무릴 수 없었다. 그렇지 않다면 그가 왜 어려운 길만 골라 갔으며, 또 선죽교에서 비명횡사했겠는가? 왜 그리고 전투에 참여하거나 해로로 사행하는 일을 피하고 싶지 않았겠으며, 이방원과 담판을 지으면서 죽음이 두렵지 않았겠는가? 하지만 그때마다 그의 맑은 영혼은 '두려워 마라' 속삭이며 용기를 북돋았다. 원래 순수한 감성은 물들고 깨지기 쉬운 법이다. 그러나 정몽주는 숱한 난제들을 풀어가는 과정에서 굳센 의기와 넓은 경륜을 길렀다. 그래서 그의 감성은 연약하지가 않았다. 몇몇 경우만 보기로 하자.

봄비는 가늘어서 방울 못 되니	春雨細不滴
밤중에도 아무런 소리 없었네	夜中微有聲
눈 녹아 남쪽 시내 불어났으니	雪盡南溪漲
풀싹들이 얼마간 돋아났겠지	草芽多少生

강남 소녀 머리에 꽃을 꽂고서	江南女兒花揷頭
꽃 핀 물가 벗을 불러 즐겁게 노닐다가	笑呼伴侶游芳洲
날 저물매 노 저어 돌아오는데	蕩槳歸來日欲暮
암수 나는 원앙에 시름은 다함없네	鴛鴦雙飛無限愁

세상 만물은 언제나 소리 없이 살며시, 남몰래 변화하는 법이다. 봄도 그렇게 소리 없이 보이지 않게 다가온다. 그런 까닭에 둔한 사람은 꽃이 피고 새들이 교태롭게 지저귀는 소리를 들은 뒤에야 비로소 봄이 왔음을 알지만, 예민한 사람은 겨울 숲에 감추어진 생명을 감지한다. 첫 번째 시는 이러한 비밀스러운 변화를 포착해내는 정몽주의 감성을 보여준다. 두 번째 시에서는 소녀를 통해 자신의 시심詩心을 드러냈다. 봄날 물가에서 친구와 하루 종일 웃고 떠들고 놀며 보낸, 철없어 보이는 소녀의 가슴에서는 왜 시름이 이는가? 짝 지어 나는 원앙 때문이다. 그렇다면 소녀가 시름에 젖은 줄은 어떻게 아는가? 자기로 미루어 남을 알 수 있는 법이니, 시인이 먼저 시름에 젖었기 때문이다. 암수 원앙을 보며 시름에 젖지 않는 사람이 무슨 수로 남의 가슴에 이는 시름을 알 것인가? 정몽주는 보이지 않는 결을 섬세하게 읽어내고, 또 남보다 먼저 사물에 마음이 울렸던 사람이었다.

다음의 세 구절은 모두 사신으로 명나라 남경에 갔을 때 지은 것이다.

시구는 침상에서 절로 생기고	詩從枕上得
등불은 벽 사이에 가물거리네	燈在壁間明
때로 성남 저자에서 술을 마시면	時來飲酒城南市
호기가 온 천하를 꽉 채우지요	豪氣猶能塞九州
예 올라 스님 만나 한나절 얘기하니	登臨半日逢僧話
고국 가는 8천 리 길 모두 다 잊었다오	忘却東韓路八千

첫 번째 시는 「남경 객사의 밤」(京師客夜)이다. 이국 객사의 전등불 아래에서 고독감에 쌓여 이 생각 저 계산에 밤을 지새운 적이 있거나, 〈성불사의 밤〉에서처럼 낯선 산사에서 밤새 풍경 소리 데리고 뒤척거려본 적이 있는 사람이라면 이 시에 담긴 마음을 알 것이다. 두 번째는 명나라 관리에게 준 시의 일부이다. 사신의 부담을 지고 낯선 땅에 와 있지만, 독한 술 몇 잔이면 자신의 호기가 천하를 꽉 채운다고 했다. 시의 앞부분에서는 "남아는 한평생 먼 노닒 사랑하니, 이국에 머무름을 어찌 탄식하리"라고 노래했다. 국가의 중대사를 짊어지고 대국에 와 있었지만 그는 당당하고 의연했다. 세 번째는 전망 좋은 누각에서 스님과 만나 이야기를 나눈 소회를 적은 것이다. 이 작품의 배경이 되는 다경루多景樓는 지금의 강소성 진강시 북고산北固山에 있는 누각으로, 주변 풍광이 아름답기로 유명해 고려의 사신들이 종종 들렀던 곳이다. 정몽

주는 고려 말의 대표적인 불교 배척론자였다. 하지만 그것은 정치·사상적인 입장일 뿐, 그의 가슴에는 탈속의 청정심이 자리 잡고 있었다. 더구나 그는 사상에 얽매여 한나절의 한가로움을 얻는 여유마저 잃을 만큼 작은 그릇이 아니었다.

정몽주는 어디서나 씩씩했고 그 어떤 순간에도 여유를 잃지 않았다. 그것은 어떤 힘에도 휘둘리지 않는 줏대와 풍진남북으로 체득한 경륜 덕분에 가능했다. 이 땅의 남쪽 끝에서 함경도까지, 부산에서 일본으로 또 황해도 선사포에서 중국으로 가는 바닷길, 압록강을 건너 요동벌을 지나 북경으로 가는 길은 모두 정몽주의 발자국과 감회가 남아 있는 곳이다.

조선 왕조의 디자이너, 정도전

서거정徐居正의 『태평한화골계전』에는 다음과 같은 흥미로운 일화가 전하고 있다.

정도전, 이숭인李崇仁, 권근權近이 평생의 즐거움에 대해 이야기했다. 정도전이 먼저 말하기를, "북방에 눈이 처음 휘날릴 때 갖옷을 갖춰 입고 준마에 올라타, 누렁개를 이끌고 푸른 매는 팔뚝에 앉힌 채 들판을 달리며 사냥하는 것이 가장 즐거운 일"이라 하였다. 이숭인은, "산속 조용한 방 안 밝은 창가에서 정갈한 탁자에 향을 피우고 스님과 차를 끓이며 함께 시를 짓는 것이 제일 즐거운 일"이라 말했다. 권근은, "백운이 뜰에 가득하고 붉은 태양이 창에 비칠 때 따뜻한 온돌방에서 병풍을 두른 뒤 화로를 끼고 책 한 권을 든 채 벌렁 누웠는데, 미인이 부드러운 손으로 수를 놓다가 때로 바느질을 멈추고 밤을 구워 입에 넣어주는 것이 최고의 즐거움"이라 하였다.

이것은 실제로 있었던 일이라기보다는 뒷사람이 세 인물의 평생 행적, 또는 삶의 지향을 일화로 재구한 것이라 하겠다. 이숭인은 선가의 탈속적 면모를 지녔고, 권근은 조선 초의 대표적인 권문으로 세속적인 명예와 부를 함께 누렸는데, 이 이야기에는 그런 사실이 적절히 반영되어 있다. 그렇다면 정도전은 사냥을 즐겼는가? 그런 말이 아니다. 북방·겨울·준마·사냥이란 단어들이 상기시키는 것은 진취적 기상과 호쾌한 야성이다. 그것은 농민들의 삶이나 도회지의 문명과는 어울리지 않는, 북방 유목민의 삶에 가까운 것이다. 이러한 유목민의 기상과 야성이 때로 시운을 만나 한 세상을 새로 열었음을 우리는 잘 알고 있다. 정도전의 정신세계는 금金나라를 세웠던 아구타阿骨打나 청나라의 창업주인 누르하치와 닮은 데가 있었다.

조선은 건국 초에 명나라와의 관계가 불안정했다. 특히 1397년 6월부터 이듬해 5월 사이에 조명朝明 관계는 급속하게 악화되었다. 두

신흥 국가의 패기가 첨예하게 대립했던 것이다. 명나라 황제 주원장은 특히 정도전을 위험인물로 지목해 그를 북경으로 소환하고자 했다. 이에 맞서 정도전은 남은南誾 등과 뜻을 같이하여 요동 공벌 계획을 추진했다. 남은이 먼저 태조에게 "군사는 잘 훈련되어 있고 군량도 충분하니 동명왕의 고토를 회복할 절호의 기회"라고 진언했다. 태조는 정도전에게 의향을 물었다. 이에 정도전은 역대 중원을 정복해 통치했던 민족들의 예를 일일이 거론하면서 그 정당성을 말했다. 그것은 일시적인 흥분이나 자신의 위기를 모면하려는 술수에서 비롯된 정치적 책략이 아니라, 고금의 역사와 당시 명나라의 사정, 그리고 요동 지역의 지리적 특성을 파악하고 계획적으로 준비해온 것이었다. 이듬해 정도전이 이방원李芳遠에 의해 피살되면서 우리 역사의 마지막 요동 공벌 계획은 물거품이 되고 말았다. 하지만 그 준비와 패기, 그리고 그의 역사 인식은 우리가 분명하게 기억해야 할 것 중의 하나이다.

정도전이 일찍부터 대단한 야심을 품었음은 여러 기록이 증언한다. 그는 서얼로 태어났는데, 이러한 신분상의 약점은 오히려 관습적인 규범 밖의 큰일을 도모하는 원동력으로 작용했다. 그는 또한 순수한 유자儒者가 아니었다. 그는 불후의 공업功業을 세우는 데 뜻을 두었는데, 그것은 공자나 맹자처럼 인의仁義나 따져서는 결코 이룰 수 없는 일이었기 때문이다. 정도전은 실제 세상을 움직이는 힘은 군사·경제·정치 등에서 나온다는 사실을 잘 알았고, 그에 맞게 자신을 갈고 닦았다. 아래는 당시 함흥에 있던 이성계의 부대를 돌아보고 난 다음 해인 1384년에 지은 시이다.

일신의 계책으로 유술儒術은 졸렬하니   自知儒術拙身謀
병법에 뜻을 두어 손오孫吳를 배웠는데   兵畧方師孫與吳
세월만 흘러가고 공 세우지 못했으니   歲月如流功未立
병서 덮은 책상 위엔 먼지만 쌓였구나   素塵牀上廢陰符

고금을 따져봐도 백 년 산 이 없으니   今古都無百歲身
득실을 따지면서 정신을 허비 마오   休將得失費精神
영원히 썩지 않는 사문이 있을진대   只消不朽斯文在
후일에 틀림없이 정씨에서 나오리라   後日當生姓鄭人

정도전이 병법을 공부한 것은 난세를 종식시키고 새 질서를 만드는 데 군사력이 꼭 필요하다는 사실을 알았기 때문이다. 유학은 그 다음 치세에나 유효하니, 굳이 우선순위를 따지자면 병법 공부가 먼저였던 것이다. 그는 아무 생각 없이 이성계의 군대를 돌아본 게 아니었다. 하지만 좀처럼 기회는 오지 않았다. 이때 그의 나이 48세였으니 초조할 만도 했다. 그러나 정도전은 침착하게 기회를 기다렸다. 두 번째 시는 혹 초조해질 수 있는 스스로를 이렇게 달랜 것이다. "처음의 뜻과 방향이 옳으니, 자꾸 이게 좋을까 저게 좋을까 계산하면서 잔머리를 굴리지 마라. 기회는 반드시 오고, 너는 불후의 공적을 세울 것이다. 조급해 말고 마음을 가라앉혀라."

정도전은 침착하고 치밀했다. 이것이 원대한 경세 규모와 대담한 업무 추진을 뒷받침하는 힘이었다. 공만 잡으면 경기 흐름을 편안하게 조율하는 축구 선수처럼, 빗자루만 잡으면 어지럽던 집안을 깔끔하게 정돈해놓는 엄마들처럼, 정도전은 신생국 조선을 질서 정연하게 디자 인했다. 이런 능력은 수모를 견디며 시련을 유연하게 건너가는 과정에 서 생겨난 것이다. 앞서 말했듯이 그는 모계가 비천한 서얼 출신이었는 데, 신분제 사회에서 이것은 치명적인 약점이었다. 이 때문에 정도전은 언제나 몸을 낮추었고, 경솔하게 앞에 나서지 않았다. 보이지 않는 곳 에서 가장 낮춘 그의 자세는 안정감 그 자체였다. 하지만 그 가운데서 도 언제나 시선은 높고 밝은 곳에 두었으며, 생각은 쉬지 않고 정밀하 게 진행되었다. 또 어떠한 시련이 닥치더라도 흥분하거나 절망하지 않 고, 마음의 평정을 유지하며 끈질기게 기회를 기다릴 줄 알았다.

1374년 우왕이 즉위하고 이인임李仁任 일파가 집권하면서, 친명반 원을 주장하던 정도전은 멀리 전라도 나주 부근의 회진현에 유배되었 다. 절체절명의 위기였다. 이때 도깨비들이 자주 나타나 울적함을 이기 지 못하는 정도전의 심사를 더욱 산란하게 했다. 하루는 참다못해 정도 전이 그들을 나무랐다. 하지만 도깨비들은 오히려, "음습하고 구석진 여기는 본디 우리들 공간인데 당신이 잘못 처신해 오게 된 것이며, 또 우리는 학문이 높은 사람을 만났으니 기뻐 찾아오는 것"이라고 반박했 다. 이 말을 들은 정도전은 도깨비들의 후의에 감사하며「도깨비에게 사례하는 글」(謝魑魅文)을 지었다. 이 글에서 도깨비들은 물론 마음속의 울적함·초조함·노여움 등을 상징한다. 그는 어떠한 순간에도 마음의 평정을 유지하며 대책을 강구하는 냉철한 승부사의 기질을 갖추었던 것이다.

길은 달랐으나 신뢰는 깊었다

우정의 첫째 조건은 무엇일까? '동업'일까, '신뢰'일까? 그건 누가 뭐래도 '신뢰'일 것이다. 하지만 서로 신뢰한다고 해서 꼭 같은 길을 가는 것은 아니다. 때로는 편이 갈려 치열하게 대결해야 하는 처지에 놓이기도 한다. 사정이 그러할 때, 과연 우정은 유지될 수 있을까? 살다 보면 친밀함의 정도와 입장의 같고 다름을 떠나 신뢰가 가는 사람이 있다. 어떤 경우에도 '그 사람이 하는 일이라면 믿을 수 있다'는 생각이 드는 사람 말이다. 배포도 맞고 기상도 통하고 취향도 같은데, 구체적인 사업의 내용이 다를 뿐이다. 진짜 우정은 이러한 차이, 심지어는 대결을 넘어서는 '신뢰'를 바탕으로 한다. 서로 신뢰할 때, 차이는 세계를 건강하고 아름답게 만든다. 그러나 반대로 동질성에만 집착해 테두리를 만들고 내적 결속을 도모하며 그 밖의 것을 배척하는 우정은 한갓 협잡이나 떼 짓기에 지나지 않을 뿐이다.

정몽주와 정도전, 두 사람은 흔히 역사의 라이벌로 이야기되곤 한다. 두 사람이 각각 고려와 조선을 대표하니 그렇게 보이는 것이 당연한지도 모르겠다. 정몽주는 불변의 절의를 내세워 고려의 존속을 도모했다. 낡은 집의 기둥과 들보는 그대로 두고 나머지를 모두 교체하고자했다. 반면 정도전은 생생生生의 통변通變 정신으로 새 왕조의 창업을 기획했다. 낡은 집은 부숴버리고 집터부터 새로 다진 뒤 튼튼한 새 건물을 짓는 게 좋다고 판단한 것이다. 바로 여기가 두 사람의 사업 방향이 달라진 지점이다. 대대로 사족의 지위를 누려온 정몽주보다 신분적인 결함이 있었던 정도전이 전복적 성향을 보여준 것은 어찌 보면 자연스러운 일이라 하겠다. 아무튼 이로 인해 두 사람의 역사적 이미지는 판이하게 나뉘었다.

두 사람은 한 시대를 살았다. 정몽주는 일찍부터 이름이 알려졌는데, 정도전은 16, 17세 때 이미 그의 이름을 들었다. 언젠가 정도전이 시를 공부하는데, 누군가가 정몽주를 소개하며 진짜 공부를 하려면 『대학』과 『중용』을 읽어야 한다는 그의 말을 전해주기도 했다. 정도전은 그 두 책을 구해 읽으며 기뻐했다. 정몽주는 24세 때 세 차례의 과거에서 연이어 장원을 차지하며 화려하게 출셋길에 올랐다. 이에 정도전은 정몽주를 찾아갔는데, 정몽주는 그를 평생의 벗으로 대해주었다. 정도전이 부모의 상을 거푸 당해 5년간 경상도 영주에 내려가 있을 때는 『맹자』를 보내주기도 했다. 정도전은 그 책을 하루에 한 장이나 반 장씩 소중하게 읽었다. 상기喪期를 마친 다음에는 성균관에서 이색의 지도 아래 함께 유가서를 강론하였다. 얼마 뒤에 두 사람은 나란히 성균관의 학관學官이 되었고, 1384년에는 정몽주가 성절사의 정사가, 정도전이 서장관이 되어 함께 명나라에 다녀왔다.

이상은 1386년 정몽주의 명나라 사행 시집에 부친 서문에서 정도전이 한 말을 간추린 것이다. 여기서 정도전은 정몽주를 깍듯하게 '선생'으로 일컬었으며, 자신이 언제나 그에게서 배우고 감발感發 받았다고 말했다. 학문의 성취나 관직의 등급에 있어서는, 타고난 총기에 순수한 열정이 넘쳤으며 매사 시원시원하게 판단하고 결정했던 정몽주가 늘 한 발 앞서 나갔다. 한마디로 정몽주는 튀는 인물이었다. 이에 비해 정도전의 행보는 조심스러웠고 신중했다. 함부로 말하지 않았으며 섣불리 나서지도 않았다. 돌다리도 두드려보며 소걸음으로 갔다. 그건 특유의 기질이자 처세술이었다. 같은 글에서 정도전은 이렇게 말했다.

성균관 학관이 된 뒤로 오랜 세월 좇아 노닐며 보고 느낀 것이 깊으니, 선생을 두루 깊이 안다고 해도 부끄럽지 않다.

정도전은 이와 같이 정몽주를 스승처럼 존중하면서도, 한편으로는 정몽주의 30년 지기임을 자처했다.

어찌하여 마음이 같은 벗들이   夫何同心友
각자 하늘 한 구석 떨어져 있나   各在天一方
이따금 생각이 여기 미치면   時時念至此

나도 몰래 마음이 서글퍼지네	不覺令人傷
봉황은 천 길 높이 날아올라서	鳳凰翔千仞
선회하다 오동에 내려앉는데	徘徊下朝陽
이 사람은 출처의 이치 어두워	伊人昧出處
행동마다 법률에 저촉되었네	一動觸刑章
지란은 사를수록 향기가 짙고	芝蘭焚愈馨
좋은 금은 갈수록 더욱 빛나니	良金淬愈光
우리 다 곧은 행동 굳게 지키어	共保堅貞操
영원히 서로 잊지 말기로 하세	永矢莫相忘

정도전이 정몽주에게 보낸 시이다. 시 앞에는 "멀리 떨어져 있는 채 세월만 흘러가니 그리움이 어찌 끝이 있으리오? 강호문康好文 편에 보내준 편지 잘 받았습니다. 받들어 세 번을 읽고 나니 기쁜 감격이 마구 솟구칩니다. 보내준 시에 차운해 시 한 편을 지었지만 겨우 뜻이나 통하는 수준입니다"라는 설명이 붙어 있다. 정몽주가 먼저 편지와 시를 보내 걱정과 안부의 뜻을 전했음을 알 수 있다. 내용으로 미루어 정도전이 나주에 유배되어 있던 1374년 즈음에 지은 것으로 보인다. 정도전은 정몽주와의 관계를 거리낌 없이 '한마음의 벗'(同心友)이라고 말했다. 두 사람은 멀리 떨어져 있는 처지만 생각해도 슬픔이 밀려오는 그런 사이였다. 여기서도 정도전은 정몽주를 존귀한 봉鳳으로 높이는 한편, 자신은 처신에 어두운 사람으로 낮추었다. 하지만 그 이면에는 굳은 심지와 높

은 뜻이 감추어져 있으니, 이는 스스로를 어려움을 겪을수록 더 향기롭고 빛나는 지란芝蘭과 양금良金에 견준 데서 알 수 있다. 마지막 두 구절에서는 두 사람이 일시적으로 같은 이익을 추구하는 동업자 관계가 아니라, 영원한 정신적 가치를 추구하는 사이였음을 알 수 있다.

이 외에도 정도전의 문집에는 두 사람의 관계를 보여주는 기록이 꽤 많다. 두 사람은 누군가 아프면 문병을 하고, 꽃 피는 계절이면 동료 문사들과 함께 스스럼없이 술자리를 함께했으며, 때로 눈 내린 산사에 모여 같이 설을 쇠기도 했다. 그러면서도 정도전은 정몽주에 대한 존숭의 태도를 잃지 않았으니, 한 시에서 "포은 선생 도덕의 종장이시고, 환한 문채 풍류의 으뜸이시라"라고 한 것이 그 대표적인 예이다.

그럼, 정도전을 대하는 정몽주의 태도는 어떠했을까? 다음에 소개하는 시 한 수면 그 마음을 충분히 알 수 있을 것이다.

정생이 동쪽으로 아득히 먼 길 가니	鄭生東去路悠悠
철령관 높이 솟고 화각 소리 가을이라	鐵嶺關高畫角秋
막빈에 든 사람 중 그 누가 으뜸인가	入幕賓中誰第一
달 밝을 제 그 사람 유공루에 기댔으리	月明人倚庾公樓

1383년 정도전이 동북면도지휘사東北面都指揮使 이성계의 막료가 되어 함흥으로 떠날 때 지어 준 시이다. 때는 9월이었다. 1, 2구에서는 함흥 가는 길에 넘게 되는 철령의 웅장한 산세와, 군영에서 울리는 뿔피

리 소리 속에 찾아온 가을빛을 말했다. 그러다가 문득 3구에서 '막빈으로 있는 사람 중 누가 제일 뛰어난 인재인가?'라며 시상의 전환을 꾀하였다. 그리고 그 답을 4구에서 함축적으로 처리했다. 유공庾公은 진晉나라 때의 명신 유량庾亮을 말한다. 그는 높은 인격과 뛰어난 실무 능력으로 임금을 보필했으며, 외란이 있을 때는 직접 군사를 이끌고 진무하였다. 유공루庾公樓는 그런 그가 강주江州 일대의 변란을 평정하고 세운 누각으로, 주위의 빼어난 산수를 감상하기 좋은 곳으로 유명했다. 그러니 유공루에 기대었다는 것은 내치와 군사 능력을 겸비한 사람이 공을 세우고 돌아와 달빛 아래에서 쉰다는 뜻으로, 이는 두말할 나위 없이 정도전을 일컬은 것이다. 정몽주 또한 정도전의 능력을 꿰뚫어 알고 인정했던 것이다.

저녁노을과 새벽 숲

앞에서 잠깐 언급한 바 있듯이 정도전이 잇달아 부모를 여의고 경상도 영주 소백산 산골에서 거상居喪하고 있을 때, 개성의 정몽주는 무엇으로 벗의 마음을 위로할까 고민했다. 그리고 생각 끝에 『맹자』 한 질을 마련해 보내주었다. 정도전은 이 책을 받고 하루에 한 장 또는 반 장씩 읽었다고 했다. 뜻을 알기 어려워서라고 말했지만 이유가 그것만은 아니었을 것이다. 아끼는 마음, 책갈피마다 배어 있는 벗의 마음을 두고

_ 김홍도, 〈단원도〉, 개인 소장

두고 느끼고 싶었기 때문이었을 것이다. 1384년 명나라에 사신으로 갈 때, 두 사람은 발해의 배 안에서 달을 보며 함께 시를 지었다. 고금의 흥망사를 떠올렸고, 고향에 대한 그리움을 나누었으며, 국가를 위한 지식인의 소임을 이야기하였다. 그리고 한잔 술에 취해 갑판에 누워 달빛을 보며 잠들었다.

역사는 두 사람의 차이를 말한다. 살아 있는 존재라면, 특히 그들이 호걸이라면 다른 것이 당연하다. 중요한 것은 소통과 신뢰이다. 호걸들 사이의 소통과 신뢰는 세상을 건강하고 아름답게 만든다. 두 사람은 각자 맡은 역사적 소임이 달랐을 뿐이다. 정몽주로 인해 고려의 마지막은 일몰 직전 서녘을 붉게 물들이는 노을처럼 장엄했다. 겨울을 준비하는 가을 숲처럼 비장하였다. 정도전으로 인해 조선의 출발은 새벽 숲처럼 발랄하고 상쾌했다. 먼동이 트기 전 어둠이 가시기 시작하면 숲에서는 새들이 깨어 지저귀고 온갖 벌레들도 움직이기 시작한다. 정도전은 그 새벽 숲의 분위기를 조율했던 것이다. 모두 지극히 아름답지 아니한가! 아름답다는 점에서, 호걸이라는 점에서 두 사람은 사실 같다고 보아야 한다. 다르다고 해도, 이제 우리는 두 사람이 어떻게 서로를 인정하고 대화했는지를 살펴야 한다. 차이가 클수록 대화와 소통은 활발해질 수 있고, 그것만이 세상을 아름답게 할 수 있기 때문이다.

정몽주는 지금 경기도 광주와 용인, 성남(분당)이 만나는 지점(용인시 모현면 능원리)에 잠들어 있다. 능골이라는 마을 이름대로, 정몽주의 묘는 왕의 능처럼 크고 깨끗하게 단장되어 있다. 정몽주가 남긴 비장미를 느끼고 싶다면 저물녘 거기 올라 서산을 바라보라. 비장한 아름다움을 만 끽할 수 있을 것이다. 정도전이 살아 있는 곳은 경복궁이다. 정도전의 치밀한 사유를 알고 싶으면, 원래 규모의 반도 남지 않아 아쉽지만 그 런대로 경복궁을 거닐 일이다. 광화문과 흥례문, 근정문을 지나 동서남 북 대칭으로 놓여 있는 건물들 사이에 서서 건물들 이름을 하나하나 짚 어 생각해보라. 문득 몸을 감싸 안는 작은 우주가 느껴질 것이다.

떠도는 이들의
애틋한 마음

김시습과 남효온

김시습(金時習, 1435~1493)　　본관은 강릉, 호는 매월당梅月堂·동봉東峰·청한자淸寒子·벽산청은碧山淸隱. 1453년 세조가 왕위를 찬탈하자 독서를 폐하고 승려가 되어 평생 방랑을 일삼았다. 생육신生六臣의 한 사람으로 꼽히며, 한국 최초의 소설로 평가받는 『금오신화』를 지었다.

남효온(南孝溫, 1454~1492)　　본관은 의령, 호는 추강秋江·행우杏雨. 1478년(성종 9), 세조에 의해 물가로 이장된 단종의 생모 현덕왕후顯德王后의 능인 소릉昭陵의 복위를 상소했다. 만년에는 사육신死六臣의 행적을 담은 『육신전』六臣傳을 지어 부관참시를 당했지만, 뒤에 신원되었다.

겨울 숲의 묵언수행

황량한 겨울 숲 속을 걸어보라. 모두 묵언수행默言修行 중이다. 남김없이 잎을 떨어버린 나무들은 몸의 부피를 최소한으로 줄인 채 서 있다. 물론 작은 풀들은 제 몸을 모두 잘라버리고 한 줌의 생명을 흙 속에 감추었다. 나무들은 바람이 말을 걸어와도 모두 가지 사이로 흘려보낼 뿐 도무지 반응하지 않는다. 표정도 짓지 않는다. 가지들이 한 점의 햇빛이라도 더 쬐기 위해 전념할 때, 땅속의 뿌리들은 한 방울의 물이라도 마시기 위해 고투한다. 허례로 표정을 짓거나, 정에 이끌려 몸을 흔들지 않는다. 말을 하는 것은 치명적이다.

상처를 입거나 절망에 빠졌을 때는 폐허나 폐사지로 가라. 모든 존재는 무너지는 순간 진실해지며, 터만 남은 빈 공간이 우리를 자유롭게 한다. 폐허에 묻혀 있는 허무가 그대를 죽음으로부터 소생케 할 것이고, 그 위로 오가는 자유로운 바람이 그대를 절망으로부터 구원할 것이다. 김시습金時習(1435~1593)을 보라. 절망에 빠진 그는 송도와 평양, 경주 등으로 발길을 옮겨 다녔고, 거기서 숱한 허무와 죽음을 만남으로써 절망에서 벗어나 마음의 평정을 얻을 수 있었다. 죽음만이 죽음을 알아보는 것처럼, 허무와 슬픔은 허무와 슬픔으로밖에는 치유할 길이 없기 때문이다.

단절감에 휩싸여 있다면 겨울 숲으로 갈 일이다. 가장 가까운 소통의 회로가 끊어졌을 때, 그래서 누구와도 눈빛을 나누기가 귀찮고 말을

섞기가 어색할 때, 겨울 숲에 가서 묵언수행 중인 나무들 사이를 걸어
보라. 아무도 그대를 주목하지 않을 것이다. 그중 한 그루에 기대고 말
을 걸어보아도 눈길조차 주지 않을 것이다. 이렇게 두어 시간쯤 거닐다
보면 그 무관심 속에서 비로소 자유를 얻을 것이다. 모든 대화와 교감
과 관심은 사치이고 허영이며 위선임을 알게 될 것이다. 자신이 천지간
을 홀로 가듯, 그 나무들도 천지간에 홀로 서 있음을 깨닫게 될 것이다.
이해하고 신뢰하게 되면 말은 필요치 않으며, 그 순간 단절은 고독이
아니라 자유가 된다. 그런 뒤에 숲에서 나오면 다시 얼마간 살아갈 힘
을 얻으리라.

　절망감이나 단절감에 휩싸일 때 내가 종종 찾아가는 곳은 남한산
성 봉암외성 암문暗門 밖에 있는 법화사法華寺 터이다. 좀처럼 인적이 닿
지 않는 음산한 이곳에서 한참을 서성거리면 넓고 밝은 세상으로 나가
고 싶은 욕구가 샘솟고 삶에 대한 본능이 꿈틀거린다.

무현금과 무성종

남효온南孝溫(1454~1592)의 문집에는 「동봉이 무현금을 구하기에 작은
종을 그려 창두를 시켜 보내고, 함께 절구 두 수를 부쳤다」는 긴 제목의
시 두 편이 실려 있다. 동봉東峰은 김시습의 호이다. 시기는 정확하지
않지만 대략 김시습은 수락산에, 남효온은 행주幸州 전장田莊에 있던 무

럽일 것이다. 무현금無絃琴을 구했다는 건 뭐고, 작은 종을 그려 보냈다는 것은 또 무슨 말인가?

인적 없는 오솔길에 나무들은 으슥하고	無媒逕路樹陰陰
송월이 처마 엿볼 제 흰 대숲 깊으리라	松月窺簷白竹深
거문고에 줄이 없어 듣는 이 적으리니	琴到無絃聽者少
옛 오동은 잠 못 드는 마음에 빗겼으리	古桐橫在五更心

무현금을 읊은 시다. 1구는 김시습의 거처에 이르는 길의 풍경이다. 오가는 사람이 없어 나무들만 으슥하게 그늘을 드리우고 있다. 세상과의 소통을 끊었기 때문이다. 남효온은 실제 수락산으로 김시습을 찾아 나섰다가 길을 잃어 크게 고생한 적이 있거니와, 당대의 여러 사람이 김시습이 세상을 피해 깊이 숨었음을 증언하고 있다. 2구는 김시습이 머무는 절집의 밤 풍경이다. 깊은 산중이라 찾는 이 없고, 오직 달빛만이 소나무 가지 사이로 처마 아래 창문을 엿본다. 한밤중이다. 당시 수락산에 대숲이 있었을 리 만무하니, 흰 대숲이란 흔히 절집 근처 산기슭에 있는 조릿대 무더기를 말하는 것이겠다.

3구에야 비로소 줄 없는 거문고가 등장한다. 무현금이 인구에 회자된 것은 그 연원을 알 수 없으나, 처음 기록에 등장한 것은 도연명陶淵明의 삶을 설명하는 과정에서였다. 중국 남조 양梁나라의 태자 소명昭明이 도연명의 일생을 기술하는 가운데, "음률에 대해서는 전혀 알지 못했지만, 무현금 하나를 옆에 두고 술을 마셔 취흥이 일면 이를 어루만지며 속뜻을 부쳤다"고 했다. 무현금은 '허리에 오만한 뼈가 있어' 관직을 포기하고 자연을 노래하며 살았던 도연명의 삶과 잘 어울리는 소품이었다. 이후 무현금은 격률과 형식에 얽매이지 않고, 나아가 법칙과 규범을 넘어서는 정신세계의 상징이 되었다.

당나라 시인 백거이白居易는 산중 처사인 자신의 삶을 노래하며 "다닐 때는 새끼 띠 옷을 입고, 앉아서는 무현금을 타노라"라고 했고, 고려 후기의 승려 경한景閑은 "산수 자연의 온갖 모습은 모두 무현금으로 타는 곡조이니, 벽안의 서역 중은 하염없이 바라보노라"라고 읊조렸다. 뒤에 널리 알려진 『채근담』의 명구 "사람들은 글자 있는 책만 읽을 줄 알고, 글자 없는 책은 읽을 줄 모른다. 유현금은 탈 줄 알되, 무현금을 탈 줄은 모른다. 가시적인 자취만 쓸 줄 알고 보이지 않는 정신은 사용할 줄 모르니, 어떻게 거문고와 서책의 참맛을 얻으리오"도 여기에서 유래한 것이다.

하지만 무현금은 소리가 나지 않으니 누구도 그 연주를 들을 수 없다. 소리를 듣지 못하면 거기에 담긴 마음을 알지 못한다. 결국 무현금은 남들이 알지 못하는 고독한 심사, 세상과 소통하기 어려운 외로운 삶을 의미한다. 조선 초의 승려 함허涵虛는 무현금을 통해, 모든 존재는 이름일 뿐이며 실체가 아니라는 『금강경』의 설법을 멋지게 풀어냈다. 언어로 하는 설법이 아무리 훌륭해도 그것은 결국 이름뿐인 가상에 지나지 않는다. 그보다 더 좋은 것은 언어를 떠난 깨달음의 경지인데, 이

경지를 무현금으로 비유해 설명한 것이다. 무현금으로 타는 곡조는 무생곡無生曲인데, 이 곡은 어떤 악보에도 속하지 않으니 예부터 이해하는 자가 극히 드물었다는 것이다. 말없이 전해지는 석가의 마음을 얻은 자가 드물었다는 뜻이다.

마음을 나눌 사람이 없다면 누구라도 고독할 수밖에 없다. 무현금을 지닌 김시습의 고독한 심사는 4구에서 잘 나타난다. 옛 오동(古桐)은 "오동은 천 년을 늙어도 늘 아름다운 곡조를 감추고 있다"고 할 때의 그 오동나무, 즉 거문고이다. 오경五更은 새벽 4시쯤이니, 오경심五更心은 새벽까지 잠들지 못하는 사람의 마음이다. 세상은 모두 어둠 속에서 안식 중인데 왜 혼자 잠들지 못하는가? 번뇌가 심하기 때문이다. 윤동주가 잎새에 이는 바람에도 괴로워한 것처럼, 지나치게 맑은 사람은 쉬이 잠들지 못한다. 세상과의 불화, 권력과의 대립에서 개인은 언제나 부서지거나 구석으로 내몰릴 수밖에 없다. 그의 마음에 빗겨 있는 오동은, 누구와도 소통하지 못하고 그래서 아무도 알아주지 않는 그의 마음이다.

김시습이 무현금을 구한 것은 고독한 심사의 표출이자 은밀한 소통의 희구였던 셈이다. 남효온은 그걸 알고 스스로 무현금이 되어 소나무에 어린 달빛처럼 김시습의 마음을 비추었던 것이다. 그렇다면 작은 종을 그려 보냈다는 것은 무슨 뜻인가?

단약 단지에 도경 갖춘 신선 집에는　　　　　　藥罐經卷羽人家

산삼 잎 푸르고 두구화 피었으리	蔘葉靑靑豆蔲花
독경 뒤 작은 종은 일 없이 있으리니	經罷小鍾閒事在
송진탕 다 마신 뒤 명하주를 드시리	松肪酌盡酌明霞

'작은 종을 그리다'(畫小鍾)라는 부제가 붙은 시이다. 전체적으로 선가仙家의 모습을 그렸다. 단약은 신선이 먹는 약이고, 도경道經은 신선이 보는 책이다. 산삼이나 두구화는 불로초이고, 송진탕과 명하주 역시 장생약이다. 김시습이야 엄연히 조선 도맥道脈의 적통에 드는 인물이니 이러한 묘사를 단지 시적 수사로만 볼 수는 없다. 하지만 이러한 외적 묘사에만 정신이 팔리면 그 안에 숨어 있는 마음의 작용을 읽을 수 없다.

먼저 제목의 의미부터 따져보자. 종이에 그린 종은 소리를 내지 못하는 종(無聲鍾)이다. 소리를 내지 못한다는 점에서 이 종 그림은 무현금과 같다. 하지만 이는 소리가 없다는 물리적인 사실에서 그치지 않는다. 흔히 이야기하는 소리는 감각기관으로 감지할 수 있는 공기의 진동일 뿐이다. 우리는 사과가 떨어지는 소리는 들어도, 지구가 돌아가는 소리나 개미가 기어가는 소리는 듣지 못한다. 감각기관의 감지 영역 밖에 있는 소리이기 때문이다. 세상에서 우리가 감지할 수 있는 영역은 지극히 일부에 지나지 않는다. 같은 맥락에서 각자의 마음속에서 작용하는 소리도 귀로는 들을 수 없다.

"총명한 사람은 소리 없는 데서 듣고, 모습이 이루어지기 전에 본다"(『한서』)거나, "큰 존재는 일정한 형태가 없고, 위대한 소리는 귀에 잘

들리지 않는다"(『노자』), "큰 사랑은 사적으로 친애함이 없고, 위대한 변론은 소리를 내지 않는다"(『회남자』)는 등의 옛말들은 모두 감각 밖의 영역을 주목한 것이다. 공자도 삼무三無를 말한 적이 있는데, 그중의 하나가 '소리 없는 음악'(無聲之樂)이다. 종을 치고 북을 두드리는 소리가 없어도 백성들이 즐거워한다는 뜻이니, 통치자가 요란하게 선전하거나 폭죽놀이 같은 이벤트를 베풀지 않아도 천하가 잘 다스려짐을 의미한다.

김시습이 무현금을 구한 것은 마음 붙일 데가 없음을 말한 것이니, 멀쩡한 거문고의 줄을 떼어 보내는 것은 우스운 일이다. 그렇다고 보내 달라고 했는데 빈손으로 돌려보내면 싱겁기도 하거니와 말없는 대화가 성립되지 않는다. 이것이 무성종無聲鍾을 보낸 뜻이다. 김시습과 남효온이 알고 지낸 세월이 한두 해가 아니고 수작한 시문 또한 한두 편이 아니지만, 이 시 두 편이면 주고받은 마음의 깊이와 사귐의 운치를 알기에 모자람이 없다.

겨울 산과 가을 강

김시습은 겨울 산의 이미지를 지녔다. 그의 자호 중 수락산의 주봉을 뜻하는 동봉東峰과 벽산청은碧山淸隱에는 산이 있고, 매월당梅月堂과 청한자淸寒子, 설잠雪岑에는 겨울이 들어 있다. 이름은 기표이자 실재의 손님(實之賓)일 뿐이라고 하지만, 거기에 실재를 규정하고 사건을 불러오는 주술적인 힘이 있다는 사실을 감안하면 이는 우연이 아니다. 실제 그가 강과 들을 아니 건너고 바다를 아니 본 것은 아니지만, 그가 마음을 붙이고 살았던 곳은 대부분 산이었다. 삼각산, 묘향산, 청평산, 금오산, 설악산은 아직도 그의 체취가 강하게 남아 있는 곳이다. 김시습은 겨울 산의 황량함과 고고함으로 우리 앞에 서 있다.

뒷날 율곡은 김시습의 일생을 '심유적불'心儒迹佛(선비의 마음에 승려의 행적) 네 자로 표현했으니, 이 네 자에는 그의 숱한 방황과 깊은 고뇌가 다 담겨 있다. 1453년 수양대군의 폭거에 맞서 분연히 머리를 깎고 승려가 되었지만, 불계佛界에서도 그는 안주하지 못하였다. "머리를 깎은 것은 세상을 피하기 위해서요, 수염을 남겨둔 것은 장부임을 드러냄이라"라고 했듯이, 그는 늘 경국제세經國濟世의 포부를 지닌 유자의 마음과, 부조리한 세상에 뒤섞여 먼지를 뒤집어써서는 안 된다는 불자의 마음 사이에서 갈등했다. 세상을 용납할 수 없다면 세상에 용납되어야만 고통을 면할 수 있는데, 그는 용납할 수도 없었고 그렇다고 용납되기는 더더욱 싫었다. 가정을 버리고 산사에 움을 텄지만 마음이 가라앉지 않았다. 산사를 버리고 다시 가정을 꾸렸지만 거기에서도 마음 편히 정착하지 못했다. 그의 발길이 조선 팔도를 방랑했던 것처럼 그의 마음은 온갖 상념 사이를 방황했다.

김시습의 시는 이러한 방황과 고독감으로 점철되어 있다. 그는 세상과의 불화를 이기지 못해 자취를 감추며, "뜻과 때의 일이 어긋났으니, 속세에선 그 자취를 쓸어버린 듯"이라고 읊조렸다. "안개 낀 깊은 골짝엔 사람 자취 없는데, 산꽃이 있어 나를 향해 피어 있네"라는 시구는 꽃과의 일체감이 아니라 산꽃하고밖에 교감할 수 없는 고독감의 표현이다. 분열된 이는 통일을 꿈꾸고, 방황하는 이는 귀가를 바란다. 그래서 김시습은 "이제 알았노라 나그네의 즐거움이란, 가난해도 집에 사는 것만 못함을"이라고 솔직하게 털어놓았다. 그러나 막상 돌아가 보면 집엔 먼지만 자욱해 견딜 수가 없어, "차라리 먼 산으로 가, 그 마루에 사느니만 못하리라"고 탄식했다. 산에서도 온전히 마음을 붙이지 못하고 "만 골짝 천 봉우리 밖으로, 한 조각 구름 한 마리 새가 돌아간다. 올해에는 이 절에 머물렀으니, 내년에는 어느 산으로 갈까"라고 한탄하며 끝내 '외로운 구름, 홀로 나는 새'(孤雲獨鳥)가 되어 만학천봉萬壑千峰을 헤맸다.

남효온의 심상은 가을 물이다. 그의 호인 추강秋江과 행우杏雨에는 흘러가 버리는 물의 분위기가 물씬 배어 있다. 실제 그는 삶의 많은 부분을 전장이 있는 한강 하류 행주에서 보냈다. 강물은 보는 이의 마음을 삼키는 마력이 있으니, 오래도록 강물을 보고 있으면 물결이 가슴속에서도 출렁이기도 하고 몸이 물결을 따라 멀리 흘러가기도 한다. 그는 어느 때고 할 것 없이 강물을 관조했으며, 때로 지금은 사라진 압도鴨島 등의 섬에서 풍류를 즐겼다. 또 하나 남효온의 삶에서 빼놓을 수 없는 것은 바로 술이다. 그는 과음으로 인해 30세가 되기 전에 이미 죽을병에 걸렸다. 이 때문에 술의 폐해를 경계하는 시「주계」酒誡를 지었고, 스승인 김종직金宗直에게는 유서를 겸해서 자신의 죽음을 스스로 애도

하는 만시輓詩를, 김시습에게는 다시는 술을 마시지 않겠다는 다짐의 편지를 써 보내기도 했다. 하지만 다짐은 다짐으로 그칠 뿐 그는 술을 끊지 못했고, 결국 당뇨를 비롯한 여러 술병을 앓다가 38세에 세상을 뜨고 말았다. 이 모든 것이 어우러져 빚어내는 것은 바로 '허무'이다.

　　김시습과 남효온의 관계는 겨울 산과 가을 강의 사귐이자 고독과 허무의 대화인 셈이다. 김시습이 '겨울 산'이 된 계기는 수양대군의 왕위 찬탈, 즉 계유정난이다. 남효온이 '가을 강'이 된 계기도 같다. 계유정난이 일어난 1453년은 남효온이 태어나기도 전이다. 하지만 인연은 묘하게 이어진다. 1478년 잦은 재해로 정국이 불안에 휩싸이자 성종은 조야의 선비들에게 널리 의견을 물었다. 이때 남효온이 상소를 올렸는데, 그가 개진한 의견 중 하나가 바로 소릉昭陵의 복위 문제였다. 소릉은 단종 생모의 묘호인데, 그녀는 권력 쟁투의 와중에 그만 서민으로 강등되고 신주도 종묘에서 철거당했다. 남효온이 일개 선비의 신분으로 이 문제를 거론한 것은 폭탄의 뇌관을 건드린 격이었다. 그는 즉시 집권 세력으로부터 배척을 받았고, 이후 그의 삶은 비틀릴 대로 비틀리고 말았다. 그렇다면 그는 왜 자기와는 아무 상관 없는 전대의 일을 정면으로 건드려 화를 자초했을까? 상소문 중에 이런 구절이 있다.

　　내 마음은 천지의 마음이고, 내 기운은 천지의 기운입니다. 사람의
　　마음과 기운이 순리에 맞으면 하늘의 마음과 기운도 순리에 맞고,
　　사람의 마음과 기운이 순리에 맞지 않으면 하늘의 마음과 기운도

순리에 맞지 않게 마련이니, 이것이 재앙이 내리는 까닭입니다. 신이 망령되이 생각건대, 소릉을 폐위시킨 일은 사람의 마음이나 하늘의 마음에 있어 순리에 맞지 않은 것임을 이로써 알 수 있습니다.

자신의 마음이 천지의 마음이라니, 또 그걸 왕통의 정당성이 걸린 문제에 갖다 붙이다니 놀랍다. 어쨌거나 이 글의 핵심은 결국 하늘에서 재앙을 내린 것은 소릉의 폐위가 잘못되었기 때문이라는 것이다. 소릉의 폐위가 잘못된 것이라면 세조의 등극도 부조리한 일이고, 세조에게 정통성이 없다면 그 손자인 성종도 태생적으로 부도덕한 왕일 수밖에 없다. 이러한 주장은 남효온의 기질이 그만큼 순수하고 올곧았음을 말해준다. 하지만 권력자의 입장에서 보면 그것은 무모함이자 우매함이었다. 결국 이 문제로 남효온은 출셋길이 막히고 사후에는 부관참시까지 당하게 된다. 그러나 남효온은 그런 가운데서도 「육신전」六臣傳을 지어 사육신의 높은 행적을 역사에 아로새겼으니, 나약한 문사의 고집은 결코 만만한 것이 아니었다.

김시습과 남효온은 어쩌면 서로에게 가장 친한 벗은 아니었을지 모른다. 나이도 김시습이 19세나 많았으니, 부자 또는 사제 간의 예법으로 대해야 하는 관계였을 수도 있다. 하지만 역사는 늘 두 사람을 친한 벗으로 거론한다. 함께 생육신의 칭호를 들었고, 같은 서원이나 사당에 모셔졌으며, 같은 이야기에 등장했다. 긴 세월에서 19세의 나이 차이는 일생에서 하루나 이틀의 차이도 되지 못한다. 분명한 것은, 두 사람은 묵언수행 중인 겨울 숲을 산책할 때 문득 친근하게 다가오는 두 그루의 나무와, 눈보라가 몰아치는 벌판을 삿갓에 도롱이 차림으로 나란히 걷는 두 벗의 모습과 닮아 있다는 것이다. 역사 속을 거닐다 보면 유난히 황량한 시절에 이르게 되고 그래서 우울해질 때가 있는데, 그럴 때 거기에는 반드시 삶의 의욕을 불러일으키는 사람들이 있다. 김시습과 남효온이 바로 그런 사람들이다. 김시습과 남효온의 관계는 마치 겨울 숲에서 두 그루 나무가 무언의 대화를 나누고 있는 느낌을 준다.

폐허에서 지친 영혼을 씻는다

세조가 단종을 유배 보내기 직전인 1457년 4월 어느 날, 김시습은 한양을 떠나 평안도 유람 길에 나섰다. 그는 이미 유자의 복색을 벗어던지고 승려의 차림을 하고 있었다. 임진강을 건넌 그는 송도와 평양 일대를 실컷 둘러보고는 7월쯤 다시 출발해 순안·영유·안주·어천 등을 거쳐 묘향산으로 들어갔다. 묘향산에서 내려온 김시습은 10월 말경 명나라에 사신으로 가던 김수온金秀溫 일행을 만났다. 승려 행색의 김시습을 본 김수온은 안타까운 마음을 감추지 못하고 시를 써 보였다.

무슨 마음에 유도 접고 불가로 돌아갔소　　舍儒歸佛是何心
우리 도는 본디 물외에서 찾을 게 아니라오　　此道元非物外尋

유도와 불가의 차이 단적으로 알고 싶다면　　　如識兩門端的意
아무쪼록 『논어』에서 정성껏 찾아보시게　　　請看論語細參尋

　　김시습보다 스물두 살이나 많았던 김수온은 세조를 도와 불경의
간행과 언해를 주도했던 인물로, 불교 숭상으로 말하자면 김시습보다
훨씬 더했다고 할 수 있다. 하지만 그는 유자로서 불교를 높였던 것이
지, 불교의 입장에 서 있었던 것은 아니었다. 김수온의 충고를 들은 김
시습은 답시를 건넸다.

길은 달라도 중요한 건 마음을 기르는 것　　　岐路雖殊只養心
마음만 기른다면 굳이 따로 구할 것 없다오　　養心不必覓他尋
세상일에 혼연하여 구애됨이 없거늘　　　　　但於事上渾無礙
찌꺼기까지 자잘하게 찾을 것 무엇이오　　　糟粕何須歷歷尋

　　승려의 길을 가든 유자의 삶을 살든 중요한 것은 마음을 기르는 일
이니, 도道란 특정한 곳에서 구할 물건은 아니라고 하였다. 김수온은 유
자의 사업을 말한 데 반해, 김시습은 종파를 떠난 마음을 말한 것이다.
세상일에 아무런 구애됨이 없으니 술지게미 같은 자잘한 시시비비를
하나하나 찾을 이유는 없다고 했다. 원래 유가의 경전은 세상일의 시비
곡절을 따지는 책이기에 한 말이다.
　　중간에 여러 곡절과 갈등이 있었지만, 김시습은 끝까지 처음의 고

뇌를 간직했다. 그가 지킨 것은 고뇌 즉 양심이지, 세상에서 흔히 말하는 의리나 절개가 아니었다. 의리와 절개는 상황이나 기준에 따라 달라지지만 양심은 언제나 그 자리를 지키는 것이다. 이리저리 흔들리고 번민을 거듭하면서도 그의 영혼은 죽을 때까지 맑게 깨어 있었고, 그래서 평생 삶이 괴롭고 힘들었다. 근대의 시인 중에서 이런 인물을 찾는다면 한용운이나 김수영 등을 꼽을 수 있을 것이다. 이들의 시에는 지금도 깨어 있는 영혼이 눈을 부릅뜨고 있다. 김시습은 삶이 허무했지만 체념하지 않았고, 절망은 컸어도 그것을 핑계로 삶을 합리화시키지는 않았다. 나는 아래 시구에 살아 있는 김시습의 마음을 사랑한다.

남아가 관 뚜껑을 덮지 않았다면	男兒未蓋棺
일이 벌써 끝났다고 말하지 마라	莫道事已已
마음을 세움에는 조급해 말고	立心勿草草
끝을 삼가기를 늘 처음처럼 하라	愼終常如始

일찍이 노자는 "모든 존재는 부재에서 나온다"고 했다. 마찬가지로 삶의 아름다움은 죽음에서 나오고, 봄의 생명은 겨울에서 나온다. 빛은 어둠에서 나오고, 희망은 절망에서 나오고, 그리움은 이별에서 나오고, 지식은 무지에서 나오며, 새로운 길은 끊어진 옛길에서 나온다. 저물녘 석양빛을 받아 아름답게 빛나는 숲 속의 호수를 보고 니체는 "무서운 깊이 없이 아름다운 표면은 존재하지 않는다"고 말했다. 김시

습이 죽은 뒤 이 땅의 많은 지식인들은 폐허같이 황량한 그의 삶에서 신선한 산소를 공급받곤 했다.

혹 세파에 지친 영혼을 잠시 씻고 싶다면 길을 떠나라. 북한산 노적봉 아래로 가면 김시습이 계유정난 소식을 듣고 분연히 책을 불사른 중흥사中興寺 터 위로 천 년의 바람이 불고 있다. 다부진 근육질의 수락산 동봉東峯이 지금도 밤이면 김시습 대신 달을 맞이한다. 춘천 청평사 영지影池에는 김시습이 말없이 바라보던 오봉산이 비쳐 있다. 경주 금오산에는 김시습이 새벽까지 등불을 돋우며 지었던 기이한 이야기들이 남아 있다. 그리고 부여에 가면 천지간을 떠돌던 한 조각 구름이 백제로 가는 길에 적멸처를 발견하고 지친 몸을 누인 무량사無量寺가 있다. 이 모두는 이 땅에서 영혼의 상처를 치유하는 의원이자, 맑은 산소를 공급하는 주유소이다.

속리산과 지리산의 대화

성운과 조식

성운(成運, 1497~1579) 본관은 창녕, 호는 대곡大谷. 중종 때 사마시에 합격했으나 1545년(명종 1) 을사사화로 형이 화를 입자 충청도 보은 속리산으로 은거했다. 이후 여러 차례 조정에서 불렀으나 나아가지 않았다. 서경덕, 이지함 등의 학자들과 교분이 깊었으며, 임제의 스승이기도 하다.

조식(曺植, 1501~1572) 본관은 창녕, 호는 남명南冥. 45세 때 고향 삼가현에 돌아온 뒤 계복당鷄伏堂과 뇌룡정雷龍亭을 짓고 후진 양성에 힘썼다. 평생 처사로 지냈지만 현실을 외면하지 않고 당시 폐정을 비판하며 적극적으로 그 대안을 제시했다.

은자의 공간

우리 국토에는 은일을 상징하는 공간이 몇 있으니, 최치원崔致遠이 "속세의 시비 소리 들릴까 저어하여, 흐르는 시냇물로 산을 감싸 둘렀네"라고 독서당에 써 붙였던 가야산 홍류동이 첫 번째요, 이자현李資玄이 송도에서 임진강을 건너며 다시는 돌아가지 않으리라 다짐하고 숨어 살며 『능엄경』을 강론하던 춘천 청평산이 두 번째이다. 혼란이 극에 달했던 고려 말에는 사대부들 사이에 은일의 풍조가 조성되어 수많은 선비들이 '은'隱 자나 '촌'村 자가 들어간 호를 다투어 사용하며 강호에 은둔했는데, 그중에서도 태조의 부름을 마다한 채 고적한 생활을 지켰던 운곡耘谷 원천석元天錫이 머문 치악산을 대표적인 은일의 공간으로 꼽을 수 있다. 매월당 김시습은 전국을 유력했지만 특히 설악산은 그의 매서운 부정과 독립의 정신이 깃든 은자의 성소라 할 것이다.

은거지란 어디를 말하는가? 공간의 차이로서 말하기도 하고 정치세력의 유무로서 일컫기도 하며 혹은 유심有心과 무심無心의 차이를 들어 말하기도 하지만, 쉽게 얘기하면 은거지란 은자가 사는 곳이다. 그럼 은자는 누구인가? 밖으로는 벼슬길에 나아갔다가 물러난 사람, 부귀와 영화를 누렸고 또 앞으로도 그럴 만한 조건이 갖추어졌는데도 물러난 사람, 능력과 조건이 구비되었는데도 굳이 나아가지 않은 사람을 말한다. 하지만 그러한 외적인 조건만으로 은자를 논할 수는 없으니, 어느 누구의 도움 없이도 홀로 세계와 맞서기를 시도하는 내적 조건이 갖추어져야 은자라 이름 할 수 있다. 『주역』에서는 이를 "홀로 서도 두려워하지 않고, 세상을 피했어도 근심이 없다"는 말로 표현했다.

　은자는 숨을 만한 이유가 있어 숨는다. 그들은 너무 순결해 한 점 먼지를 견디지 못하고, 너무 양심적이어서 생각과 행동의 괴리를 참지 못한다. 광폭한 세계에서 한 자락 자존심을 지키기 위해 몸을 숨기기도 한다. 은자가 많은 세상은 난세이지만 맑은 세상이고, 은자가 없는 시대는 치세라 해도 흐린 시대이다. 은자는 시대의 거울이다. 은자를 보면 시대의 치란을 알 수 있다. 그런데도 사람들은 은자만 볼 뿐, 은자가 비추는 시대는 보지 않는다. 그러니 은자의 고독과 번민을 알지 못할 뿐더러 그 시대 역시 알지 못한다.

　무오년(1498)에 시작된 사화는 을사년(1545)까지 잇달아 일어났다. 그 와중에 수많은 사람들이 죽어갔다. 살벌해진 정치판에 염증이 났거나 그것을 견디지 못하는 사람들이 하나 둘 정치판을 떠났다. 이들은 삶의 기반이 있는 고향으로 내려가 글을 읽고 제자들을 가르쳤으며, 풍광 좋은 곳에 정자를 짓고 시를 읊조렸다. 이렇게 벼슬길에 나아가지 않고 고향에 머물며 일신을 닦는 사람들을 처사處士라 했다. 처사들이 많아지자 이들을 중심으로 선비들이 모여 들었고 각 지방마다 독특한 학풍이 일어났는데, 이들을 통칭해 산림山林이라고 했다. 대곡大谷 성운成運(1497~1579)과 남명南冥 조식曺植(1501~1572)은 16세기를 대표하는 처사이자 은자로, 이들이 살던 속리산 품속과 지리산 자락에는 아직도 옛 주인의 그윽한 풍격이 남아 있다.

옛 은자가 머물던 곳, 모현암을 찾아

장마전선의 북상으로 7월 하늘에는 먹구름이 가득했다. 하지만 다행히 빗방울만 오락가락할 뿐 큰비는 내리지 않았다. 노인 회관 앞 느티나무 아래에는 노인 한 분이 담배를 피우고 있었다. 차가 마을에 들어설 때부터 이미 우리는 서로를 의식하고 있었다. 차에서 내려 다가가자 할아버지도 주춤 일어서며 맞을 준비를 한다.

"할아버지, 모현암慕賢庵이 어딘지 아세요?"

"……?"

"대곡大谷 선생이 계시던 곳이요."

그제야 얼굴이 환하게 펴지고, 둑 쪽을 가리키며 몇 번이고 방향을 일러준다. 나그네가 옛일에 대해 물어보는 것만으로도 시골 노인들의 몸에는 생기가 돈다. 멀리서 보아도 골짜기에서 내려오는 물을 담아둔 둑의 크기가 상당하다. 그래서 대곡大谷인가 보다.

저수지와 산 사이로 길이 나 있다. 몇몇 강태공이 눈에 띈다. 길이 안내하는 대로 차를 몰고 올라갔다. 중간에 콩밭을 매는 할머니 한 분이 있었지만, 길은 외줄기니 굳이 확인할 필요를 느끼지 못해 그냥 지나쳤다. 그러나 길이 끝난 곳에 암자는 없었다. 누가 양봉을 하는지 벌통의 벌들만이 윙윙거렸다. 황급히 창문을 닫고 차를 돌려 내려와 할 수 없이 콩밭 옆에 세웠다.

다가가 부른 다음에야 할머니가 고개를 든다. 몸집은 작고 얼굴은 까만데, 수건 아래로 드러나는 표정은 환하다. 답사를 다니다 보면 이런 할머니들의 도움을 받을 때가 많다. 원효元曉가 낙산에 갈 때 길가에서 만났던 사람들처럼, 이런 분들이야말로 관음보살의 현신이 아니신가! 하지만 할머니는 대곡에도 모현암에도 고개를 젓는다. 실망할 일이 아니다. 이런 분들은 그런 딱딱한 한자 이름에는 서툴기 때문이다. 그러면서 몇 번이고 이 일대를 서당골이라 한다고 일러준다. 그럼 틀림없다. 서원이 있는 마을이면 서원리, 서당이 있던 마을은 서당골이다.

"그럼 여기 어디 옛날 집 한 채 없어요?"

그제야 할머니는 산속에 집이 한 채 있고 그곳에 스님이 한 분 있다며, 밭 옆의 작은 길을 가리킨다. 그러고 보니 밭 사이에 숲으로 드는 좁은 길이 나 있다. 차 밑바닥이 긁히는 소리가 날 때마다 가슴이 쓰렸다. 그런데 중간쯤에 이르자 사람 다닌 흔적이 문득 사라져버렸다. 불안을 애써 누르며 풀로 뒤덮인 길을 조심조심 오르는데, 나무 사이로 기와지붕이 보이더니 툇마루에 가부좌하고 앉아 속객을 맞이하는 스님의 모습이 나타났다. 멀리서 보아도 비구니 스님일시 분명하다. 차에서 내려 인사하자 그 자리에서 일어나 합장으로 맞아준다. 툇마루에 올라 나란히 앉았다. '모현암'慕賢庵이란 편액이 달려 있다. 여승은 머문 지 얼마 안 되었고, 이 공간의 내력에 대해서는 별 관심도 없었다. 세상에 나갈 일도 없다고 한다. 찾아오는 신도도 없다. 길이 잡풀에 묻혀 있는 까닭이다.

여기서 잠시 눈을 감고 450년가량의 세월을 걷어내면, 여승 대신 성운과 나란히 앉은 자신의 모습을 발견하게 된다. 모현암은 대곡 성운이 머물던 곳이다. 아래 종곡리는 처족인 경주 김씨의 마을이다. 성운은 종곡리에 살다가 아예 산속에 별도로 거처를 마련했다. 사람의 마음에는 묘한 관성 같은 게 있어서 번화함을 좇다 보면 더욱더 번화한 곳을 찾고, 적막함에 길들여지면 더 깊고 그윽한 곳을 그리워하게 된다. 성운은 이 집을 마련하고 마음에 쏙 들었는지 그 감회를 여러 편의 시에 남겨놓았다. 잠자려고 누우면 달빛이 침상에 스며들었고, 아침에 일어나 문을 열면 바람이 들어와 자리를 쓸어주었다. 오솔길을 쓸려고 나설 때 이슬에 젖은 채 밟히는 붉은 꽃잎들도, 차를 달이려고 대나무를 태울 때 가늘게 날아가는 비췻빛 연기도 작은 경이감을 불러일으키기에 충분했다.

하루는 여름 한낮에 마루에 앉아 있다가 문득 시상이 일어 붓을 적셔 몇 글자 적었다.

여름 숲은 휘장 되어 한낮에도 어둑한데	夏木成帷晝日昏
시냇물과 새들 소리 고요한 속 요란하네	水聲禽語靜中喧
길은 이미 끊어져서 올 사람 없으리니	已知路絶無人到
산 구름 불러와서 골짝 문을 잠그리라	猶倩山雲鎖洞門

그때도 지금처럼 집과 마을 사이 길에는 잡풀이 우거져 있었고, 집 왼쪽 시내에서는 물소리가 울렸으며, 새들은 요란하게 지저귀었으리라.

모현암 텃밭엔 무성한 풀 속에 상추가 섞여 자란다. 스님은 그래도 찾아온 손님이라며 잠깐 몸을 감추더니 냉수 한 그릇과 설탕 뿌린 토마토 한 접시를 내온다. 토마토는 딴 지 한 달은 된 듯 아무런 맛이 없다. 산은 적막했다. 마을도 보이지 않고, 사람은커녕 개 한 마리 없다. 간혹 들려오는 새소리만이 산이 깊음을 알려줄 뿐이다. 말을 잊은 사람과 말의 짝을 맞추기가 어려워, 한마디 주고받은 뒤 먼 산 바라보기를 반복했다. 집과 뜰 여기저기를 둘러보았다. 여승은 뒤를 따라줄 뿐, 도무지 먼저 말을 건네는 법이 없다.

자꾸 내 목소리가 산중에 누가 되는 것 같아 두 손 모아 인사를 주고받고 산문을 나섰다. 차창 밖으로 인사를 하니 다시 합장으로 배웅한다. 내려오면서 뒷거울을 보니 여승은 그 자리에서 계속 눈빛으로 전송하고 있다. 당대 제일의 풍류객으로 꼽히는 임제林悌는 성운의 제자이다. 그는 여기로 스승을 찾아와 "도는 사람 멀리 않는데 사람이 도를 멀리하고, 산은 세속 떼어놓지 않는데 세속이 산과 떨어지네"라는 명구를 남긴 적이 있다. 그 마음을 얻고 싶어 "여승은 산과 함께 말이 없는데, 속객은 인연 따라 산을 나서네"라고 화답해보았다.

모현암이 있는 골짝의 이름은 원래 '한골'이었다. 성운이 이를 한자로 바꾸어 호로 삼은 것이다. 이 집은 성운이 삶을 마친 뒤 죽헌竹軒 또는 사암斯庵으로 불리다가 19세기 후반에 모현암慕賢庵이란 이름을 얻었다. 집 뒤의 산은 속리산의 여맥으로, 따로 무술목이라고도 한다. 이 일대가 서당골이란 이름으로 불리게 된 것은 경주 김씨 문중에서 자제들을 교육하는 공간으로 이용해왔던 까닭이다. (성운은 후사를 보지 못해 지금도 경주 김씨 문중에서 제향한다.) 워낙 깊은 산중이어서 사람이 살기 어렵고, 사람이 살지 않으니 관리가 되지 않아 건물은 퇴락 일로에 있었는데, 10년 전쯤 마침 이곳을 원하는 승려가 있어 임대했다고 한다. 성운이 예서 살 때 "속세 떠나 빈 골짝에 들어와 보니, 출가한 스님 행색 다름이 없네"라 읊조린 바 있으니, 암자로서의 연원이 짧다고 할 수는 없다.

하늘의 덕성이 한자리에 모이다

적막하기 그지없는 이 모현암에서도 딱 한 번 성대한 모임이 벌어진 적이 있다. 성운이 을사사화로 형을 잃고 보은으로 내려왔다는 소식에, 조식이 시를 보내 위로하였다. 자신은 아직도 떨리는 가슴이 진정되지 않고 있으며, 한참 눈물을 흘린 뒤에야 입을 열 수가 있었노라고. 그러면서도 자꾸 지난 일에 사로잡히지 말 것을 권고했다. "세 번씩이나 삼산三山에서 만날 약속 했지만, 그간 하도 식언하여 살이 다 쪘다오"라는 시구를 남겼을 정도로, 이때부터 조식은 보은으로 성운을 찾아 보리라 마음먹고 약속을 했던 것으로 보인다. 삼산은 보은의 옛 이름이다. 하지만 적게 잡아도 닷새는 가야 하는 먼 길인 데다, 일상의 이런저런 일에 치여 쉬이 길을 떠나지 못했다.

그러다가 어렵게 속리산 한골〔大谷〕에서 두 사람의 만남이 이루어졌다. 이때 마침 동주東州 성제원成悌元이 고을의 현감으로 있었는데, 조식이 대곡서사에 도착했을 때 그 자리에 성제원도 와 있었다(성제원의 연보에 따르면 이때 화담 서경덕과 토정 이지함도 참석했다고 하는데 진위 여부는 확인할 수 없다). 조식과 성제원은 초면이었지만 오래 사귄 친구처럼 스스럼이 없었다. 이때의 분위기를 성운은 이렇게 그렸다.

오늘 밤 천상에는 덕성 모두 모였으리   德星天上今宵聚
고사들은 빈 정자서 술잔을 함께 드네   高士虛亭共把盃
해 지자 겹겹 청산 성큼 앞에 다가서고   數疊靑山呈暮色
긴 바람은 만 리 밖서 가을을 보내누나   長風萬里送秋來

덕성德星은 경성景星이라고도 하는데, 태평성대에 나타난다는 전설의 별이다. 한골에 몇몇 선비가 모인 것을 두고, 하늘의 덕성이 한자리에 모였을 것이라고 했으니 그 자부심이 드높다. 뒤에 이 소식을 전해 들은 영의정 이준경李浚慶도 "그날은 하늘에 덕성이 펼쳐져 있었으리라"라고 했다. 술을 마시며 이야기를 나누는 사이 해가 져서 앞산이 성큼 다가와 섰는데, 가을바람이 서늘하게 불어왔다. 이후 세 사람의 만남은 시대를 뛰어넘는 미담이 되어 여러 야담집은 물론 『연려실기술』 같은 사서에도 실리게 된다.

뒤에 박지원朴趾源은 세간에 전해오는 이날의 만남을 「해인사수창

시서」海印寺酬唱詩序에서 그려냈는데, 여기서는 처사 조식과 관료 성제원의 관계에 초점을 맞추었다.

옛날 조남명이 산으로 돌아올 제, 보은의 성대곡을 찾아갔습니다. 당시 군수 성동주가 합석했는데 남명과는 초면이었지요. 남명이 장난삼아 말하기를, "형은 오랜 관리 생활을 참을성 있게 견뎌낸다고 할 만하오"라고 했습니다. 이에 동주는 대곡을 가리키고 웃으며 사양했습니다. "이 늙은이가 잡고 있기 때문이 아니겠소. 하지만 내년 8월 15일에는 해인사에서 달맞이를 할 것인데 형이 오실 수 있을지 모르겠소?" 남명이 말했습니다. "물론이지요!" 그날이 되자 남명은 소를 타고 약속 장소로 가는데 중간에 큰비를 만났습니다. 겨우 절 앞의 시내를 건너 일주문에 들어섰는데, 동주는 벌써 다락 위에서 도롱이를 벗고 있는 것이었습니다. 아, 남명은 처사이고, 동주도 그때는 벼슬을 그만둔 상태였습니다. 하지만 밤새도록 이어진 대화의 내용은 백성들의 삶에서 벗어나지 않았습니다. 해인사의 승려들에게 지금까지 산중 고사로 전해지고 있습니다.

한골에서 세 사람이 무슨 이야기를 나누었는지는, 해인사에서 조식과 성제원이 밤새 나눈 이야기의 내용으로 미루어 짐작할 수 있다. 성제원이 벼슬을 그만두고 해인사에서 조식을 만난 것은 분명한 사실이다. 성운은 「임기가 만료되어 가야산에 놀러 갔다가 고향으로 돌아가는 성제원을 보내며」란 제목의 시를 지어 성제원을 전송했는데, 그 시에 "고운의 자취는 매임이 없어, 남서로 오가는데 천지는 넓네"라는 구절이 있다. 가야산은 최치원이 은거했던 곳이기에 그의 호인 고운孤雲을 빌려 성제원의 매이지 않는 행적을 칭송한 것이다. 가야산에서 돌아온 성제원은 고향 공주에 은거했다가 거기서 죽는다.

세 사람은 한골에서 곧바로 헤어지지 않고 계당溪堂으로 자리를 옮겼다. 보은에는 유명한 산이 셋 있는데, 속리산, 구병산, 금적산이 바로 그것이다. 속리산이 지아비 산, 구병산이 지어미 산, 금적산이 아들 산이라 하여 삼산三山이란 이름이 생겼다고 한다. 보은읍 삼거리에서 삼승면 선곡리 쪽으로 방향을 잡아 6km를 가면 삼거리가 나온다. 여기서 '선곡3구 사각동'이란 입석이 있는 쪽으로 우회전하여 1.2km를 더 가면 왼쪽에 작은 오솔길이 나오고, 여기서 다시 1km를 오르면 계당이 나온다. 적막하기가 모현암과 다를 바 없으니, 이곳을 두고 성운은 일찍이

골짝에 찾는 손님 없다고 한탄 마오   洞門莫恨無來伴
창문 밖 푸른 산이 바로 벗 아니겠소   窓外靑山是故人

라고 읊은 바 있다. 계당은 역시 을사사화 이후 가족을 이끌고 은거했던 최흥림崔興霖의 독서당이다.

성운은 두 사람을 이끌고 이곳 계당을 찾아 여기서 묵었고, 이야기

를 나누었으며, 진한 아쉬움 속에 헤어졌다. 아래 시에는 조식을 보내는 성운의 마음이 담겨 있다.

금적산 속 구름이 깊은 여기서	金積雲深處
두 줄기 눈물로 그대 보내네	送君雙涕流
천 리 이별을 이제 어찌 견딜까	那堪千里別
백 년의 시름은 풀리지 않네	未解百年愁
솔숲 우거져서 학 숨기 좋거니	松密宜藏鶴
물결 거친 곳에 배 띄우지 말게	波驚不著舟
산에 돌아가면 달을 안고서	還山抱明月
진세의 꿈 아득히 흘려보내리	塵夢付悠悠

한 번 헤어짐에 흘리는 장부들의 눈물이 뜨겁게 느껴진다. 5구의 솔숲은 속리산 자락을, 학은 자신을 상징한다. 거친 물결은 당쟁으로 얼룩진 정계를 말하고, 배를 띄우지 말라는 것은 정계에 발을 디디지 말라는 경계이다. 뒷날 조식이 죽은 뒤 계당을 찾은 성운은 옛적 함께 이곳을 찾았던 조식과 성제원을 떠올렸다.

옛적에 남명과는 한 이불 덮고 잤고	憶昨南溟共被眠
동주와 함께 취해 시냇가에 누웠었지	東州同醉臥溪邊
나는 다시 왔건만 그들 누가 남았는가	重來携手人誰在

시냇물과 구름은 그때와 똑같건만　　　　　流水閑雲似昔年

　현재의 계당은 1765년에 중수된 것이다. 이곳을 찾았던 김원행金元
行(1702~1772)은 사람들의 청에 따라 「계당기」溪堂記를 지었다. 이 글에
따르면 당시 계당 앞 작은 폭포 아래를 견심동堅心洞, 성운과 조식, 성제
원이 함께 묵었던 방은 공피실共被室, 함께 술 마시며 취했던 시내는 취
와계醉臥溪라 했다고 한다.
　계당 주변은 정갈하게 정돈되어 있었다. 장마 뒤끝이라 앞 시내에
는 물이 넘치고, 뜰에는 묵은 살구나무에서 떨어진 살구가 널려 있었
다. 차에서 내리니, 시내에서 빨래하던 산승이 얼굴을 들며 바라본다.
이곳 역시 관리가 어려워 불당으로 임대했다고 한다. 여기 들어온 지
25일밖에 안 되었다는 젊은 산승은 집의 보존 상태며 그동안 여기저기
서 탐문한 이 공간의 내력, 여기서 혼자 수행하게 된 과정 등을 설명해
준다. 집의 골격은 잘 남아 있지만 문짝은 새것으로 바뀌었고, 방에는
구들을 뜯어내고 보일러를 깔았다. '溪堂'이란 편액은 1766년에 걸린
것이다. 그 시절과 마찬가지로 오늘날에도 이곳은 찾는 사람이 없다.
　계당 입구에는 네 사람의 옛 자취를 기념하는 비석이 서 있는데,
마구 우거진 잡풀 속에 가려져 있다. 세상 사람들은 이곳에 얽힌 사연
을 알지 못한다는, 알아도 관심이 없다는 뜻이다. 하지만 나는 남들의
시선이 몰리지 않는 곳에서 자유와 그리움을 얻는다. 천천히 계당 앞
뜰을 거닐다가, 마루에 앉았다가, 시냇가를 서성거렸다. 옛적 그들이

거닐던 발자국이 밟히고, 그들이 들었던 바람 소리가 들리고, 그들이 발을 담그던 시내의 냉기가 느껴졌다. 젊은 산승은 이곳이 지방문화재로 보호·관리될 때까지 임시로 머물기로 했다는데, 왠지 그냥 이 상태가 유지되었으면 좋겠다는 생각이 들었다.

조식이 보은에 와서 성운과 성제원을 만나 미담을 남긴 것은 언제쯤일까? 성제원이 보은 현감에 임명된 시기는 1553년 6월이고 그만둔 해는 1555년인데, 2년 임기를 채웠다면 대략 6월경에 자리에서 물러났을 것이다. 성제원이 '임기가 만료되어 가야산에 놀러' 갔으니, 조식과 성제원은 1555년 8월 15일에 해인사에서 재회했을 가능성이 크다. 그런데 한골에서 만난 조식과 성제원은 1년 뒤 추석에 해인사에서 만나기로 했다. 그렇다면 조식이 보은을 찾아왔던 시기는 1554년 가을이 된다. 지금으로부터 450여 년 전의 일이다.

너른 골과 우뚝한 뫼

한번은 속리산에서 지리산 자락의 조식을 찾아온 사람이 있었다. 성운의 편지를 가져온 것이다. 조식은 그 자리에서 속리산으로 편지를 썼다.

이제 이중선李仲宣이 공을 대하던 눈으로 다시 나를 보는 것이, 마치 선가禪家에서 마음에서 마음으로 불법을 전하는 것과 똑같습니다. 말없는 가운데서도 공의 모습과 일상의 생활을 알 수 있으니, 우리 둘이 마주 앉아 이야기를 나누는 것 같습니다. 그래, 그 자리에서 등불 아래 손님을 앞에 놓고 편지를 쓰는데, 쌓였던 정이 막혀 글이 나오지를 않습니다. 다시 붓을 잡았지만 할 말을 잊고 말았습니다. 내일 홀로 앉으면 빗속에 삼 자라듯 회포를 풀어낼 수 있을 것입니다. 아마 공의 그리움도 저와 같을 것이니, 그걸 어찌 다 풀어낼 수 있을까요!

얼마나 그리움이 간절하고 마음이 통했으면, 그를 만나고 온 사람의 눈빛에서 그의 모습과 행동을 볼 수 있었을까? 반가움이 물밀듯이 밀려와 즉석에서 편지를 쓰려고 하지만, 감정이 쌓이고 쌓이면 병목 현상이 생겨 한 번에 쏟아내지 못하는 법이다. 그래서 손님이 돌아간 뒤 혼자 있을 때 실타래를 풀 듯 밤새 회포를 하나하나 풀어내어 다시 편지를 쓰겠다는 것이다. 하지만 말〔言〕은 작은 그릇이라, 그걸 가지고는 그리움을 다 담아낼 재간이 없기에 한탄할 수밖에 없다. 이 글을 보면 당대 사람들이 이구동성으로 대곡과 남명, 남명과 대곡을 가장 가까운 벗이라 일컬은 사정을 알 수 있다.
　흔히 어릴 때의 친구가 가장 살갑다고 하지만, 두 사람은 어린 시절을 함께 보낸 사이도 동문수학한 사이도 아니었다. 같은 정파에 속하지도 않았으며 평생 이웃으로 지낸 사이도 아니었다. 두 사람은 조식이 서울 장의동으로 이사한 뒤에 처음 만났으니, 성운이 22세 조식이 18세 때의 일이다. 이때부터 두 사람은 7~8년간 청년기를 함께 보냈다. 하지만 조식이 26세 되던 1526년 지리산 자락으로 귀향하면서 둘은 만날 수 없게 되었다. 성운이 1545년 이후 보은에 은거하면서 그나마 거리가 가까워졌지만, 이후로도 무려 9년이 지나서야 두 사람은 속리산 품속에서 만날 수 있었다.

성운은 본디 서울 사람이다. 자는 건숙健叔이고 호는 대곡大谷이다. 조선 전기에 명망 높았던 창녕 성씨 집안에서 태어나 30여 세에 사마시에 합격했으나 다시 문과에 응시하지 않았다. 1545년에 일어난 을사사화에서 그의 형 우遇가 희생되었다. 성운은 이에 큰 충격을 받았고, 정치적 입신을 포기하고 처가가 있던 충청도 보은의 종곡리로 이주했다. 종법 제도가 정착되기 전이라, 외가에서 생장하고 처가 쪽에 자리를 잡는 일이 보통인 시절이었다. 삶은 다시금 평온과 안정을 찾았지만, 여기 적응하는 것은 말처럼 쉬운 일이 아니었다.

사람들은 문 닫고 누운 것만 보고서	傍人秖見關門臥
세상 명예 다 잊었다 잘못 말하네	錯道能忘世上名

성운의 평온한 표정을 보고 사람들은 그가 세상의 영욕을 모두 잊었다고들 했다. 성운은 실제로 후대에 은일 처사의 모범적인 인물로 평가되었다. 물론 그랬다. 하지만 이는 끝없는 수양과 인내의 결과이지, 갈등이나 고민이 없었던 것은 아니다. 위 시구는 성운의 그러한 내면을

살짝 보여준다. 참혹하게 죽어간 형을 생각할 때마다 탄식이 절로 나왔고, 억울하게 죽어간 현사들이 떠오를 때마다 눈물이 옷깃을 적셨다. 당시의 상황을 그는, 바닷물이 말라 용들이 타 죽고, 소나무가 뽑히매 학들이 놀라 흩어지는 형국에 비유했다. 하지만 거기에 마음을 빼앗기지 않으려 애썼다.

지하에선 은원을 다 잊었거늘   地下忘恩怨
사람들은 시비를 여태 따지네   人間說是非

성운은 술을 좋아했다. 그래서 잘 익은 술을 들고 찾아오는 사람을 제일 반겼다. "짧은 삶 한번 취하지 않으면, 언제 무엇을 즐길 것이냐!"라고 할 정도였다. 그런데 이 술도 사실은 세상의 시름을 잊기 위한 방편이었다. 그는 「취향기」醉鄕記라는 글을 남겼다. '취향'醉鄕은 술에 취했을 때의 심리 상태를 말한다. 이 세계는 끝도 없이 아득한 곳인데, 사람들은 일단 이 마을에 들어온 다음에는 몸과 마음이 편안해져서 도무지 옮겨가려고 하지 않는다. 이 마을은 재주와 덕을 품고도 난세를 만나 능력을 펼치지 못하는, 기이한 뜻과 행동을 알아주는 이 없어 초야에 몸을 숨긴, 불의한 세상에 분개하여 거침없이 뜻을 풀어내며 물외物外에서 유유자적하는 그런 예사롭지 않은 사람들이 사는 곳이다. 성운은 이 마을에서 마음의 평정을 찾았다며 죽을 때까지 여기서 살리라고 다짐한다. 마음 깊은 곳에 감추어둔 시름을 알 만하다.

조식은 경상도 사람이다. 자는 건중楗仲, 호는 남명南冥·산해山海·방장산인方丈山人이라 했다. 삼가현三嘉縣 토동兎洞 외가에서 태어나 자라다가 부친이 문과에 급제하면서 서울로 이주했다. 18세 때 장의동으로 이사한 뒤 성운을 만났고, 26세 때 부친상을 당해 귀향하여 시묘살이를 하면서 그대로 눌러앉았다. 조식이 어떤 사람인지 알기 위해서는 우선 지리산의 웅위한 모습을 떠올리며 아래 시를 읽어보아야 한다. 덕산의 계정溪亭 기둥에 적었던 글이다.

천석 크기 종을 보시게   請看千石鍾
크게 치지 않으면 소리를 내지 않네   非大扣無聲
어찌하면 저 두류산과 같이   爭似頭流山
하늘이 울려도 울지 않을 수 있을까   天鳴猶不鳴

종은 치는 힘만큼 소리를 낸다. 마찬가지로 같은 존재라도 대하는 자에 따라 가치와 의미가 달라지는 법이다. 조식이 자기 정신의 표상으로 삼았던 것은 하늘에서 아무리 우레가 쳐도 꿈쩍 않는 천년부동千年不動의 지리산이었다. 가슴속에 늘 지리산이 자리 잡고 있었기 때문에 조식은 세상의 자잘한 비난이나 달콤한 유혹에 조금도 흔들리지 않을 수 있었다.

그는 58세 때 지리산을 유람한 적이 있다. 청학동을 향해 가다가 큰 바위에 아무개 아무개 하는 이름이 크게 새겨져 있는 것을 보고 한

마디했다.

대장부의 이름은 마치 푸른 하늘의 밝은 해와 같아서, 사관이 책에 기록하고 천하 사람들의 마음에 새겨져야 하는 법이다. 그런데 구구하게 숲 속 잡초 더미 사이의 바위에 새겨 영원히 썩지 않기를 바라니, 이는 까마득히 날아가 버린 새 그림자만도 못한 것이다. 세상 사람들이 뒷날 그게 무슨 새인 줄 어떻게 알 수 있겠는가?

바위 위에 새긴 이름이 어찌 백 년을 갈까? 그저 화장실의 낙서처럼 남을 뿐이다. 명예 또한 구한다고 구해지는 것이 아니다. 한때의 명성이 때로는 백 년의 악명으로 기록되고 천추의 오명으로 남기도 한다. 사람들은 재물이 아니면 권력을, 권력이 아니면 이름을 탐한다. 그런데 이름을 탐하는 것의 폐해는 재물이나 권력을 탐할 때의 그것보다 훨씬 심각하다고 한다. 조식은 이름을 어떻게 지켜야 하는지를 알고 있었다.

의기가 강했던 조식은 직언을 잘했는데, 이로 인해 주위 사람과 적지 않게 갈등을 겪었으며 세간의 비판을 받기도 했다. 이는 성운과 다른 점이었다. 그의 문집에는 성운에게 보낸 편지 7편이 실려 있는데 모두 64세 이후에 작성한 것으로, 노년의 애틋한 그리움이 잘 드러나 있다. 한번은 이렇게 말했다.

저의 모난 성격은 늘그막에 이르러도 오히려 매워지기만 합니다.

밖에서 들려오는 말이 아무리 많더라도 매양 차가운 웃음으로 흘러버립니다. 목이 잘려도 전혀 애석해하지 않을 텐데, 하물며 그런 것도 아닌데 더 말할 게 있겠습니까? 다만 몸가짐이 변변치 못해 죄와 견책을 불러오고 말았습니다. 제 처지에서 공을 보면, 평생 동안 어찌 일찍이 한 사람이라도 공을 비방하는 사람이 있었겠습니까? 공께서 한 번도 견책을 받은 적이 없었던 것은 또한 어떻게 처신하셨기 때문입니까?

조식은 성운에게 마른 해삼을 보내며 요리하는 법을 일러주기도 했고, 오미자를 보내주기도 했다.

이제 지하에서 그대를 만나리라

큰 새는 날개 떨쳐 남해로 날아가는데	冥鴻矯翼向南飛
갈바람에 낙엽은 정처 없이 흩어지네	正值秋風木落時
땅에 깔린 낟알들을 닭과 오리 쪼아대나	滿地稻粱鷄鶩啄
구름 밖 하늘에선 절로 기심 잊었다오	碧雲天外自忘機

성운이 조식에게 부친 시이다. 조식의 호인 남명南冥은 남쪽 바다라는 뜻이다. 그냥 바다가 아니라, 『장자』에 나오는바 북쪽 바다에 사

는 곤鯤이라는 거대한 물고기가 대붕大鵬으로 변해 날아가는 바다이다. 크기가 얼마인지 모를 만큼 큰 대붕이 자유자재로 노닐 만한 넓은 세상이다. 그러고 보니 성운의 호는 큰 골짜기(大谷)이다. 조식과 성운은 각기 지리산과 속리산을 표상으로 삼았지만, 이들은 높이와 크기가 아니라 너비와 깊이를 지향했던 것이다. 땅에 깔린 낟알들은 세상의 명리를 뜻한다. 닭과 오리들은 달려들어 쪼아대기 바쁘지만, 큰 새는 눈길조차 주지 않는다. 만산의 나무들이 옷을 벗는 계절, 표표히 떠나가는 조식의 뒷모습에서 성운은 구름 밖을 유유히 날아가는 대붕을 연상했던 것이다.

이런 시는 자잘한 솜씨로 지을 수 있는 것이 아니다. 또한 누구나 조식을 대붕으로 본 것도 아니다. 성운이기 때문에 그렇게 본 것이다. 대붕만이 대붕을 알아본다. 성운도 대붕의 기상을 품었기에 대붕의 웅위한 모습을 상상할 수 있었던 것이다. 뒤에 신흠申欽은 "시는 그 사람과 같다"며, 이 시가 산림처사의 맑은 기운을 담고 있다고 말했다.

이후 두 사람은 한동안 만나지 못하다가 1566년 서울에서 다시 만난다. 명종이 초야의 어진 선비들을 널리 구하여 불렀기 때문이다. 명종은 성운을 불러 치도治道를 물었지만, 성운은 병 때문에 대답할 수 없다고 사양한 뒤 보은으로 돌아갔다. 조식은 상서원 판관의 벼슬을 받았지만, 일단 사은숙배한 뒤에 곧 사임하고 진주로 돌아갔다. 이때도 10월 가을이었다. 이미 성운은 70세, 조식은 66세의 고령이었다. 두 사람은 백발이 성성한 서로의 모습을 보며 애틋한 정을 나누었다. 이제 혜어지면 다시 보기를 기약할 수 없었다. 두 사람은 아녀자와 같은 감상에 젖었고, 꿈속에서나마 만날 것을 기약했다.

이로부터 6년 뒤인 1572년 조식이 먼저 죽었다. 성운은 멀리서 제문을 보내 애도했다. 산이 무너지는 듯한 아픔 속에서 노을 진 서산을 바라보았지만, 구름이 겹겹이라 떠난 사람은 보이지 않았다. 이제 봉황은 다시 돌아오지 않으리. 조식의 제자들은 행장을 가지고 성운을 찾아가 묘비 글을 부탁했다. 묘비 글은 생전의 지음知音에게 부탁하는 것이 상례였다. 성운은 기꺼이 글을 지었고, 뒷사람들은 그 글이 조식의 면모를 잘 그려냈다고 평했다.

그 뒤로 성운은 7년을 더 살았지만 세상은 적막했다. 나이가 많아서도 아니요, 부귀를 누리지 못해서도 아니었다. 다만 세상에 자신을 알아주는 이가 없었기 때문이다. 깊은 밤 술동이를 다 비운 뒤 짧은 시한 수를 짓고 고개를 들어보면, 장공에 달만 덩그러니 걸려 있을 뿐 공허했다. 어느 밤에는 시를 짓다가 문득 그가 생각나는데 볼 수가 없어 그 처연한 심정을 지하에 있는 벗에게 부치기도 하였다.

그나마 다행은 내 목숨이 오늘내일하나니　　所恃吾衰朝暮死
지하에서 자네를 다시 만날 수 있는 것이네　　重逢泉裏眼終靑

도산서원에서의 이틀 밤

이황과 이이

이황(李滉, 1501~1570)   본관은 진성, 호는 퇴계退溪. 공조와 예조의 판서 및 대제학을 지낸 뒤 1560년 고향에 돌아와 후진 양성에 힘썼다. 그의 학풍은 세칭 영남학파를 이루었으며, 일본 성리학계에도 많은 영향을 끼쳤다. 시문에도 뛰어나 많은 작품을 남겼으며, 시조 「도산십이곡」을 지었다.

이이(李珥, 1536~1584)   본관은 덕수, 호는 율곡栗谷. 어머니는 사임당 신씨이다. 23세부터 29세에 이르기까지 아홉 차례의 과거에서 모두 장원을 차지해 '구도장원공' 九度壯元公이라 불렸다. 그의 학문은 경세와 실무에 바탕을 두고 있어 후대 실학의 원류로 평가된다. 임진왜란 발발 전 10만 양병설을 주장한 것으로 유명하다.

도산서원의 향기

1708년 2월, 설악산에 은거해 있던 삼연三淵 김창흡金昌翕은 영남 여행 길에 올랐다. 영남은 그 기질이 태산교악泰山喬嶽이라, 일찍부터 많은 학자들을 배출한 땅이다. 영천에서 장현광, 옥산에서 이언적, 의령에서 곽재우, 하동에서 정여창, 진주에서 조식 등의 자취와 차례로 만난 삼연은 지리산 쌍계사와 가야산 해인사에서 노독을 풀고, 귀로에 예안의 도산서원을 찾았다. 이때는 음력 3월 9일, 봄빛이 한창 예쁠 때였다. 서원에 들어서서 참배한 뒤 퇴계退溪 이황李滉(1501~1570)의 유품을 살펴보았다. 유품이라야 보던 책이며 지팡이 등이 고작이었지만, 그윽한 정신은 외려 그런 물건에 배어 있는 법이다.

산수 간 옛 풍모가 유품에 남았으니　　　　　几杖依然舊考槃
모시고 배우는 듯 옷매무새 바로 하네　　　　若將承誨整衣冠

이어서 서원 구석구석을 둘러보며 선생의 남은 향기를 느끼고, 밖으로 나와 안개 속에 잠겨 있는 낙강을 굽어보았다. 이럴 때는 혼자 있을수록, 안개가 끼거나 해 질 무렵일수록 옛사람과 만나기에 좋다. 그 자리에 서면 시간이 멈추고, 눈을 감으면 그 모습이 보이며, 귀를 기울이면 목소리가 들린다.

지난해 설악산 백연에서　　　　　　　昨歲百淵中

선생의 산수 시를 보았지　　　　　　　巖泉考題品

손으로 짚어가며 「도산기」 읽을 때는　細讀陶山記

정우당淨友塘 절우사節友社를 상상하였네　塘社想位置

자나 깨나 온 정성 기울이더니　　　　寤寐所勞神

오늘 와서 이곳을 직접 밟아보는구나　今來得實履

천연대에 올라서서　　　　　　　　　試上天淵臺

취병산을 둘러보니　　　　　　　　　游目翠屛裏

들 빛은 안개비와 섞이어　　　　　　野色和煙雨

사방 십여 리가 자욱하네　　　　　　空濛十餘里

마음은 눈길 따라 그지없이 넓어지고　心隨一覽廣

몸은 커다란 기상과 하나가 되었구나　身與浩氣止

천연대 위 구름과 강가의 갈매기　　　臺雲與渚鷗

보이는 것 모두 신묘한 이치일세　　　所觸皆妙理

탁영담 물은 아직도 맑고　　　　　　濯纓潭亦澄

전상석 여전히 솟아 있네　　　　　　傳觴石尙峙

날 저물어도 마냥 서성거리며　　　　天昏倚杖久

우러르는 그 마음 끝이 없어라　　　　俛仰意未已

돌아오니 드나드시던 문 적막한데　　歸來闃其戶

빈 방에 문구는 그대로 남아 있네　　虛室宛硯几

솔개와 물고기 온 우주에 흩어져도　　鳶魚散宇宙

거두고 아우르는 묘리 여기에 있네　　　　　收攝妙在此

밤에는 객실에 묵었는데 이날의 밤 풍치는 이러했다.

사당에 참배한 뒤에 서원의 객실에서 쉬었다. 저녁을 먹은 뒤 다시
나서 암서헌巖棲軒에서 옷깃을 여미고 고요히 앉아 있으려니 엷은
구름에 가린 희미한 달빛에 비친 연못의 수면이 빛나고, 여울 소리
와 소쩍새 우는 소리가 어우러져 맑고 또렷하게 들려오는데, 스승
님 방에서 기침 소리가 나는 것만 같았다. 여기서 보고 느끼는 가
운데 얻은 것은 백 년이 가도 썩지 않을 것이다.

보통 서원은 메마르고 푸석푸석한 느낌을 자아내지만, 도산서원은
세월이 흐를수록 더 그윽한 향기가 배어나는 곳이다. 그것은 여기 머물
던 사람이 향기로웠기 때문이다. 퇴계는 엄정한 도학자이기 전에 아름
다운 자연 앞에서 한없는 경외심으로 탄성을 금치 못했던 시인이었으
며, 매화 앞에서 시선을 돌리지 못했던 심미가였다. 주자를 경배하고
이기理氣를 논하던 도학자 퇴계는, 시인이자 심미가였던 퇴계를 만난
한참 뒤에 알아도 늦지 않다. 퇴계의 인간적 면모는 아래 두 구절에 온
축되어 있다.

시가 아니라 사람이 제 스스로 그르침이라　　　詩不誤人人自誤

솟아나는 시흥 풍정을 어찌 막을 수 있으리　　興來情適已難禁

율곡, 도산을 찾다

결혼하여 경상도 성주 처가에 머물던 율곡栗谷 이이李珥(1536~1584)는 이듬해인 1558년 2월, 외가가 있는 강릉으로 가다가 중간에 예안의 도산을 찾았다. 예안은 지금의 안동 북쪽을 일컫던 지명이다. 당시 퇴계는 막 벼슬에서 물러나 있었는데, 몰려드는 제자들이 많아 도산서당을 짓고 있었다. 그러니 지금처럼 번듯하게 갖추어진 서원이 있을 때가 아니었다. (도산서원은 퇴계가 죽은 뒤인 1574년에 조성되었다.) 도산은 예나 지금이나 깊은 산골에 있다. 퇴계는 산길을 물어물어 찾아온 율곡을 정중하게 맞이했고, 율곡은 제자의 예로 인사를 올렸다. 이런저런 이야기가 이어지는 가운데 먹이 갈리고, 대화가 무르익자 붓을 적셨다.

시내는 수사에서 갈려 나왔고　　　　溪分洙泗派
봉우리 빼어나기는 무이산이네　　　峯秀武夷山
천 권의 경전으로 삶을 일구고　　　活計經千卷
몇 칸 집을 들고 나실 뿐이네　　　　行藏屋數間
흉금으로 맑게 갠 달밤 열어주시니　襟懷開霽月
담소하는 사이 거친 물결 잠잠해지네　談笑止狂瀾

소자 또한 도를 여쭈러 왔지	小子求問道
한나절 쉬러 온 건 아니랍니다	非傀半日閒

천지간에 고운 것이 사람이고, 사람 중에 고운 것이 말﹙言﹚이고, 말 중에 고운 것은 글이며, 글 중에 고운 것은 시라고 했다. 시는 다른 게 아니라 마음을 주고받는 가장 고운 소통 방식이다. 시를 지어 보이는 것은 마음의 가장 은미한 부분을 정교하게 표현하는 것이다.

1구의 수수洙水와 사수泗水는 모두 공자가 제자들을 가르치던 곳 근처에 있던 강 이름이다. 서원 아래를 흐르는 낙강이 거기서 유래했다는 것이 아니라, 퇴계의 학문이 공자에게 연원을 두고 있다는 뜻이다. 2구의 무이산은 중국 복건성에 있는 명산이다. 주희朱熹는 1182년 관직에서 은퇴한 다음 해 이 산 아래에 무이정사武夷精舍를 지었다. 집이나 방마다 용도에 따라 인지당仁智堂이니 은구재隱求齋니 하는 이름을 붙여 편액을 달았으며, 집 근처 풍광이 좋은 곳마다 정자를 지어 또 그렇게 했다. 여기서 글을 읽고, 손님이 오면 차와 술을 마시며 담소하고, 제자들을 가르치고, 저술을 하고, 미음완보 산책을 하고, 자연의 변화를 완상하며 시를 지어 읊조렸다. 퇴계의 도산서당은 이 무이정사를 본받은 것이다. 도산이 무이산처럼 빼어나다는 것은 퇴계의 학문이 주희의 그것처럼 높음을 말한 것이다.

3, 4구에서는 이익이나 벼슬을 탐하지 않고 산골 도산에서 학문과 교육에만 전념하는 퇴계의 살림살이를 묘사했다. 5, 6구는 대화의 분위

기와 효과를 말했다. 제월霽月은 비바람이 지난 뒤 맑게 갠 하늘의 밝은 달을 뜻한다. 이처럼 맑은 달밤은 퇴계의 마음이 빚어낸 것이니, 밖의 날씨나 기후와는 별 상관이 없다. 마음이 맑은 사람과 함께 있으면 온 우주가 맑아진다. 이렇게 비바람이 지나가고 하늘이 맑아지면 거칠게 흐르던 물결도 잠잠해지게 마련이다. 거친 물결(狂瀾)은 물론 율곡 자신을 가리킨다. 율곡은 이때 격정으로 일렁이는 23세의 청년이었다. 5, 6구를 간단히 표현하면 이런 말이다. "선생님과 몇 마디 말씀을 나누다 보니 제 거친 마음이 절로 정화되었습니다!"

자신을 낮추되 비굴하지 않고, 상대방을 높이되 낯간지럽지 않게 표현하는 것은 그만한 기상과 안목이 없으면 불가능한 일이다. 조심스러우면서도 여유 있고 당당한 율곡의 태도는 마지막 두 구절에 잘 나타나 있다. 도를 여쭈러 왔다 함은, 격려나 받고 훈계나 들으러 왔다는 뜻이 아니다. 한 수 배우러 왔다는 것이 꼭 배우러 왔다는 의미는 아니잖은가? 이 말에는 질의와 토론을 통해 자신의 의견을 적극적으로 말씀 드리겠다는 뜻도 내포되어 있다. 가르치는 사람으로서는 이런 사람이 제일 무섭고 가장 반갑다. 이때 율곡은 23세, 퇴계는 58세였다. 청년 서생이 세상에 명성이 높은 노선생을 찾아가는 것은 예나 지금이나 쉬운 일이 아니고, 대면하고 앉아 도를 묻는 것은 더더욱 쉬운 일이 아니다.

퇴계, 율곡을 벗으로 삼다

편협하고 옹졸한 사람은 자신을 당당하게 드러내는 사람을 좋아하지 않지만, 기상이 크고 마음이 맑은 사람은 자기와 다르고 자기보다 뛰어나며 당당한 사람을 좋아하는 법이다. 퇴계는 율곡이 무척 맘에 들었다. 이야말로 후생가외後生可畏이고, 먼 곳에서 때로 벗이 찾아와 또한 즐거운 형국이 아닌가! 마침 눈비가 섞여 내리고 있어 일기가 매우 불순했는데, 퇴계는 핑계 김에 율곡을 이틀이나 머물게 했다. 이 2박 3일은 도산이 가장 향기로웠던 시간이다. 퇴계는 당시를 이렇게 묘사했다.

봄날에 천하 재사 반가이 만났으니	才子欣逢二月春
머문 지 사흘 만에 정신이 통하는 듯	挽留三日若通神
대숲 같은 빗줄기 시내 발등 스치더니	雨垂銀竹捎溪足
눈송이 옥꽃 되어 나무 몸을 감쌌구나	雪作瓊花裏樹身
말굽이 빠지도록 길은 아직 진창이나	沒馬泥融行尙阻
햇볕 찾는 새소리에 날이 막 개었구나	喚晴禽語景纔新
술 다시 권하기엔 나는 이미 늙었지만	一杯再屬吾何淺
망년 우정 이로부터 더욱더 가까우리	從此忘年義更親

때는 봄과 겨울이 실랑이하는 음력 2월이었다. 퇴계는 떠나려는 율곡을 만류하여 이틀 밤을 재웠다. 그 사이에 때론 함께 거닐며 한담

을 나누고, 때론 경전을 앞에 두고 깊은 뜻을 따졌으며, 밤에는 소쩍새 소리를 들으며 술을 마셨다. 그 사이 낙강의 수면에 빗발이 떨어지고, 밤에는 비가 눈으로 변해 나무마다 눈꽃이 만발했다. 그 눈이 녹아 길이 진창으로 변했다. 이렇게 이틀을 보내고 나서 두 사람은 정신이 서로 통하는 경지(通神)에 이르렀고, 오랜 지기知己처럼 헤어지기를 못내 아쉬워했다. 마지막 구절에서 보듯, 퇴계는 이미 율곡을 망년우忘年友(나이를 떠나 사귀는 벗)로 삼았고 우정이 더욱 돈독해지기를 희망했다.

율곡을 보내며 퇴계는 "뿌리가 두터우면 꽃은 고울 수밖에 없고, 샘이 깊으면 물은 절로 물결을 이룬다"며 학문에 전념할 것을 주문했다. 또한 귀찮더라도 가끔 편지를 보내 천 리 밖 늙은이의 무료함을 달래달라고 당부했다. 하지만 율곡이 떠나고 나서 먼저 편지를 보낸 사람은 퇴계였다. 무성했던 꽃이 지거나 성대한 잔치가 끝났을 때보다 더 허전한 것은 좋은 벗이 다녀간 뒤의 빈자리이다. 편지에서 퇴계는, 학문에 뜻을 두어도 어떤 사람은 재주가 부족하고 또 어떤 사람은 나이가 너무 많아 성취를 기약할 수 없지만, 율곡은 재주도 높고 나이도 젊으니 원대한 뜻을 세워 작은 얻음에 만족하지 말라고 간곡하게 당부했다. 편지 끝자락에는 아래 시를 적었다.

돌아온 뒤 오래 헤맴 남몰래 탄식할 제	歸來自歎久迷方
고요한 데서 문틈의 한 줄기 빛 보았다오	靜處才窺隙裏光
그대는 때에 맞춰 바른길을 추구하여	勸子及時追正軌

산골에 들었음을 탄식하지 마시게나　　　　莫嗟行脚入窮鄕

　자신은 뒤늦게 학문의 길에 들어 방향을 잡지 못하고 헤매다가 겨우 문틈으로 새어 드는 빛을 보았으니, 율곡은 이리저리 헤매다가 길을 잃지 말고 젊었을 적에 착실하게 정도正道를 걸으라는 뜻이다. 은근한 경계의 말이다. 율곡은 20세 때 이미 금강산에 들어가 1년간이나 승려 같은 생활을 했고, 감성이 예민해 곧잘 시심에 젖어들었으며, 노장사상에도 관심이 많았다. 결국 이 시의 속뜻은 젊다고 관심을 방만하게 두지 말고 순정한 유학에 전심하라는 것이다. 하지만 아래의 답시를 보면 젊은 시절의 율곡은 확실히 사상적으로 모험심이 많았음을 알 수 있다.

젊은 날 양식 지고 사방을 헤맬 적에　　　　早歲春糧走四方
사람 말 다 주린데 해는 막 저물었네　　　　馬飢人瘦始回光
석양은 본디 저기 서산 위에 있나니　　　　斜陽本在西山上
나그네 고향 멀다 근심하여 무엇 하리　　　　旅客何愁遠故鄕

　양식을 등에 짊어지고 사방을 헤맸다는 것은 젊을 때의 방황과 편력을 뜻한다. 율곡은 어머니를 여읜 충격을 이기지 못해 산수 좋은 곳을 찾아 떠돌았고 사상적으로도 방황을 거듭했다. 그러다가 저물녘 막다른 골목에서 불교를 접했고, 선택의 여지가 없었으므로 거기서 지친 영혼을 달랠 수밖에 없었다. 마지막 구의 고향은 퇴계가 말한 정궤正軌

이니 곧 순정한 유학을 뜻한다. 어차피 고향은 돌아가야 할 곳이니 나그네가 객지에서 저물녘을 만났다고 시름에 젖어 무엇 하겠냐는 패기 넘치는 반문이다. 젊은 시절 부득이 다른 사상에 관심을 가지는 것은 하등 문제 될 게 없다는 태도이다. 퇴계는 퇴계이고 율곡은 율곡이었다. 제자라고 해서 함부로 강요하거나, 스승이라고 해서 자기를 숨긴다면 두 사람이 어찌 벗이 될 수 있으며, 그 사이에 무슨 아름다움이 있을까?

퇴계는 율곡을 벗으로 대했지만, 율곡이 퇴계를 그렇게 대우했으리는 없다. 또 벗의 조건은 애정과 신뢰이지, 그런 외적인 관계는 아닌 것이다. 1572년 12월, 퇴계의 2주기에 율곡이 제문을 지어 보냈는데, 거기에 이런 말이 있다.

소자가 배움을 잃어 정신없이 헤맬 때, 사나운 말은 이리저리 치달리고 가시덤불 속에서 길을 잃었습니다. 그때 공께서 계발하여 삶의 방향을 바로잡을 수 있었습니다.

율곡은 언제나 퇴계를 스승의 예로 대했던 것이다.

_ 이인문, 〈송계한담도〉. 국립중앙박물관 소장

그리운 도산감국주

영남학파와 기호학파, 남인과 서인, 주리론과 주기론. 사람들은 보통 퇴계와 율곡을 이렇게 나누어 말한다. 그래야만 역사와 세상사를 설명하기가 편하기 때문이다. 같은 점을 기준으로 보면 모든 존재는 나뉘지 않는데, 다르게 보려고 하면 작은 차이가 세상을 두 쪽으로 나누기도 한다. 율곡은 정식으로 퇴계 문하에서 학문을 배우지 않았지만, 이를테면 그 계보에 들지는 않았지만 분명 퇴계의 제자였다. 퇴계는 율곡보다 35세나 많았지만 그를 벗으로 삼기에 주저하지 않았다. 둘을 극명하게 나눈 것은 다만 이들을 권력의 근거로 삼으려는 뒷사람들이었다. 잠시 우리는 두 사람을 나누지 말고, 도산서원에 가 두 사람이 함께 거닐던 발자취를 찾아보고 그때 그 자리에서 주고받던 대화를 들어볼 일이다.

서원 진입로는 가급적 아주 천천히 걸을 일이다. 그러다 보면 바로 앞에 두 분 선생이 나란히 걷고 있으리라. 주고받는 이야기가 들리고, 내딛는 걸음에서 맑은 기운이 느껴질 것이다. 혹 낙강에 석양빛이 빗겨 있다면 잠시 난간 아래 강물을 굽어보시라. 세사에 지친 마음이 달래질 것이다. 시습재時習齋 마루 위에 앉아 눈을 감으면 선배들의 독서성讀書 聲이 아련히 들려오리라. 절우사節友社를 거닐면 대나무들과 벗이 되고, 천연대天淵臺 위에 오르면 천지의 이치가 다가오리라. 빗자루 결 아직 남은 마당을 골라서 디뎌보고, 정우당淨友塘 연잎을 말없이 바라보면 선생의 기침 소리가 뒤에서 들려오리라. 그리고 걸어 나오면 몸에는 어느

새 두 분 선생의 훈도가 감돌 것이니, 그대는 퇴계·율곡의 제자가 되고 벗이 된 것이다.

어떤 조촐한 술자리에 퇴계 선생의 직손인 이지양 선생이 술 한 병을 들고 왔다. 향이 진한 독주였다. 도산서원 뒤뜰에서 딴 감국甘菊을 안동소주에 담근 술이었다. 옳거니, 이것이 퇴계와 율곡이 담소를 나누며 마시던 술이렷다. 나는 즉석에서 '도산감국주'라 명명하고 감격에 겨워 몇 잔을 마셨다. 그리고 그 감회를 이렇게 읊조렸다.

도산의 감국주를 아끼듯 입에 대니
선생의 옛 향기가 온몸을 감아 도네
쾌재라 이런 만남을 그 뉘라서 알리오

이지양 선생은 도산감국주를 다시 만나게 해주마 했고, 도산서원에서 하룻밤 묵게 해준다고도 약속했다. 도산감국주를 마시면 퇴계와 율곡의 아취가 온몸에 전해지고, 도산서원에 묵으면 1558년 두 분이 밤에 나누던 깊은 말씀을 들을 수 있을 것이다.

도의로 따르는데
행적을 따질 건가

양사언과 휴정

양사언(楊士彦, 1517~1584) 본관은 청주, 호는 봉래蓬萊. 자연을 즐겨, 강원도 회양 군수로 있을 때 금강산 만폭동 바위에 '蓬萊楓嶽元化洞天'(봉래풍악원화동천) 8자를 새겼는데 지금도 남아 있다. 시詩와 글씨에 모두 능했다. 널리 알려진 시조 "태산이 높다 하되 하늘 아래 뫼이로다……"의 작자이기도 하다.

휴정(休靜, 1520~1604) 속성은 최崔씨, 본관은 완산. 호는 청허淸虛 또는 서산西山. 임진왜란 때 73세의 늙은 몸으로 승병을 모아 명나라 군대와 합세, 한양 수복에 공을 세웠다. 선종 중심으로 교종을 통합해 한국 불교사의 기틀을 다졌으며, 유·불·도 삼교의 통합론을 제기했다.

구름과 바람의 길

실수는 삶을 쓸쓸하게 한다.
실패는 생生 전부를 외롭게 한다.
구름은 늘 실수하고
바람은 언제나 실패한다.
나는 구름과 바람의 길을 걷는다.
물속을 들여다보면
구름은 항상 쓸쓸히 아름답고
바람은 온 밤을 갈대와 울며 지샌다.

누구도 돌아보지 않는 길
구름과 바람이 나의 길이다.

이성선 시인의 「구름과 바람의 길」이다. 구름이 뭘 실수하고 바람
이 또 무슨 실패를 했겠는가? 실수와 실패는 시인 자신이 했는데, 그는
왜 그걸 구름과 바람에 전가한 것일까? 혼자 길을 가다 시냇물 속에서
본 구름의 모습이 쓸쓸하도록 아름다웠고, 밤바람과 갈대가 몸을 비비
며 우는 시름 깊은 소리를 밤새 들었기 때문이다. 시냇가 시인의 처지
가 황량했으니 자연 구름의 모습이 쓸쓸했고, 밤새도록 함께 들을 이
없었으니 바람소리는 외로웠다. 외롭고 쓸쓸한 순간, 삶의 허무와 부조

리가 파도처럼 밀려온다. 하지만 생각해보라. 이 세상에 자유로운 것치고 외롭지 않은 존재가 어디 있으며, 어떤 달관과 여유인들 쓸쓸함에서 배태되지 않은 것이 있으랴! 그러니 누구도 돌아보지 않는 시인의 길은 곧 자유와 달관으로 가는 길인 셈이다.

외로운 바람, 선객 양사언

바람, 자신은 울지 않지만 남의 가슴을 울려 소리 내어 울게 한다. 이 세상 모든 존재는 바람을 맞으면 소리를 낸다. 그것은 슬픈 울음소리일 때가 많다. 바람은 존재의 슬픔을 불러내 그 삶을 가볍게 한다. 바람, 모습은 없지만 흔적을 남긴다. 사막에 바람의 자국이 남듯, 이 세상 어떤 자국인들 바람이 남겨놓은 것이 아니랴! 소리 없이 울음을 불러내고 모습 없이 자취를 남기는 바람, 봉래蓬萊 양사언楊士彦(1517~1584)의 삶은 이 바람을 닮았다.

양사언은 1581년 황해도로 귀양 갔고, 1584년 5월 2일 세상을 버렸다. 그 전인 1564년에 강원도 고성군 구선봉九仙峯 아래 감호鑑湖 가에 정자를 지은 적이 있었다. 정자 이름을 '비래정'飛來亭이라 정하고 고래의 수염으로 큰 붓을 만들어 손수 편액 글씨를 쓰는데, '飛'자 외에 나머지 두 글자 '來'와 '亭'은 여러 번 써도 좀처럼 마음에 들지 않았다. 할 수 없이 '飛'자만으로 족자를 만들어 정자의 벽 위에 걸어두었다.

그런데 1584년 어느 날 밤, 큰바람이 일더니 정자의 잠긴 문이 저절로 열리고 책과 병풍 족자가 날려서 밖에 떨어졌다. 정자를 지키는 자가 달려가 주워보니 잃어버린 것은 없었다. 그런데 유독 '飛' 자 족자만 공중으로 높이 올라가 바다를 향해 점점 멀어졌다. 족자를 뒤쫓아 바닷가에까지 이르렀으나 아득하여 간 곳을 알지 못했다. 그 뒤에 날짜를 헤아려보니 양사언이 유배지에서 죽은 날이었다.

이것은 유근柳根이 쓴 「비자기」飛字記에 나오는 이야기이다. 양사언은 이 세상에서 바람처럼 사라져갔던 것이다. 양사언에 대한 뒷사람들의 증언은 대개 이런 식이다. 벼슬살이에는 별 뜻이 없고 산수에 마음을 붙였으니 바위와 골짝 사이에서 놀지 않은 날이 없었다고. 그는 바람처럼 산수 간을 떠돌았던 것이다. 양사언은 글씨로도 유명해 조선 전기 3대 서예가의 한 사람으로 꼽혔다. 글씨 중에서도 특히 초서로 이름을 날렸는데, 마치 용과 뱀을 풀어놓은 듯하다는 평을 들었다. 초서 자체가 쓸 때 바람이 이는 서법이지만, 과연 양사언의 초서는 광풍이 휘몰아치는 듯하다. 서른 살에 과거에 급제했는데, 주로 함경도와 평안도, 강원도 먼 고을의 외직만을 역임하고 한 번도 내직을 맡지 않았다. 유교에 갇히지 않고 도교와 불교를 넘나들었으며, 격암格菴 남사고南師古를 섬겨 점치는 일에 능하였다. 이 모두가 천하를 횡행하는 바람의 면모라 할 수 있다.

양사언은 시인으로서도 명성이 자자했다. 그의 시는 그가 나고 자란 포천의 백운산이나 금수정 일대, 외직으로 나갔던 함경도 함흥이나 안변 일대, 설악산 아래 바닷가 마을, 그리고 평생 사랑해 자신의 호로 삼은 금강산의 풍광을 읊은 것들이 많다. 승려들에게 준 작품도 적지 않다. 시상은 맑고 깨끗하고 굳세어 세상사에 연연하지 않는 듯한 분위기를 풍기는데, 그것이 오히려 공허하고 쓸쓸한 느낌을 주기도 한다. 아래는 금강산 불정대佛頂臺를 읊은 시이다.

산악으로 안주를 삼고	山岳爲肴核
창해로는 술 못 만들리	滄溟作酒池
광객의 노래로 만고를 슬퍼한 뒤	狂歌凋萬古
취하지 않으면 아니 돌아가리라	不醉願無歸

마치 속정俗情을 다 떨쳐낸 듯 청아하고, 어떤 거칠 것도 없는 듯 호기롭다. 하지만 왠지 공허하고 쓸쓸하다. 특히 3구는 세상과의 괴리 또는 마음속 균열을 잘 보여준다. 광가狂歌는 세상과 화합하지 못하거나 규범과 관습에 포박되기를 거부하는 지식인의 노래이다. 조凋는 조상凋傷, 즉 슬퍼한다는 뜻이다. 세상은 언제나 불공평하고 삶은 또 늘 부조리하다. 만고萬古의 세월 동안 그렇지 않은 적은 한순간도 없었다. 양사언이 취할 수밖에 없는 이유이다.

양사언이 하루는 남포南浦에서 낚시질을 하는데, 종일토록 한 마리도 잡지 못했다. 마침 나무꾼 아이가 지나다가 말했다. "미끼는 큰데 물은 얕으니 헛수고예요. 멀리 가셔야 합니다." 이에 양사언은 낚싯대를 챙겨 일어섰다. 그런데 그 말을 듣고 보니 묘한 감회가 일었다. 그래서 시 한 수를 지었다.

1년을 하루같이 낚싯대 늘였는데	廣張三百六十釣
살쩍 위 서리는 가을 풀에 앞서 왔네	蕭蕭霜鬢先秋草
미끼 큰데 물은 맑아 고기는 오잖으니	餌大水淸魚不來
낚싯줄 거두어서 봉래도에 가보리라	便當收綸向蓬島

우언寓言이다. 미끼는 양사언이 지닌 포부와 재략이고, 얕은 물은 편협한 조선 사회이며, 물고기는 뜻을 펼칠 만한 지위이다. 얕은 물에 큰 미끼를 드리운 것은 일종의 고집인 셈이다. 나무꾼의 충고는 다름 아닌 세인들의 조롱이다. 결국 양사언은 낚싯대를 거두고 마는데, 옷깃을 떨치는 순간 바람이 일어났다. 봉래는 신선이 산다는 삼신산의 하나이다. 이렇듯 선계를 향한 꿈은 세상의 좌절에서 태어나는 것이다.

세상에는 양사언의 어머니에 대한 설화가 널리 알려져 있다. 촌가의 한 소녀가 우연히 자기 집에 들른 양반을 정성껏 대접했다. 양반은 고마움의 표시로 부채를 선물하며 장난삼아 예물이라고 말했다. 소녀는 방에서 붉은 보자기를 가지고 나와 정성껏 부채를 받아서 보관했다. 몇 년 뒤 이 소녀는 그 양반을 찾아가 예폐禮幣를 내놓으며 안주인 없는 집의 후실이 되었고, 세 아들을 낳았다. 그런데 남편이 먼저 죽자 그녀는 정실 소생 아들들에게 자신이 지금 죽을 테니 남들에게 알려지지 않

게 대충 장사 지내달라고 부탁하고는 자결했다. 뒷날 자기가 죽었을 때
그들이 서모庶母를 장사 지내는 예에 따라 옷을 입으면 세 아들의 서얼
신분이 만천하에 드러나고, 그렇게 되면 세상에서 행세할 수 없을 것을
염려했기 때문이다. 그렇게 해서 양사언 삼형제는 그나마 세상에 쓰일
수 있게 되었다. 그럼에도 불구하고 뒷사람들은 양사언을 불우한 서얼
로 소개하곤 했다. 그는 서얼이었던 것이다.

정 깊은 구름, 선승 휴정

휴정休靜(1520~1604)은 운수승雲水僧(탁발승)이었다. 머물면 흰 구름 속에
누웠고 나서면 흰 구름이 되어 떠돌았으며, 청산백운인靑山白雲人을 자
처했다. 그의 발길은 지리산으로 구월산으로, 금강산으로 묘향산으로
막힘이 없었다. 젊어서는 선종과 교종을 통괄하는 선교양종판사禪敎兩
宗判事의 직위를 받았지만 곧 인끈을 반납하고 떠났으며, 임진왜란이 끝
난 뒤에는 전국의 승단을 통괄하는 팔도도총섭八道都摠攝이 되었지만 거
기에도 머물지 않았다. 주착住着을 피하기 위해 한곳에 석 달 이상 머물
지 않는 것은 승단의 오랜 불문율이었다. 살불살조殺佛殺祖(부처를 만나면
부처를 죽이고 조사를 만나면 조사를 죽인다는 임제의 말. 수행에 있어 어떠한 권위나 장애
물도 인정하지 않는다는 뜻)의 검객 같은 선승 임제臨濟는 무위無位를 자처하
지 않았던가! 휴정이 길 가다 지은 아래 시는 무주無住, 무위無位의 구름

다운 면모를 잘 보여준다.

이름나면 세상을 피하기 어렵나니	有名難避世
어디에도 마음 누일 곳이 없더라	無處可安心
석장을 날리고 또 날리면서	飛錫又飛錫
산에 들되 깊지 않을까 걱정이라네	入山恐不深

　구름, 집착은 없어도 정은 깊다. 일정한 모습을 고집하지 않고 정에 따라 천변만화한다. 사랑하는 자가 있으면 기꺼이 한자리에 머물기도 하고, 먼 데 부치는 그리움이 있으면 기꺼이 받아 전해준다. 혼자 표표히 떠돌지만, 혹 세상에 가뭄이 일어 뭇 생명이 고통에 빠지면 비를 내려 창생을 구제하기도 한다. '휴정' 하면 사람들은 한국 불교의 중흥조나 호국의 영웅을 떠올리겠지만, 나는 정 깊은 사람으로 그를 기억한다. 그는 다정한 구름이었다. 당시唐詩를 모아놓은 『전당시』全唐詩에 김지장 스님의 「동자를 산에서 내려 보내며」란 시가 전한다.

공문이 적막하니 늘 집이 그리웠지	空門寂寞汝思家
부처님께 합장하고 구화산을 내려가렴	禮別雲房下九華
대나무 난간에서 죽마 타고 장난치며	愛向竹欄騎竹馬
예불과 불법 공부 언제나 뒷전이었지	懶於金地聚金沙
시내에서 물 긷다가 달 맞던 일 그만이고	添瓶澗底休招月

주전자에 차 달이며 꽃 장난도 다 했구나	烹茗甌中罷弄花
잘 가거라 아가야, 울지 마라 아가야	好去不須頻下淚
늙은 중에게야 안개와 노을이 있지 않으냐	老僧相伴有煙霞

꼬마가 절집에 맡겨졌다. 하지만 어린것에게 새벽 예불이 달가울 리 없고, 불법 공부가 다가올 이유가 없다. 물을 길어 오라 하면 우두커니 앉아서 동산에 돋는 달을 기다린다. 거기에 엄마의 얼굴이 있기 때문이다. 차 좀 달이거라 하면 꽃 사이를 옮겨 다니는 나비를 좇아 장난질이다. 보다 못한 스님은 동자를 가족의 품에 보내기로 했다. 그런데 동자는 또 눈물을 떨구며 발길을 내딛지 못한다. 그간 정든 스님과 헤어지는 게 마음 아팠기 때문이다. 스님은 울지 말라고 했지만, 나는 이 시를 볼 때마다 자꾸 눈물이 난다. 그놈의 정 때문이다. 어미를 보고파 하는 아이를 집에 돌려보내는 데 다른 어떤 말이 더 필요하랴! 김지장 스님은 이理와 법法 중에서도 가장 깊은 곳에 있는 정情으로 동자를 보냈던 것이다.

휴정은 김지장의 법맥에 속해 있다. 그에게서는 따스한 온기가 느껴진다. 그가 남긴 글들은 그리움과 설움과 불면으로 넘친다. 달을 보며 먼 곳에 있는 벗을 떠올리고, 변방을 떠돌다가 나그네 시름 속에 고향을 그리워한다. 꽃 지는 늦봄이나 나뭇잎 소리 요란한 가을날, 달 밝은 밤이면 마음을 다쳐 잠들지 못한다. 벗과 헤어질 때는 벌레들 울음소리 서글프고, 길 가다 외로운 그림자를 보곤 문득 먼저 죽은 도반道伴

생각에 하늘을 올려다본다. 옛 도읍지를 지나다가 무너진 성첩을 보고, 또 고향을 찾았다가 논밭이 되어버린 마을을 보며 비애감에 사로잡힌다. 늙고 병들자 가깝던 이도 멀어지고 평소의 은의恩義가 다 소용없게 되니 자괴감을 가누지 못하기도 한다. 어미 잃은 까마귀가 깍깍 울어대자 어머니 생각에 눈시울을 적신다.

휴정이 어느 날인가는 연못 속을 물끄러미 내려다보다가 깜짝 놀랐다. 거기에 열 살 때 여읜 아버지의 얼굴이 있었기 때문이다. 휴정은 몇십 년 수행을 뒤로 한 채 문득 어린 그 시절로 돌아갔다.

어머니 아버지와 헤어진 뒤로　　　　一別萱堂後
물결마냥 세월이 깊이 흘렀네　　　　滔滔歲月深
늙은이 아버지의 얼굴을 닮아　　　　老兒如父面
못 속을 바라보다 깜짝 놀랐네　　　　潭底忽驚心

봄이 다 갈 무렵, 늙고 병들어 몸을 움직이기 어렵게 되었다. 마침 연못 위로 한차례 봄비가 지나갔다. 그런데 문을 닫아놓아 연못 소식을 알기가 어려웠다. 약간 인상을 찌푸렸던 모양이다. 동자승이 달려와 말한다. "큰스님, 연잎이 나왔습니다." 노승도 와서 후원 소식을 알려준다. "스님, 죽순이 돋았습니다." 그게 뭐 별 소식이라고. 하지만 그 풍경이 정겹다.

봄 깊어 꽃잎 지고 나그네 병 깊은데   春深院落客多病

연못에 비 지나도 닫힌 문 시름겹네   雨過池塘愁閉門

동자는 달려와서 연잎 나옴 알려주고   童子走云蓮出水

노승도 다가와서 죽순 돋음 말해주네   老僧來報竹生孫

휴정은 1520년 3월 평안도 안주에서 태어났다. 어머니가 마흔이 넘어 얻은 늦둥이였다. 속성은 전주 최씨이다. 아홉 살에 어머니를, 열 살에 아버지를 차례로 여의고 고아가 되었다. 마침 고을 원이 내직으로 옮겨 갈 때 데리고 가 성균관에서 공부하게 하였다. 과거에 응시했으나 낙방한 뒤 마음을 달래려 지리산에 놀러 갔다가 화엄사에서 보우普雨의 법통을 이은 영관靈觀을 만나 불문에 들었다. 이때 나이 스물한 살이었다. 묘향산을 사랑하여 호를 서산西山이라 했다. 1589년 정여립鄭汝立 모반 사건에 연루되었다가 선조와 친해진 사연이나, 임진왜란 때 승군을 일으킨 경위와 활약상, 그리고 『선가귀감』禪家龜鑑 등의 저술에 대해서는 다 말하지 않는다.

바람과 구름 사이 그리움이 흐르다

바람과 구름은 어디서 만나 어떤 우정을 나누었을까? 물리적으로야 구름은 바람을 타고 움직이니 늘 함께한다고 하겠지만, 봉래와 휴정은 노니는 곳이 전혀 달랐다. 봉래는 속계의 관리였고 휴정은 산중의 승려였다. 둘 모두 세상을 표표히 떠돌았지만 동선이 서로 어긋났고, 사랑하여 머무는 곳도 달랐다. 그러니 두 사람은 늘 서로를 그리워할 수밖에 없었다. 그리움은 고독한 자들의 운명이고, 떠도는 사람들이 우정을 나누는 방식이다.

청허께서 봉래객의 안부를 물으시면   清虛如問蓬萊客
천 리 밖에 그리움 쌓여간다 말해주오   千里相思日轉增

봉래는 휴정을 만나지는 못하고 그의 제자쯤 되는 일행一行이라는 승려를 만나 시를 주고받았다. "여보, 혹 청허 스님 만나시거든 이 봉래가 매일매일 끔찍이도 보고 싶어 한다고 전해주구려!" 청허清虛는 휴정의 또 다른 호이다. 봉래의 이 시구를 휴정이 보았는지는 알 수 없지만, 그 마음은 그대로 전해졌을 것이다. 어느 날 휴정은 산사에서 이런 그리움을 보냈다.

가을바람 옷깃을 스쳐 가는데   秋風兮吹衣
저물자 새들 다퉈 돌아오누나   夕鳥兮爭還
어이해 우리 임은 오지를 않고   美人兮不來
빈산에 보름달만 돋아 오르나   明月兮空山

숲에 파도 소리를 내며 가을바람이 불어오는데, 해가 지자 새들이 다투어 잠자러 돌아온다. 이럴 때면 휴정은 어김없이 마음을 다쳐 잠들지 못했다. 오직 한 사람이 옆에 없어 온 세상이 공허하듯, 산이 텅 빈 듯 느껴지는 것은 임이 옆에 없기 때문이다. 휴정은 봉래를 생각했고, 짧은 시를 지어 그 마음을 담았다.

한번은 봉래가 시를 지어 장난을 쳤다.

머무름은 장승이 섰는 듯하고	休如木人立
고요함은 청산과 앞을 다투네	靜是爭靑山
선정 들어 용과 범 제압하면서	安禪制龍虎
꽃비 사이 혼자서 앉아 있도다	獨坐雨花間

고요하게 선정에 들어 온갖 미망과 번뇌를 제압하자 깨달음을 축복하듯 하늘에서 꽃잎이 흩어져 내리는 모습을 묘사했다. 그런데 네 구절의 첫 글자만 따면 '휴정안독' 休靜安獨이 된다. "휴정은 어째서 혼자 사오?"라는 말이니, 놀리는 뜻이 숨어 있다. 이 시를 보내놓고 봉래는 득의의 미소를 지었으리라. 원래 이런 농이란 영혼이 즐거운 자만이 할 수 있는 것 아닌가? 휴정은 답시를 보냈다.

| 산은 푸르고 바다는 아득한데 | 山蒼蒼海茫茫 |
| 구름은 뭉게뭉게 빗물은 주룩주룩 | 雲浩浩雨浪浪 |

_ 이인문, 〈설중방우도〉, 국립중앙박물관 소장

우리 임은 어디에 계신 것인가   何處美人在
하늘 한구석에서 그리워하네   望之天一方

산은 높고 바다는 먼데, 비까지 주룩주룩 내리고 있다. 두 사람 사이에 놓인 거리도 만만치 않은데 비까지 내리니 만나기가 더욱 어렵다. "그대는 어디 있소? 나는 예서 그대를 그리고 있는데." 역시 첫 글자만 따오면 '산운하망'山雲何望이 된다. "산 구름이 무엇을 바라리오?" 이런 말이다. 휴정도 봉래의 뜻은 잘 알았지만, 그 응수가 너무 점잖아 외려 싱겁다. 위 시와 함께 보낸 시에서 휴정은 이렇게 말했다. "산승에게 별다른 물건은 없고, 백 년을 변치 않는 마음뿐이오."

봉래가 속세를 뒤로 하고 금강산에 들어갔을 적에, 모든 게 좋았지만 다만 벗이 없는 것이 아쉬웠다. 술 있으면 벗이 없고 벗이 오면 술이 없다더니 꼭 그 격이었다. 그래서 간혹 휴정에게 편지를 보냈다. "봉래는 천하의 명산으로 새벽이면 세상에서 가장 먼저 양기가 향하는 곳이니, 생불生佛인 그대와 진선眞仙인 내게 이 산이 있다는 게 얼마나 다행인가!" 하면서 금강산으로 유혹했다. "이곳 스님들과 함께 휴정에 대해 이야기하면서 아쉬움을 달래는데, 하늘의 달빛이 두 사람을 고루 나누어 비춘다고 생각하니 서글픈 마음이 들어 묘향산 쪽을 바라보며 한숨을 내쉬었다. 그래도 그리움이 그치지 않아 휴정의 시를 펼쳐 읽었더니, 그제야 서늘한 바람이 대숲을 흔들고 맑게 갠 달이 매화를 감싸고 있는 듯 마음이 상쾌해졌다"며 애틋한 마음으로 초대하기도 했다. 그래도 못 미더웠던지 자기가 직접 가서 휴정을 데리고 올 작정이라고 협박 아닌 협박까지 했다.

하지만 휴정은 좀처럼 금강산으로 발길을 돌리지 않았다. 개미 껍데기 같은 지위와 명성 때문에 말이 많이 난다는 것이 이유였다. 하지만 밀려온 만큼 밀려가는 파도처럼 휴정의 그리움도 일렁거렸다. 봉래산 쪽을 바라보며 편히 앉지 않은 지가 몇 달이라 했고, 새벽 종소리를 들을 때마다 먼 그리움이 깊어져 난초와 대나무를 보며 봉래의 면목을 떠올린다고 했다. 무더위와 장마가 끝나면 찾아갈 터이니 너무 의심하지 말라며 봉래를 안심시키기도 했다. 답신에는 이런 구절도 있다.

봉래에게는 증점曾點의 슬瑟이 있고, 청허에겐 서래西來의 곡조가 있습니다. 푸른 바다 흰 모래 가에서 각자 천기天機를 다하였으니 그 즐거움이 어떠한가요! 도의道義로 따르니 겉모습은 문제 될 게 없고, 의기를 서로 허락했으니 문자가 관여할 바도 아닙니다. 평생의 기약이야 스스로 알아주는 데 있을 뿐이지요.

증점은 공자의 제자 중 가장 풍류를 사랑했던 인물이고, 서래西來의 곡조란 서쪽 천축에서 건너온 불교의 세계를 말한다. 한 사람은 선비이고 한 사람은 승려라는 뜻이다. 그러나 봉래와 청허는 음악과 풍류의 정신이 충만했기에 차이와 분별을 내세우지 않고 자유롭게 넘나들며 뒤섞일 수 있었다. 또 도의로 사귀니 유자니 불자니 하는 외양도 아무런 문제가 되지 않고, 서로 의기투합했으니 그 사이에 이러니저러니 하는 문자가 끼어들 틈도 없었다. 멋지지 않은가? 기회만 있으면 벽을 쌓고 테두리를 그어 차이와 경계를 만들고, 끝내는 편견과 불화와 증오와 전쟁을 지어내는 사람들은 한 번 돌이켜 볼 일이다.

먼 그리움의 묘미

어머니와 동네 아주머니가 주고받는 이야기를 들었다. 그 아주머니의 딸 내외가 다녀갔던 모양이다. 어머니가 묻는다. "갔어요?" 아주머니가 대답한다. "성가셨는데, 방금 갔어요. 올 땐 반갑고, 갈 땐 더 반갑고……." 그 아주머니의 표정이 시원하고 후련하다. 함께 있으면 좋고, 혼자 있으면 더 좋고. 요즘은 버스를 타도 어지간히 친한 사이가 아니면 나란히 앉지 않는다. 타고 가는 내내 불편하기 때문이다. 절친한 사이라도 귀찮을 때가 있다. 맘에 없는 말장단을 계속 맞춰야 하니, 경부선 완주라도 할라치면 보통 고역이 아니다. 바람과 구름은 각각 저대로 놀 때가 아름답고 자유롭다. 무경無竟 자수子秀라는 승려의 편지에 이런 구절이 있다.

    사람들은 모두 가까운 사귐이 좋고 멀어지면 나쁘다고 하지만, 나
    는 반대로 가까운 사귐은 먼 사귐만 못하다고 생각합니다. 옛사람

의 시에 "서로의 미더움이 가까운 것은, 성글게 사귐만 못하다네. 멀면 헤어져도 한이 적지만, 가까우면 헤어질 때 시름을 누르기 어렵나니"라 한 것은 바로 이 사람의 마음과 통합니다. 서로의 교분으로 따지면 누가 우리보다 더 가깝겠습니까?

이것은 일종의 역설이지만, 여기에는 무궁한 진리가 내포되어 있다. 간판에 의지하고 집단을 팔며 패거리를 짓는 사람들은 그들끼리 모인다. 반면 자유로운 영혼을 지닌 사람들은 자신이 자유로운 만큼 상대방도 자유롭기를 바란다. 때로 그리움을 주고받고, 상대방 자유의 온전함을 확인하고, 아주 드물게 만나면 손을 잡고 함께 취하면 그만이다. 봉래와 휴정이 이미 그러하였다.

국난시의
어진 두 재상

이항복과 이덕형

이항복(李恒福, 1556~1618)　본관은 경주, 호는 백사白沙. 임진왜란 때 병조판서가 되어 군사 업무를 이끌었다. 전쟁이 끝난 뒤에는 전란을 수습하는 데 앞장섰다. 인목대비 폐위에 적극 반대하다가 관직을 삭탈당하고 북청에 유배되었다가 죽었다.

이덕형(李德馨, 1561~1613)　본관 광주廣州, 호는 한음漢陰. 1580년 별시 문과에 을과로 급제했다. 임진왜란 당시 대왜對倭, 대명對明 외교 창구의 일선에서 활약했다. 임진왜란이 끝난 뒤 대마도 정벌을 주장했으나 시행되지 않았다. 광해군의 영창대군 폐서인 조치에 반대하다가 삭직되었다.

난관을 피해 가지 않는다

1045년, 송나라의 파릉巴陵 태수 등종주藤宗周는 동정호洞庭湖의 악양루岳陽樓를 고쳐 지은 뒤, 범중엄范仲淹에게 기념하는 글을 청했다. 범중엄은 「악양루기」를 지었는데, 모두 359자에 지나지 않는 이 짧은 글은 천하의 명문名文이 되었다. 경관이 아름다운 악양루는 유배객과 시인 등 각양각색의 사람들이 모이는 곳이었다. 그런데 그곳에 선 사람들의 표정은 크게 두 가지였다. 먹구름이 음산하게 드리우고 바람이 사납게 몰아치는 날이면 사람들의 얼굴은 두려움과 근심으로 가득했다. 반대로 달빛이 고요하고 난초 향기 은은한 날이면 온 세상을 다 얻은 듯 서로 술잔을 권하며 기세를 올렸다.

범중엄은 이를 보고 고개를 갸웃거렸다. 그가 만난 옛날 어진 분들은 그렇지 않았다. 주변 상황이 좋아졌다고 경망스레 기뻐하거나, 일신상에 고달픈 일이 생겼다고 슬퍼하지 않았다. 조정의 높은 지위에 있으면 늘 백성들의 생활을 걱정했고, 혹 벼슬에서 물러나 강호에 있으면 임금의 정사를 걱정했다. 그들의 삶은 나아가도 걱정이요 물러나도 걱정이니 걱정의 연속인 셈이었다. 누군가 물었다. "그럼 당신은 언제 즐깁니까?" 이에 그분들은 반드시 이렇게 대답했다. "천하가 걱정하기에 앞서 걱정하고, 천하가 즐긴 뒤에 즐긴다오." 한마디 말에 만근의 무게가 실려 있다 함은 바로 이를 두고 이름이다. 남보다 높은 지위에 있고 많은 지식을 지니고 있는 사람이 어찌 자기 이익에 따라 일희일비할 수 있는가? 어떻게 깊은 근심을 쉽게 떨쳐낼 수 있는가?

백사白沙 이항복李恒福(1556~1618)과 한음漢陰 이덕형李德馨(1561~1613)은 난세를 살며 세상 근심에서 자유롭지 못했던 사람들이다. 큰물이 앞에 있지만 누구도 발에 물을 적시고 싶어 하지 않을 때 기꺼이 버선을 벗고 도포를 걷어붙이고 물을 건넜던 사람이다. 문제가 생기면 요리조리 핑계를 대며 피해 다니거나 문제 해결과는 상관없는 원칙론을 폼 잡고 늘어놓는 사람들과는 달리, 동분서주하며 얽힌 실타래를 하나하나 풀어 나갔다. 두 사람은 그런 가운데 신뢰가 깊어졌고, 그 신뢰에서 두터운 우정이 나왔다. 그들이 바로 초등학생 꼬마들도 알고 있는 '오성(이항복은 1602년 오성부원군鰲城府院君에 봉해졌다)과 한음'이다.

임진왜란 전후의 박지성, 이덕형

1592년 4월 임진왜란이 일어났다. 순식간에 동래성을 함락시키고 문경 새재를 넘은 왜군은 파죽지세로 한양을 향했다. 왜진에서는 강화의 뜻이 있다면 이덕형을 충주로 보낼 것을 요구했다. 1590년, 1591년 두 해에 걸쳐 이덕형이 여러 차례 왜사倭使들을 접대하여 낯이 익었기 때문이었다. 이덕형은 급히 충주로 내려갔는데, 그 사이에 왜군은 이미 안성까지 와 있었다. 이덕형은 의향을 타진하기 위해 통역을 보냈는데, 그들은 통역의 목을 베어버렸다. 이덕형이 할 수 없이 발길을 돌려 한양으로 돌아왔을 때는 이미 어가御駕가 도성을 떠난 뒤였다.

이덕형은 어가의 뒤를 좇아 의주에 이르렀다. 평양까지 함락시킨 왜군 진영에서는 사신을 보내 협상할 것을 제안하며 다시 이덕형을 지목했다. 이덕형으로서는 곤혹스럽기 짝이 없었다. 하지만 그것은 피할 수 없는 운명이며, 또 자신이 감당해야 할 일이었다. 6월, 이덕형은 단신으로 왜군의 창검 기치가 서늘하게 늘어선 대동강 배 위에서 겐소玄蘇와 다이라平調信를 만났다. 왜군은 시종일관 명明을 치기 위한 길을 빌려줄 것을 요구했고, 이덕형은 조정의 뜻을 대신해 이를 거부했다.

의주 조정에서는 명나라에 원군을 요청하느냐 마느냐의 문제로 논의가 분분했다. 대부분의 의견은 부정적이었다. 각지에서 조선군이 전열을 정비해 반격을 준비하고 있으며, 대규모 원군이 들어오면 그 폐해가 막심함은 물론이고 장차 예기치 못할 화근이 될 것이라는 주장이었다. 실제 명에서 군사를 파견해줄지에 대해서도 확신이 없었다. 외침을 당하는 것은 지혜롭지 못한 일이고, 그때 원병에 기대는 것은 못난 일이며, 그 뒤 외세에 정신적으로 종속되는 것은 슬픈 일이다. 아무튼 이덕형은 원군을 요청할 것을 주장했고, 사태가 급박해지자 조정에서는 사신을 파견하기로 결정했다. 이덕형은 청원사請援使로 임명되어 6월 18일 새벽 압록강을 건넜다. 요동에 도착한 그는 순무사按撫使 학걸郝杰에게 여섯 차례나 글을 보내 원병을 요청했다. 당시 그의 절박한 심정을 잘 보여주는 시구가 전한다.

진정에서 읍혈하던 옛 자취 남았는데   秦庭泣血餘陳迹
또 왕명 받들고 와 눈물을 훔치누나   又奉經綸拭涕洟

춘추시대 오吳나라 군사가 초楚나라를 침략하자, 초나라의 신포서
申包胥가 진秦나라 조정에서 피눈물을 흘리며 구원병을 청한 일이 있다.
조선의 처지와 이덕형의 심정은 실로 그때 그것과 다를 바 없었으니,
그 일을 떠올리며 눈물을 훔친 것이다. 이런 일에는 체통이고 자존심이
고 돌볼 여지가 없다. 가장 낮은 자세로 호소하고 논리로 설득할 뿐이
다. 이러한 이덕형의 노력에 감복한 학걸은 자신의 재량으로 소규모의
군사나마 파견하였다.

같은 해 12월 이덕형은 접반사로 차출되어 이여송李如松이 이끄는
명나라 진중에 머물면서 군량미를 조달하는 임무를 수행했다. 이듬해
명군은 평양을 탈환하긴 했지만, 적극적인 전투 의지가 없어 남진을 주
저하였다. 이덕형은 병가兵家에서는 의심하여 머뭇대는 것이 가장 금기
라며 이여송을 독려했다. 1597년 정유재란 때 역시 구원총병 양호楊鎬
의 부대에 종군하며 여러 전투에 참여했다. 1598년에는 양호 대신 파견
된 유정劉綎과 동행했다. 공을 세우기에만 급급한 유정의 비행을 조정
에 밀계한 것이 드러나 그와 심각한 갈등을 겪었다. 왜군이 물러간 뒤
에는 전쟁을 일으킨 책임을 물어 대마도를 징치할 것을 주장했으나 받
아들여지지 않았다. 이때 그의 나이 38세였다.

이덕형은 그야말로 난세의 일꾼이었다. 처음 정계에 입문할 무렵

인 1580년대 초에는 북변 여진의 동태가 수상했는데, 그때 그는 이미 군막에 참여하였다. 임진왜란을 전후한 10여 년 동안 조선·명·왜 사이에는 다양한 외교 채널이 가동되었다. 때로는 직접 만나 담판을 짓고, 때로는 전투를 벌였으며, 또 때로는 편지로 의견을 조율하기도 했는데, 그때 조선의 대표는 대부분 이덕형이었다. 2005년 유럽 챔피언스리그에서 활약한 축구 선수 박지성의 경기 모습을 두고 한 프랑스 언론은, '운동장에는 세 명의 박지성이 있다'며 감탄한 적이 있다. 전후좌우 할 것 없이 공 있는 곳이면 어디든지 나타나는 그의 체력과 부지런함에 놀란 것이다. 1590년대 조선의 역사를 축구 경기에 비유한다면, 이 시기 이덕형의 행적은 박지성 선수의 활약에 견줄 만할 것이다.

이덕형은 화려한 시문을 구사한 문장가도 아니었고, 많은 제자들을 배출한 학자로 꼽히지도 않는다. 그렇다고 일대를 풍미한 정계의 수장도 아니었다. 그는 말이 없고 잘 나서지 않는 사람이었다. 외교 협상에서 상대방을 압도할 만한 외모를 갖춘 것도 아니었다. 오히려 맨바닥에서는 말에 오르지 못할 정도로 키도 꽤나 작았다. 남긴 시문을 보면 탈속적 기질에 선가禪家 취향이 짙었다. 젊은 시절 참선을 배웠다고 고백한 적이 있으며, 재가승在家僧을 자처하기도 했다. 많은 승려들과 사귀었는데, 그중에서도 유정惟政과의 관계가 남달랐다. 300여 수 남은 시의 3분의 1가량이 승려들에게 준 것인데, 대부분 산사의 그윽한 풍치가 있어 마음을 평화롭게 한다.

마음에 굴곡 없으면 안목은 평등하여   心無丘壑眼皆平
맑은 강 흰 달빛이 도처에 밝으리라   白月澄江到處明

한번 가면 다시 보기 어렵다 말을 마오   莫道一歸難便會
그리우면 언제라도 꿈속에서 찾으리다   興來長有夢相尋

그대 다시 왔건만 특별히 줄 건 없고   感汝再來無所贈
바위 못에 연꽃만 묘하게 피어 있네   石池唯有妙蓮花

달과 같은 마음만 보아주시고   但看心似月
뜬구름 사업일랑 묻지 마시게   休問事如雲

하지만 이렇듯 담박한 마음도 세상을 대할 때면 격렬해졌다. 유정에게 준 시에서는 나라를 걱정하는 한 조각 마음에 집도 다 잊었노라며, 꿈에도 장수가 되어 왜적을 평정한다고 하였다. 1604년 유정이 일본에 사신으로 갈 때에는, "도는 때에 맞아야 하는데 그러기 위해선 마음 씀이 정밀해야 하고, 말은 세상을 놀라게 해야 하는데 그럴 때도 마음은 화평해야 한다"고 말했다. 이른바 도道란 때에 맞지 않으면 무용지물이니 때에 맞게 하기 위해서는 정밀하게 생각해야 하고, 협상에서는 정확하고 당당하게 상대방이 깜짝 놀랄 만한 요구를 하되 흥분하거나 경박하게 행동해서는 안 된다는 뜻이다. 이처럼 이덕형은 담박한 마음에 뜨겁고 깊은 정을 품고 있었으며, 몸가짐은 한없이 낮추었지만 만 길 산악의 무게와 기상을 갖추고 있었다. 몸을 낮추고 스스로를 잘 살펴 좀처럼 넘어지지 않았으며, 말은 적었어도 한번 하면 정곡을 찌르고 집요하게 목표를 공략했다. 그의 역동적인 활동의 근본적인 힘은 바로 고요함에 있었다.

사심 없이 국사를 논하다

1608년 광해군이 즉위한 뒤 조정에는 옥사獄事가 끊이지 않았다. 광해군은 형 임해군을 역모 죄로 몰아 죽였다. 고변告變이 빈번했고, 수많은 사람들이 억울하게 죽어갔다. 그 이전 1604년에 선왕 선조의 정비인 인목대비의 몸에서 영창대군이 태어났다. 영창대군은 선조의 열네 왕자 중 유일한 정비 소생이었지만, 그것이 오히려 불행을 초래했다. 광해군과 그를 둘러싼 측신들은 정통성을 지닌 영창대군의 존재 자체가 부담스러웠기 때문이다. 결국 영창대군은 역모의 혐의를 받고 강화도로 유배되었고, 인목대비는 폐위의 위기에 처하고 말았다. 이에 이덕형은 이항복을 찾아가 사세事勢를 의논하고 함께 직간할 것을 청했다. 이항복은 때가 아니라며 좀 더 추이를 두고 보자고 했다. 하지만 이덕형은 단독으로 상소를 했고, 이 때문에 극형에 처해야 한다는 탄핵이 빗발쳤다. 이덕형은 문외출송門外出送(죄지은 사람의 관작을 빼앗고 한양 밖으로 추방하던 형벌)을 당해 40일 가까이 대죄待罪하다가 결국 병이 깊어져 향리 용진龍津에서 죽고 말았다. 이때가 1613년 10월이었다.

벼슬을 그만두고 포천 노원蘆原에 물러나 있던 이항복은 부음을 듣고 달려왔다. 그리고 직접 벗의 시신을 염습하였다. 마지막 손길이 정성스럽게, 죽은 벗의 옷매무새를 야무지게 해주었다. 격랑의 세월을 함께 헤쳐오며 그토록 많은 이야기를 나누었던 두 사람은 아무 말도 하지 않았다. 가끔 뜨거운 눈물만이 둘 사이를 이어주었을 뿐이다. 입관하여 안치하고 상주들의 곡소리 속에 문상을 받는 절차가 시작되었을 때, 아마 이항복은 운길산 위 구름을 하염없이 바라보며 벗과 함께한 일생을 주마등처럼 떠올렸을 것이다. 이때 이항복이 지은 애도의 시가 한 수 남아 있다.

외진 산 숨어들어 말없이 지내다가	淪落窮山舌欲捫
흐느끼며 남몰래 한원군을 곡하노라	吞聲暗哭漢原君
애도의 말마저도 다 하지 못하거니	哀辭不敢分明語
사람들 살피면서 말 꾸미기 좋아하네	薄俗窺人喜造言

애도의 말조차 마음껏 할 수 없는 슬픈 장례식이었다. 당시 분위기는, 영의정 이원익李元翼이 몇 차례나 이항복에게 사람을 보내 안부를 물었을 정도였다. 취중의 주사나 편지의 조각 말 때문에 해를 입은 사람이 많았을 정도로 분위기가 살벌했다. 이덕형은 빗발치는 탄핵 속에

서 대죄하다가 죽었고, 이항복 자신도 이덕형과 절친했던 벗인 데다 평생 정치적 입장을 함께해왔으니 상가喪家라 해도 특별히 조심하지 않을 수 없었다.

정충신鄭忠信은 당대에 으뜸가는 무인으로 꼽혔던 인물이다. 그는 자신을 천거한 이항복을 평생 심복하여, 이항복이 아니면 누구의 말도 들으려 하지 않았다고 한다. 뒤에 이항복이 북청으로 유배되자 처음부터 끝까지 따라가 모셨으며, 이항복이 죽은 뒤에는 제자의 예로 3년간 심상心喪을 지냈다. 그런 그가 이항복에게 조용히 물은 적이 있다.

"대감과 한음 대감 두 분의 사귐은 세상에서 모두 일컫는 일입니다. 그런데 평소의 정의情誼에 있어 감역공監役公(이항복의 둘째 형인 송복松福)과 견주면 어떻습니까?

이항복은 한참 있다가 말했다.

"지기知己로서의 느낌은 한음이 더 나은 듯싶네."

두 사람의 우정은 이미 당시 세상에 널리 알려져 있었던 모양이다. 정충신이 무인이라서 그랬는지, 질문은 대답하기가 곤혹스러울 정도로 단순하고 직선적이었다. 더구나 형제와의 비교라니……. 하지만 때로 질문이 이러해야 명확한 답변을 얻을 수 있다. 이항복이 잠시 머뭇거린 것은 고민의 증거이다. 이항복은 '지기지감'知己之感이라는 단서 아래 이덕형을 꼽았다. 이덕형은 세상에서 이항복의 마음과 능력을 가장 잘 알아주는 사람이었던 것이다.

오성과 한음은 언젠가부터 어린이 대상 이야기의 단골 메뉴가 되었다. 그래서 사람들은 흔히 두 사람이 어릴 적부터 알고 지낸 불알친구였으며, 둘 모두 말리기 힘든 장난꾸러기로 기억하고 있다. 하지만 두 사람과 관련된 기록들은 공히 둘의 교유가 이항복이 스물세 살, 이덕형이 열여덟 살 때 시작되었다고 증언하고 있다. 이미 두 사람 모두 혼인한 뒤였으니 장난을 치며 깔깔거릴 나이는 지났을 때다. 어릴 때부터 장난이 심하고 나이가 들어 높은 벼슬에 있으면서도 우스갯소리를 잘했던 사람은 이항복이었다. 이덕형은 늘 말없이 받아주고 빙그레 웃어주는 입장이었다. 두 사람의 우정은 국가의 대사를 처리할 때 절대적인 신뢰를 바탕으로 서로 끊임없이 대화하고 협력하는 모습에 있었다. 실제 사료를 확인해보면 나라에 큰일이 있을 때마다 두 사람은 같은 입장에 섰는데, 대부분 도덕적·현실적으로 판단할 때 옳았던 것으로 평가받는다.

두 사람은 각자 인격적으로나 학문적으로 성숙한 개인이었다. 다섯 살의 나이 차이가 있었음은 물론 기질도 판이했지만, 둘은 다른 것을 억지로 합치시키려 하지 않았다. 상대방에 기대어 이익을 얻고자 파당을 짓지도 않았다. 차이는 그대로 두고, 교감하고 소통하며 맞는 것을 구하였다. 중요한 일을 앞에 두고는 꼭 서로를 찾아 머리를 맞대고 대화를 나누었다. 이것이 25년 동안 서로 지기知己로 지내면서 세상에 널리 알려지게 된 근거이다. 군자의 사귐은 싱거운 물과 같다고 했던가!

임진왜란 당시 조정에서 명나라로 사신을 파견할 때의 일이다. 원래는 이항복과 이덕형 두 사람이 의논하여 함께 가기로 하고 선조에게

주청하였다. 하지만 당시 이항복은 병조판서의 중임을 맡고 있어 허락되지 않았다. 이항복은 6월 18일 새벽, 정주성 남문에서 이덕형을 전송했다. 이덕형이 '날쌘 말로 이틀 길을 하루에 가지 못하는 것이 한'이라고 하자, 이항복은 자신이 타고 있던 말을 내주며 말했다.

"원병을 청해 오지 못하면 그대는 나를 쌓인 시체 더미에서나 찾을까, 살아서 서로 만나지는 못할 것이네."

이에 이덕형도 말했다.

"원병을 청해 오지 못하면 나는 뼈를 노룡盧龍(산해관 안에 있는 고을로 지금의 영평시)에다 버리고 다시는 압록강을 건너지 않을 것이네."

두 사람은 눈물을 뿌리며 작별했다.

임진왜란 때의 조선 출병을 기화로 조선에 대한 명나라의 태도는 한층 더 위압적이 되었다. 선조는 임진란 초기에 광해군을 세자로 책봉해 전란을 수습하도록 했다. 그런데 1608년 선조가 죽고 광해군이 즉위하자 명나라에서는 사장입소捨長立少(장자 임해군을 두고 차자인 광해군을 세웠다는 뜻)라 하여 그 정통성을 인정하지 않으려 했다. 그리고 차관差官을 파견해 광해군과 임해군을 대질시키며 그 경위를 따지려 하였다. 당시 조선은 국력이 약세였으나 그런 수모를 받을 수는 없어 이를 거부했다. 결국 차관들은 뜻을 이루지 못하고 걸음을 되돌렸다. 하지만 그들이 돌아가서 조선에 불리한 이야기들을 늘어놓는다면 왕위 계승에 차질이 생길 것이 불을 보듯 뻔하고, 그럴 경우 여러 가지 정치적 동요가 일어날 수 있었다. 이에 조선 조정에서는 급히 이덕형을 북경에 보내 새 왕이 즉위한 사실과 그 당위성을 설명하도록 했다. 이덕형은 또 지체 없이 말에 올라 길을 떠났다. 이항복은 임진강에 나아가 그를 전송했다. 이덕형은 밤낮을 가리지 않고 말을 달려 요동 지역에 이르렀는데, 아래는 그때 이항복에게 보낸 편지이다.

나룻배에서 황급히 이별을 하여 요광遼廣(중국 요양시와 광녕시 일대)에 도착한 뒤로 그리운 마음 더욱 간절합니다. 나는 숙생宿生(여러 차례 다시 태어나는 삶)의 연으로 고생을 견디며 세상을 살아가야 하나 봅니다. 지난 임진년 이후 평양, 도산島山, 왜교倭橋의 싸움을 모조리 겪으면서 풍설을 맞으며 잠을 자고 화살과 돌이 빗발치는 가운데를 누볐기로 혼자 생각하기에 험난한 고생은 이것으로 이미 다 끝났으려니 했는데, 이렇게도 더욱 참기 어려운 역경이 있을 줄은 몰랐습니다. 뜨거운 볕은 무쇠를 녹일 듯하고 달아오른 먼지가 눈을 가려 단 몇 걸음도 참고 걸을 수가 없는데 날마다 150리는 달려야 하니, 지금의 절박하고 괴로운 상황을 벗은 짐작하리라 생각합니다. 두 차관의 행차를 광녕에서 따라잡아 때를 놓치지 않은 것이 다행입니다. 이젠 여러 관원들이 회의할 때에 대가려 하나 근력이 쇠진하여 먼저 쓰러질까 걱정입니다. 요즘은 돌아가는 형편이 어떤지 모르겠습니다. 몸은 괴로우나 귀가 조용하니 다행입니다. 공과 오옹梧翁(오리梧里 이원익)은 무엇을 하고 계시는지 궁금합니다.

_ 신명준, 〈산방전별도〉, 개인 소장

요동벌 특유의 먼지바람을 맞아가며 하루 150리씩 달려 광녕에 이르렀다. 이제 벌판은 끝이 나고 의무려산醫巫閭山이 눈에 잡힐 듯이 가까이에 있다. 객사의 깜빡이는 등불 아래 지난 삶을 돌아보니 파란과 격랑의 연속이다. 해가 서산 너머로 뉘엿뉘엿 지는데, 문득 절룩거리는 나귀를 탄 나그네인 양 처연한 느낌이 몰려온다. 이때 그 격랑을 함께 헤쳐왔던 벗의 얼굴이 떠올랐다. 그나마 그 벗이 있었기에 의지하며 버텨온 세월이 아닌가? 그는 종이를 꺼내 짧은 편지를 썼다. 종이는 작아도 드넓은 요동벌을 담았고, 글은 짧아도 담긴 마음은 무궁했다. 아마한 달쯤 지나 이항복이 이 편지를 펼쳤을 때 그 속에서 뜨거운 만 리 바람이 쏟아져 나왔을 것이다. 마지막 두세 문장도 인상적이다. 외교상의 중대 임무를 띠고 고달픈 길을 가고 있지만, 이러쿵저러쿵 떠드는 말들을 듣지 않으니 다행이라는 뜻이다. 아무리 조건이 나빠도 여행의 미덕은 있구나 싶어 웃음이 나온다. 이항복은 이렇게 말하지 않았을까?

"힘들긴 해도 자네가 행복하이. 탈 없이 잘 돌아오게!"

귀신 잡는 선비, 이항복

옛사람들의 이야기를 읽다 보면 귀신에 얽힌 사연이 많은데, 그중에서 귀신을 꼼짝 못하게 했던 사람들의 이야기가 하나의 유형을 이룬다. 이항복은 그 유형에 속하는 인물 가운데 한 사람이다. 음양의 이치상 귀신은 어둡고 외지고 습한 데서만 출몰한다. 햇빛이 환하거나 사람들이 모이면 귀신은 모습을 숨기거나 자리를 뜨게 마련이다. 햇빛이 어둠을 몰아내듯, 우리 문화에서 귀신을 제어한 것으로 알려진 인물들은 대부분 밝고 활달하며 굳센 기상을 지녔던 사람들이다.

이런 사람들은 관습의 틀에 얽매이지 않으려 하고, 곧잘 격식에서 벗어난 언행을 보이곤 한다. 이항복 역시 그러했다. 어릴 때 담장 밖으로 넘어간 감을 따 먹었다고 그 집 문창호지를 주먹으로 뚫고 따졌던 이야기, 속임수로 신부가 될 사람 얼굴을 미리 본 이야기, 한여름에 장인인 권율權慄에게 버선을 신지 말고 등청하라고 한 뒤 왕에게 대신들이 신발을 벗을 수 있도록 해달라고 건의해 망신 준 이야기, 이덕형 아내의 젖가슴에 있는 사마귀를 가지고 그 부부를 희롱한 이야기 등, 그와 관련된 일화들은 웃음을 낳는 파격인 경우가 대부분이다. 그는 아무리 다급한 상황에서도 작은 여유를 잃지 않았고, 밀폐된 방에서 창문을 열어젖히고 환기를 시키듯 파격적인 언행으로 무거운 분위기를 일소시키곤 했다.

그렇다고 그 처신이 경솔하거나 인식이 천박했던 것은 아니다. 마냥 갇혀 있고 잠겨 있음을 견디지 못했고, 일탈을 통해 삶의 분위기를 고양시키고 싶었을 뿐이다. 그래서 그의 삶에는 건강한 긴장감이 넘친다. 그의 해학에는 무거운 고뇌와 어두운 상황이 담겨 있을 때가 많다. 건강한 삶을 해치는 필요 이상의 슬픔·고뇌·격식·관습 등은, 어떻게 보면 으슥한 곳에서 사람들을 해치는 귀신에 견줄 수 있지 않을까? 이런 면에서도 이항복은 귀신 잡는 멋쟁이 선비였다. 이덕형이 국가의 중대사를 처리하기 위해 일선 현장으로 분주하게 떠날 때마다 그를 전송하고 뒤에서 수습했던 사람이 이항복이었다. 의외로 두 사람의 언행은 상반된 면모를 지닌다. 말이 적은 이덕형이 발 먼저 움직이는 행동파 장수였다면, 해학이 넘쳤던 이항복은 치밀하게 사유하고 뒤에서 수습하는 군사軍師의 성격이 강했다.

기지와 해학이 넘치는 이항복의 모습은 관련 일화들을 일일이 거론하지 않더라도, 몇 편의 시만으로도 그 활달무애한 재기를 엿보기에 충분하다.

떠날 때 아이들이 아비 옷을 당기면서	來時稚子挽爺衣
아빠 지금 나가면 언제나 돌아와요	問余今行幾日歸
벽도화 가리키며 꽃 지기 전 말했거늘	共指碧桃花未落
벽도화 꽃 졌는데 여태 가지 못하누나	碧桃花落尙違期
서강의 어린 신부 물가를 거니는데	西江少婦步沿流
강 위의 안개 물결 만 겹의 시름이라	江上烟派萬疊愁
가는 배 멀리 보다 뱃사람 불러놓곤	遙望行舟試喚客
우리 신랑 어느 날 충주를 떠나나요	問郎何日發忠州
군문을 벗어나 와 잠깐을 머무르매	步出轅門爲少留

마부는 재촉하며 수레 문 여는구나	僕夫催我啓征轓
떠나는 사람 마음 야윈 말도 아는지	羸驂似解離人意
시내를 건너잖고 짐짓 물을 마시누나	不渡回溪故飮流

세 작품의 제목은 다 '무제'無題로 이별의 아픔을 그리고 있지만, 그 따스함과 경쾌함이 읽는 이로 하여금 절로 웃음 짓게 한다. 첫 번째는 집을 나서는 아버지와 아이들 간의 실랑이와 약속을 지키지 못하는 아버지의 그리움을 묘사했다. 두 번째 작품의 주인공은 어린 신부이다. 결혼한 지 얼마 되지도 않았는데 그만 신랑이 배를 타고 충주엘 갔다. 이에 신부는 날마다 강가 얕은 곳을 거닐면서 배가 들어올 때마다 "우리 신랑은 언제 오나요?"라고 묻는다. 그녀 마음이야 안타까움으로 넘치겠지만, 그 광경을 보는 우리는 정겨움을 만끽한다. 세 번째 시는 떠나기 싫은 사람의 마음을 그렸다. 흔히 연인과 헤어질 때 조금이라도 더 붙어 있으려고 온갖 핑계를 대는데, 이 작품에서는 말이 그 역할을 대신해준다. 무슨 사정이 있는지는 모르지만, 화자는 말이 그대로 천년 만 년 물을 마셔주기를 바랐을 것이다.

온갖 아이러니를 한 번에 조망하는 여유 있는 시선, 사람들의 마음을 감싸 안는 따스한 품이 아니면 이런 시를 지을 수 없고 또 애수 짙은 해학을 빚어낼 수 없다. 이항복은 죽기 한 해 전 인목대비 폐위 반대 상소를 했다가 북청으로 유배되었는데, 도중에 철령을 넘게 되었다. 이때 지은 시조 "철령 높은 재에 쉬어 넘는 저 구름아 / 고신원루孤臣冤淚를 비 삼아 띄워다가 / 임 계신 구중심처에 뿌려볼까 하노라"를 나중에 광해군이 듣고 눈물을 흘렸다는 이야기는 유명하거니와, 그보다도 철령 꼭대기에서 동해를 바라보고는 "이번 길이 아니었으면 평생 저 장관을 못 볼 뻔했다"고 탄식한 말이 더 가슴이 와 닿는다. 그의 여유와 따스함은 삶이 한가해서 생긴 것이 아니다. 그의 삶 또한 이덕형 못지않게 분주했으니, 아래 시구는 그의 삶을 단적으로 보여준다.

이 몸은 도롱이와 나막신의 신세이라   是身於世猶簑屐
맑은 날 깊이 숨고 비 오면 다녔다네   淸則深藏雨則行

또 아침 일찍 일어나 운길산을 보고 읊은 시가 있다.

시시각각 달라지는 세태를 슬퍼하며   蒼狗白衣悲世變
불에 타다 얼어붙는 사람의 마음 보네   凝氷焦火見人心
동쪽 하늘 저 모습은 만고에 그대로니   東天萬古長存者
천 길의 운길산이 물속에 박혀 있네   雲吉千尋揷水心

1, 2구에서는 구름이 수시로 푸른 개나 흰옷으로 모양을 바꾸는 것처럼, 이익이 있으면 마치 불이 붙은 듯 뜨겁게 잘해주다 이익이 사라지면 언제 그랬냐는 듯 얼음처럼 차갑게 얼어붙고 마는 사람들의 마음을 말했다. 3, 4구는 그런 세태에 아랑곳하지 않고 북한강에 뿌리를 박

고 변함없이 그 모습을 유지하고 있는 운길산을 찬양한 것이다. 이 시는 그의 평생 지향이자 운길산에 대한 헌사이며, 죽은 벗 이덕형에 대한 그리움의 표현이다. 운길산 아래가 바로 이덕형이 살았던 용진이기 때문이다.

오늘 백사의 마을으로 한음의 편지를 받다

아직 취학 전인 막내가 다니는 미술학원에서 1주일에 한 번씩 태권도를 배우는 모양이다. 그 동작이야 막춤과 다름이 없지만, 시작할 때 외치는 구호가 씩씩하고 우렁찬 데다 그 내용이 맘에 들어 자주 시키곤 한다. 내용인즉슨 이렇다.

"태권도를 배우는 목적! 몸과 마음을 단련하여 강인한 정신력과 용기를 길러 약한 자를 돕고 훌륭한 사람이 되기 위해 태권도를 배웁니다. 얍!"

표정이 자못 진지하다. 그래 좋다! 그 발차기로야 자기 몸이나 넘어지지 않으면 다행이지만, 그 말에 담긴 뜻이야 가상하지 않은가! 글을 읽고 공부를 하는 것 또한 무엇이 다른가? 모든 가치는 쓰기에 따라 달라진다. 태권도의 발차기야 잘못 쓰여 봐야 사람이나 한 대 치고 말겠지만, 공부가 잘못 쓰이면 온 세상을 어지럽힌다. 어찌 두렵지 않은가! 글을 읽어 세상에 쓰이는 방법은 수없이 많지만, 정치나 행정의 경우라면 이항복과 이덕형 두 사람을 눈여겨볼 일이다.

이덕형의 문집에는 이항복에게 보낸 짧은 편지가 비교적 많이 남아 있다. 오늘 잠시 이항복의 마음으로 벗이 보내온 편지를 읽어본다.

공력을 들이지 않고 알게 된 것이란 가꾸지 않았어도 절로 자란 벼와 같아서, 성장은 같지만 소출은 현격한 차이가 있을 수밖에 없습니다. 그러기에 사람 일을 가지고 말한다면, 재주가 뛰어나고 총기 넘치는 자의 소득은, 바탕은 노둔하지만 뜻과 행실이 굳은 자에게 양보할 수밖에 없습니다.

햇우전차를 진작 호남에 부탁하여 얻었습니다. 널리 나누지 못하고 조금만 보내드리오니 맛보시기 바랍니다. 차의 품격을 논하자면 물의 맛과 달이는 법이 먼저라고 생각하는데, 어떻게 생각하시는지요?

담담하게 자신의 깨달음을 이야기하는 이덕형의 말이 귓가에 들리는 듯하고, 400년 전에 보내온 우전차가 금방이라도 배달될 듯하다.

1614년 춘천에 유배된 신흠申欽은 잠시 청평사에 들러 울적한 심정을 달랬다. 청평사는 고려 중기의 이자현과 조선 초 김시습의 자취가 남은 곳이다. 신흠은 두 선배를 떠올리며 시 한 수를 지었다.

이자현 숨었던 곳 높은 풍류 어려 있고	李資玄窟風流遠
김시습의 글에는 은자 자취 전해오네	金悅卿書逸躅傳
그 뒤로 두 사람을 이은 이 없다 마오	莫道後來無繼者
나도 거기 참여하여 삼현이 되어보리	何妨共我作三賢

신흠이 이자현과 김시습 두 선배의 반열에 끼어 삼현三賢이 되고 싶었던 것처럼, 나도 이항복과 이덕형의 우정에 참여하여 삼우三友를 이루고 싶다.

우리 사이가
맑은 까닭은

허균과 매창

허균(許筠, 1569~1618) 본관은 양천, 호는 교산蛟山. 아버지 엽曄, 형 봉篈, 누이 난설
헌蘭雪軒 등과 함께 문명文名이 높았다. 사상과 행동이 자유분방했으며 구속받기를 싫
어했다. 서얼들과 함께 역모를 꾀하다가 형장의 이슬로 사라졌다. 그가 지은 『홍길동전』
은 한국 문학사에서 기념비적인 작품으로 손꼽힌다.

매창(梅窓, 1573~1610) 부안 출신의 관기. 음률에 밝고 시에 능해 당대의 명류 사대부
들과 널리 사귀었다. 기녀의 애환과 정서를 읊은 시들을 많이 남겼는데, 모두 한국 문학
사의 한 면을 장식할 만한 절창으로 평가받는다. 황진이와 더불어, 한 시대를 풍미한 조
선의 대표적인 기녀로 꼽힌다.

짧은 편지, 긴 마음

허균許筠(1569~1618)과 매창梅窓(1573~1610)이 처음 만난 것은 1601년 7월 23일, 허균이 조운漕運의 감독관으로 부안에 갔을 때였다. 매창이 부안 기녀의 신분으로 그 고을에 행차한 지방관의 술자리를 시중든 것이다. 마침 그날 비가 내렸다. 각각 33세와 29세 때의 일이다. 허균은 매창의 첫인상을 "외모는 대단치 않아도 재주와 정감이 있어 함께 이야기할 만 하다"고 기록하였다. '이야기할 만한 상대'란 신분과 성별, 지적 수준 등을 떠나 뜻이 통하고 마음이 맞는 상대였음을 의미한다. 이날 두 사 람은 하루 종일 술 마시고 시를 주고받으며 보냈다. 하지만 잠자리를 함께하지는 않았으니, 그 당시 매창은 이귀李貴의 정인이었기 때문이다.

이로부터 8년이 지난 1609년 9월, 허균은 매창에게 짧은 편지 한 통을 보냈다. 허균은 41세로 막 형조참의에 부임하였고, 매창은 37세였 으니 퇴기나 다름없을 때였다.

봉래산의 가을이 한창 무르익었으리니 돌아가고 싶은 흥취가 도도 하오. 아가씨는 반드시 성성옹惺惺翁(허균 자신을 가리킴)이 자연과의 군센 약속을 저버렸다고 웃겠지요. 그 시절에 만약 한 생각(一念)이 잘못됐더라면 나와 아가씨의 사귐이 어떻게 10년이나 이토록 가까 울 수 있었겠소. 이제 와 생각하니 풍류객 진관秦觀은 남의 지아비 가 아니라서 선관禪觀을 지닌 것이 결국 몸과 마음에 유익했던 줄을 알겠소. 어느 때나 만나 하고픈 말을 다 할른지. 종이를 대하니 마음이 서글프오.

허균은 가족들과 함께 아예 부안에 은거할 작정을 한 때가 있었다. 1608년 8월, 공주 목사에서 파직된 뒤 부안으로 내려간 허균은 변산 남쪽 우반곡愚礒谷에 집을 지어놓고 정계와 인연을 끊으려 했다. 세상과 맞지 않아 여러 번 불화로 삐걱거렸던 때문이다. 하지만 조정에서는 허균의 재주를 묻어둘 수 없었고, 허균은 결국 1609년 1월 명나라 사신을 접대하라는 명을 받고 관직에 다시 나갔다. 그 사이에 두 사람은 만났고, 허균은 매창에게 곧 모든 벼슬을 그만두고 부안에 내려와 살 뜻을 말했던 것이다. 처음 두 문장은 바로 자신이 했던 말을 어기고 있는 당시의 처지를 겸연쩍게 말한 것이다.

다음 두 문장은 1601년 처음 만났을 때를 상기한 것이다. 누군가의 정인이었다고는 하나 기녀에게 일부종사一夫從事의 의리는 애초에 없었으니 매창이 허균과 인연을 맺었다 한들 허물이 되지는 않았을 것이다. 허균으로서도 지방관이 해당 관아의 기녀에게 시침侍寢을 들게 하는 것은 아무런 문제가 되지 않았다. 더구나 허균은 정이 넘쳐 평생 수많은 여성들에게 그 정을 나눠주지 않았던가! 어쨌거나 처음 만났던 그날, 두 사람은 시를 주고받고 이야기를 나누었지만 관례대로 또는 술김에 더 이상 인연을 얽지는 않았다. 왜 그랬을까? 아마 음력 7월 23일 초가을 기운이 맑았을 것이고, 비 맞은 부안의 산천이 맑았을 것이며, 시를 주고받으며 맑은 이야기를 나눴으니 마음도 몸도 맑았을 것이다. 이렇게 물아物我가 모두 맑을 때, 육욕이 머리를 내밀기는 민망한 법이다.

진관秦觀은 송나라 때의 문인이다. 어느 날 자색이 빼어난 여도사를 보고 그만 마음을 빼앗기고 말았다. 진관은 온갖 방법으로 그녀를 유혹했지만 뜻을 이루지 못했다. 어느 순간 그는 욕망이 집착을 낳는다는 사실을 깨닫고는, 마음을 비우고 그녀의 고귀한 자태를 칭송하는 시를 지어주었다. 모든 존재는 마음이 빚어내는 허상(幻)임을 직관하고, 나아가 이러한 자신의 직관으로부터도 자유로워지는 인식의 단계가 선관禪觀이다. 진관은 순간의 욕망이란 뜬구름처럼 일었다 사라지는 부질없는 것임을 깨우친 것이다. 한순간의 욕망은 곧 허균이 말한 일념一念이다. 그 예전 진관처럼 8년 전 자신도 매창에게 마음을 빼앗겼지만 끝내 평정을 되찾았고, 그 덕분에 지금까지 우정을 지켜올 수 있어 다행이라는 말이다.

옛말에 훌륭한 문장은 "말은 끝났어도 뜻은 무궁하다"고 했는데, 이 편지가 꼭 그러하다. 그리움이 문면에 넘치는데도 들끓는 원망이나 애절함이 없으니, 이는 그 사이가 평담한 벗이었기 때문이다. 하지만 남녀 사이에 우정이 과연 성립될 수 있을까?

후천성 애정 결핍 여인, 매창

취객이 비단 적삼 잡아당기니	醉客執羅衫
적삼은 손길 따라 찢어졌어요	羅衫隨手裂
그까짓 적삼이야 아깝잖으나	不惜一羅衫
은정이 끊어질까 두렵답니다	但恐恩情絶

비 온 뒤 대자리에 서늘한 바람 일고	雨後凉風玉簟秋
둥그런 보름달은 다락 위에 걸렸건만	一輪明月掛樓頭
빈 방엔 밤새도록 귀뚜라미 울어대니	洞房終夜寒蛩響
뱃속의 만 곡 시름 모두 다 찧는구나	擣盡中腹萬斛愁

술 취한 손님이 함부로 구니 여인은 그 힘에 못 이겨 이리저리 휘둘린다. 마치 운명에 휘둘리는 삶처럼. 그러다 그만 옷자락이 찢어져 나갔다. 짜증을 낼 법하지만 그럴 수 없다. 내 삶이 그의 주머니에 달렸기 때문이다. 그래서 자칫하면 다시 오지 않을까 염려되어 더욱 상냥하게 대한다. 아래 시의 배경은 한가위쯤 되는 듯하다. 달빛은 충만하고 풍요롭다. 하지만 방 안 풍경은 처연하다. 귀뚜라미는 밤새 울어댄다. 아니 밤새 그 소리를 들었다. 시름에 젖어 날이 새도록 잠을 이루지 못했던 것이다. 찌르륵찌르륵 소리가 들릴 때마다 시름 한 가마씩을 꺼내 방아를 찧는데, 그렇게 하룻밤에 찧은 것이 무려 만 가마다. 방은 비었

고 마음은 외로웠던 때문이다.

　기녀, 특히 지방 기녀의 사랑은 언제나 짧고 불안했다. 기녀는 관아에 매인 천비의 신분이었기에 사사로이 연고지를 떠나는 것은 국법이 허용하지 않았다. 지방의 기녀들은 지방관이나 명망 있는 유배객 등의 시침을 들었다. 그러다가 둘 사이에 정이 깊어지기도 했지만, 그 기녀 옆에 있어주는 남성은 아무도 없었다. 임기가 다하거나 유배가 끝나면 어김없이 가족이 있는 고향으로 돌아갔다. 이런 과정을 몇 차례 반복하다 보면 기녀의 가슴은 이내 황량해졌고, 그래서 서른 살만 넘으면 급격하게 노쇠해갔다. 어떤 평안도 기녀는 한 번 헤어질 때의 충격은 천 근의 돌이 강하게 가슴을 때리는 것과 같으니 쉬이 늙지 않을 수 없다고 탄식했다. 언제 떠날지 모르는 조마조마함, 막 떠나고 났을 때의 공황감, 그리고 절대로 돌아오지 않는 사람에 대한 배신감……. 기녀는 한 번 사랑을 할 때마다 복합적인 고통을 겪어야 했다. 당연히 자주 사랑할수록 고통은 배가되었다. 풍부했던 정도 곧 고갈되고 나면 그들은 습관처럼 고독감에 시달려야 했다.

　매창은 기녀였다. 관기는 많은 남자들을 상대해야 했고, 그것은 기녀의 운명이었다. 간혹 정인을 위해 평생 정절을 지킨 기녀들의 이야기가 전해지긴 하지만 그건 극히 예외일 뿐, 예나 지금이나 기방에서 고상한 정절을 찾으려는 것은 난센스이다. 부안의 명기 매창 또한 예외가 아니어서 여러 사람과 사랑을 나누었다. 그녀의 정인으로 이름이 밝혀진 사람만도 여럿이다. 그녀를 한국 문학사의 한자리에 올려놓은 시조,

"이화우 흩날릴 제 울며 잡고 이별한 님 / 추풍낙엽에 저도 날 생각는가 / 천 리에 외로운 꿈만 오락가락하노라"도 진한 로맨스의 산물임은 널리 알려진 사실이다. 이 시조처럼, 매창의 시는 이별과 고독과 시름을 노래한 것이 대부분이다. 그렇게 그녀는 고독감에 시달리다가 서른여덟 살에 짧은 생애를 마친다. 허균의 편지를 받은 이듬해의 일이다.

깊은 밤, 매창의 시는 끊었던 담배를 다시 찾게 했다. 끊은 지 한참 된 담배가 집안에 있을 리 없다. 기어이 담배를 사러 나갔다. 열사흘 배부른 달빛 아래 달맞이꽃이 여기저기 피어 있었다. 집 근처 시내에서는 물고기들이 놀고 있었다. 자전거를 세워놓고 한참을 들여다보았다. 불현듯 나타난 나의 그림자에 당황한 듯 녀석들의 몸짓이 경계심으로 가득하다. 아파트 단지로 들어와 맞은편에서 오는 차 때문에 자전거에서 내렸는데, 발아래에서 조그만 것이 움직이고 있었다. 까만 벌레였다. 쪼그리고 앉아 한참 동안 그 녀석과 이야기를 나누었다. 매창의 시를 읽다 담배를 사러 나갔던 나는 그렇게 달맞이꽃과 물고기와 작은 벌레를 만났다. 유有가 무無에서 나온다고 했듯이, 절망이 다하는 곳에서 희망을 만나고 죽음에서 삶을 발견하는 법이다. 설움에 가득 찬 이별 노래가 달밤에 약동하는 생명을 만나게 한 것은 우연이 아니다.

조선시대 야담에 등장하는 매창은 두 가지 모습을 지닌다. 하나는 육담을 주고받으며 남성들과 걸쭉하게 희롱하는 유녀遊女의 모습이다. 그녀가 선상기選上妓(나라에 큰 잔치가 있을 때 각 지방에서 뽑아 올리던 기녀)로 뽑혀 서울에 왔을 때의 일이다. 한양의 한량들이 다투어 그녀를 찾아 수창酬唱하였다. 하루는 세 사람이 함께 왔다. 이에 매창이 각각 풍류 마당을 묘사한 시를 읊어 분위기를 돋울 것을 청했다. 그들이 읊은 시들이란 모두 남녀 간의 애정 형상을 진하게 묘사한 것들이었다. 하지만 매창은 일일이 시를 평하며 별로 높은 점수를 주지 않았다. 그리고 다시 율시를 청했다. 그중 한 사람이 성행위의 풍정을 노골적으로 묘사한 시를 짓자 상찬해 마지않으니, 나머지 두 사람은 무안해서 돌아갔다고 한다. 주로 18세기 이후의 야담집에 실려 있다. 아무래도 육담 관련 내용은 뒷사람들이 흥미 삼아 덧붙인 이야기일 것이다.

다른 하나는 절조 높은 예기藝妓의 모습이다. 일찍이 어떤 과객이 그녀의 명성을 듣고 시를 지어 유혹했다. 이에 매창은 즉시 차운하여 답시를 지어 보였다.

평생에 동가식은 배우지 아니했고 　　　　平生不學食東家
달그림자 빗겨 있는 매화만 사랑했네 　　只愛寒梅月影斜
유한幽閑한 나의 뜻은 알지도 못하면서 　詞人不識幽閑意
가는 구름 들먹이며 잘난 척하는구나 　　指點行雲枉自多

동가식東家食은 아무 데서나 먹고 잔다는 뜻의 동가식서가숙東家食西家宿의 줄임말로, 기녀의 별칭이었다. 하지만 매창이 사랑한 것은 봄이 오기 전 싸늘한 달빛에 싸여 고고한 자태를 뽐내는 매화였다. 창가에 앉아 매화 보기를 좋아해 이름도 매창梅窓이라 하였다. 그런데 글줄이나 엮는다는 작자들은 자신의 그런 높은 뜻은 알지도 못하면서, 구름이나 들먹이며 되도 않는 글 솜씨를 자랑한다는 것이다. 이때 행운行雲은 이중의 의미를 지닌다. 말 그대로 '떠가는 구름'을 가리키면서, 동시에 남녀의 성행위를 뜻하는 운우지정雲雨之情을 함축한다. 그 과객이 시에 행운이라는 단어를 넣어 매창의 마음을 얻으려 했기에 한 말이다. 어쨌거나 그는 이 시를 보고 그만 겸연쩍어서 돌아가고 말았다고 하니 매창의 말뜻을 알아듣기는 한 모양이다. 같은 시대에 이수광李晬光이 지은 『지봉유설』에 나오는 이야기니 믿을 만하다. 이 이야기의 마지막에 이수광은 이런 말을 덧붙였다.

"평소 거문고와 시를 좋아하여 죽은 뒤에 거문고와 함께 장사 지냈다."

운치 있는 사람이라면 지금도 부안 매창뜸에서 이 거문고 소리를 들을 수 있다.

선천적 재정才情 과다 남성, 허균

1608년 4월, 허균이 명나라 사신을 맞이하는 원접사의 종사관이 되어 의주에 갔을 때의 일이다. 압록강 건너편에서 사신을 맞이해 의주 읍내로 들어오는데, 구경꾼들로 성안이 북적거렸다. 의주부의 기녀들도 모두 줄지어 꿇어앉아 인사를 하고 있었다. 허균은 침착한 눈길로 기녀들의 얼굴을 하나하나 건너가며 확인했다. 다 헤어보니 자신을 시침했던 기녀가 12명이나 되었다. 시를 지었는데 마지막 구절이 이러하다.

청루의 골목길에 열두 명의 아가씨들　　　　十二金釵南陌上
일제히 돌아보며 봄바람에 미소 짓네　　　　一時回首笑春風

　　평양에서 의주에 이르는 의주대로는 조선과 명·청의 사신들이 오 갔던 길이기 때문에 그 주변 고을에는 그들을 접대하기 위한 기녀들이 많이 배치되어 있었다. 의주는 국경의 큰 고을이라 특히 기녀가 많았 다. 허균은 몇 차례 사행을 다니면서 그 기녀들과 인연을 맺었다. 그래 서 사신 접대의 바쁜 와중에도 기녀들의 얼굴을 침착하게 살펴보았고, 이에 12명의 기녀들도 일제히 허균을 돌아보며 교태 어린 미소(笑春風) 로 화답했다. 예교禮敎를 생명처럼 중시했던 조선 유자들에 비추어 볼 때 그의 풍류와 위트는 자못 파격적이다.
　　이 밖에도 허균의 주변에는 여인들이 많았다. 이안눌李安訥에게 보 낸 편지에서는 혜민국에 의녀로 있는 진랑眞娘이라는 기녀에 대해 이야 기하며, "꽃다운 나이 지나고 자식까지 있으므로 자못 찾아갈 흥취는 나지 않지만, 그의 괴로워하는 말을 들으면 역시 동정심이 생깁니다. 저를 위해서 그를 관대히 대해 주십시오"라고 특별히 부탁하였다. 또 절친했던 친구 이재영李再榮에게 보낸 편지에서도 소랑蕭娘이라는 기녀 를 말하면서, "자세히 보다가 원망이 사무쳐 고개를 돌려 벽을 향하는

데, 촛불 그림자 속에 비치는 헝클어진 머리와 지워진 화장, 구겨진 옷, 부드러운 얼굴이 곱게 단장하고 고운 옷을 입었을 때보다 훨씬 예뻤으니, 서시西施의 찡그린 얼굴을 못생긴 아무개가 흉내 낸 일을 비로소 믿게 되었네. 잠자리에 들어서는 우는 듯 호소하는 듯했으나, 10년 전의 옛일을 이야기하는 데에 이르러서는 사뭇 다정스럽게 말하면서 한마디의 말도 착오를 일으키지 않으므로 또 망연자실하였네. 그대는 시험삼아 정사情詞를 지어 이 일을 기록해주게"라 했으니, 그 남녀 간의 정경 묘사가 곡진하기 그지없다. 사대부의 문집에서 이러한 기록을 발견하기란 무척이나 어렵다. 허균은 두 번 부인을 맞이했고 세 첩을 들였는데, 이들과의 부부 금슬도 좋은 편이었다.

분칠하고 물들여 단장 곱게 하였는데	傅粉塗黃自好儀
다정하여 가벼움을 아는 이 누구리오	多情輕薄有誰知
봄 숲서 꽃 다 짐을 서글피 바라보다	春叢悵望殘紅盡
또다시 춤을 추며 높은 가지 오르네	更舞風高上別枝

18세기의 감성 시인 최성대崔成大가 지은 「나비」(胡蝶)라는 시이다. 나비는 꽃을 가려 앉지 않으니, 다정하기 때문이다. 넘치는 정을 이 꽃 저 꽃 나눠주려다 보니 몸가짐이 가벼울 수밖에 없다. 하지만 사람들은 가벼움만 말할 뿐, 그 속에 숨어 있는 다정함은 보지 못한다. 나비를 보는 시인의 눈길이 자못 호의적이다. 허균을 이 나비에 견주면 크게 어

굿남이 없겠다.

허균이 넘치는 정을 여성들에게만 나눠 준 것은 아니다. 그가 지은 「대힐자」對詰者라는 글이 있다. 점잖은 사람이 나타나 허균에게, "당신은 문장도 뛰어나고 벼슬도 높은데 왜 이상한 사람들하고만 어울리느냐?"고 따져 물었다. 이상한 사람들이란 얼굴이 검거나 수염이 붉은 사람, 여우 코의 난쟁이나 애꾸 등이다. 이들은 주위의 시선이나 예법은 아랑곳 않고 술병을 차고 익살 부리며 떠들고 노래한다. 이에 허균은 권문세족을 만나면 허리가 뻣뻣해지고 마음에 없는 말을 하려면 혀가 굳어버리는 자신의 증상을 설명하고, 그들과 어울릴 때가 행복하다고 대답한다. 사회에는 늘 체제나 관습의 경계선에서 배회하는 기인들이 있는 법인데, 실제로도 허균은 신분과 처지에 구애받지 않고 그들과 어울리기를 좋아했다. 한번은 벗이 편지를 보내 나무라자 이렇게 답했다.

형께서 내가 잡된 사람들과 사귀는 것을 경계하는 편지를 두 번이나 보내오니 고맙기 그지없네. 그러나 이는 나의 참마음에 해를 끼치는 일은 아니라네. 옛날 곽충서郭忠恕는 시장 사람들을 끌고 가서 술을 마시며, "나와 함께 지내는 사람은 모두 이런 부류이다"라고 했는데, 형께서 따라 노니는 사람들은 과연 시장 사람들보다 나은가?

곽충서郭忠恕는 송나라 때 사람이다. 학문에 능해 일찍 벼슬에 올랐는데, 술에 취한 채 조정에서 쟁론하다가 유배를 당했다. 유배가 끝난 뒤에는 다시 벼슬에 나가지 않았다. 사람 사귐에 귀천을 가리지 않았고, 흥이 일면 예의범절에 구애받지 않았으며, 산수 간에서 아름다운 경치를 만나면 돌아가기를 잊었다. 허균은 매임 없고 울에 갇히지 않는 곽충서의 삶을 지향했다. 하지만 세상은 자꾸만 그를 울안에 가두고 줄로 묶어놓으려 했다. 불교를 신봉한다, 서얼들과 가까이 지낸다, 기녀를 관사에 끌어들였다 등등의 이유로 세상은 깊숙한 태클을 걸어왔다. 그러면서 그와 세상 사이에는 반목과 불화가 깊어졌다. 허균은 넘어지기를 반복하면서도 태클을 피하지 않았다. 불교 신봉을 이유로 파직을 당한 뒤 아래 시를 남겼는데, 정말이지 반성이나 후회의 기색은 눈곱만치도 없다.

오래도록 불서를 읽어온지라	久讀修多敎
머물러 매인 마음 없어졌다네	因無所住心
아내를 내보내지 아니하였고	周妻猶未遣
술과 고기 더더욱 끊지 못했네	何肉更難禁
고관은 이미 한참 멀어졌으니	已分靑雲隔
탄핵이 닥쳐온들 근심을 할까	寧愁白簡侵
인생이란 제 명에 편안할지니	人生且安命
돌아갈 꿈 아직도 절집에 있네	歸夢尙祈林

재주가 많고 정이 넘쳤던 허균에게는 친구들이 많았다. 할 얘기 못할 얘기 다 하며 간담상조肝膽相照했던 이재영이 있다. 그가 죽었다는 소식을 듣고 "통곡하며 피눈물을 흘리노니, 하늘이여 원통하도다. 나는 누구와 함께 물외物外에서 노닐 것인가?"라고 한탄하게 했던 중인 화원 이정李楨이 있다. 승속을 넘나들며 선가의 현리를 담론했던 산문山門의 송운松雲(사명당)이 있다. 허균을 추종하며 세상의 전복을 꿈꾸다 형장의 이슬로 사라진 서얼 친구들, 강변칠우江邊七友가 있다. 밤낮으로 상종하며 세상과의 어긋남을 서로 위로했던 권필權韠 등의 전오자前五子와 임숙영任叔英 등의 후오자後五子도 빼놓을 수 없다.

허균에 대한 평가는 극단으로 엇갈린다. 조선시대에는 주로 경박하고 교활한 기회주의자로 보았다. 역모 죄로 몰려 죽은 때문이다. 근대 이후에는 시대의 한계를 뛰어넘으려 했던 희대의 천재이자 혁신적인 사상가로 보는 경향이 강하다. 하지만 허균의 도덕적 선악과 역사의 공과에 대해서는 잘라 말하기 어렵다. 다만 하나, 그가 다정다감했으며 분격憤激이 넘쳤던 인물이었음은 분명하다. 다정한 사람만이 뜨거운 눈물을 흘릴 줄 알고, 분격의 인사만이 주먹을 휘두르며 시대와 맞설 수 있기 때문이다. 조선의 500년 역사를 통틀어 허균만큼 사회의 모순과 부조리를 직설적으로 통렬하게 드러낸 문인이 없고, 또 허균처럼 강렬하게 사회와 대결한 지식인이 없다.

허균 앞 시대의 김시습은 자기 안에 깊은 바다를 만들어 울분을 쌓고 또 쌓았다. 울분은 마음의 바다에 깊이 침잠하여 어둠 속에서 환상을 빚어냈다. 『금오신화』의 이야기는 그러한 어둠 속 환상의 소산이다. 허균 뒤 시대의 박지원은 풍자를 선택했다. 풍자는 우회 전술이다. 강한 적을 정면으로 타격하지 않는다. 빗대어서 조롱하기 때문에 도덕적인 허위가 폭로되고 상징적으로 함락될지언정 현실의 적은 결정적인 충격을 받지 않는다. 그러나 허균은 달랐다. 그는 세계와 격렬하게 대결하였다. 문제가 있으면 에두르거나 빗대지 않고 또박또박 짚어서 명확하게 말했고, 나아가 완력으로 해결하기를 두려워하지 않았다. 「병론」兵論, 「학론」學論, 「호민론」豪民論 등의 글이 그렇고, 홍길동의 행동이 그렇고, 결정적으로 그의 삶이 그러했다.

타정 남녀의 희귀한 우정

이제 다시 허균과 매창의 관계로 돌아가 보자. 매창은 평생 애정 결핍에 의한 고독감에 시달리다 죽었으며, 허균은 넘치는 정을 주체하지 못해 두루두루 나눠 주다가 죽었다. 두 사람은 각각 33세와 29세의 한창 나이에 처음 만났으며, 서로에게 호감이 있었다. 더구나 한 사람은 부인의 투기로부터 윤리·제도적으로 안전을 보장받았던 조선시대 사대부 남성이었고, 한 사람은 정절이라는 도덕률의 속박에서 벗어나 있었던 기녀였다. 풍류로는 한 시대에 둘째가라면 서러워할 만한 사람들이었지만, 둘은 끈적끈적한 애증으로 뒤섞이지 않고 물처럼 맑고 담담한 우정을 지켰다.

　어떻게 다정한 남녀 사이에 우정이 성립될 수 있었는가? 아니, 과연 남녀 사이에 우정이 성립될 수 있는가? 적어도 나는 자신이 없다. 그래서 김춘수의 「꽃을 위한 서시」 첫 구절을, "나는 시방 위험한 짐승이다 / 그대 눈길 닿으면 / 나는 미지의 까마득한 어둠이 된다"(원문은 "나는 시방 위험한 짐승이다 / 나의 손이 닿으면 / 너는 미지의 까마득한 어둠이 된다"이다)라고 바꿔 읊조린다. 하지만 남녀 간에 우정이 성립할지도 모른다는 생각을 할 때가 있다. 그러기 위해서는 두 가지 조건이 필요하다. 하나는 앞에서 말한 것처럼 마음과 분위기 모두 맑아야 한다는 것이고, 다른 하나는 상대방을 철저하게 신뢰하여 함부로 다가가지 않아야 한다는 것이다. 허균과 매창이 처음 만났을 때는 모든 것이 아주 맑았을 것이다. 그 뒤로는 서로 신뢰하고 존중해 가벼이 다가가지 않았을 것이다. 이성 사이든 동성 사이든, 우정은 마주 보는 두 산과 같은 관계에서 생겨나는 것이 아닐까? 허균과 매창의 맑은 우정은 풍류남과 기녀 사이에 있었던 숱한 애정 사연과는 다른 즐거움과 가능성을 제시해준다. 허균은 허균이고 매창은 매창인 이 깔끔함! 그리고 신뢰만이 지니는 이 무한한 가능성!

　1610년 매창은 38세의 젊은 나이로 세상을 떠났는데, 그 소식을 들은 허균은 두 편의 시를 지어 벗의 죽음을 애도했다. 제목 아래 붙인 짤막한 서문에서는, "계생桂生(계랑桂娘은 매창의 다른 이름이다)은 부안 기생인데, 시에 능하고 글을 할 줄 알았으며 노래와 거문고에도 능했다. 그러나 천성이 고고하고 맑아서 음탕한 것을 좋아하지 않았다. 나는 그 재주를 사랑하여 교분이 막역하였으며, 비록 담소하며 가까이 지냈지만 음란한 지경에는 이르지 않았다. 그랬기에 오래도록 변하지 않았다. 지금 그가 죽었다는 소식을 듣고 한 차례 눈물을 뿌리고서 율시 두 수를 지어 슬퍼한다"고 말했다. 두 수 중 한 수만을 소개한다.

묘한 글귀 비단을 펼쳐놓은 듯	妙句堪擒錦
노래 맑아 구름도 멈추어 가네	淸歌解駐雲
복숭아 몰래 따서 하계에 왔다	偸桃來下界
선약 훔쳐 세상을 떠나가누나	竊藥去人群
부용 장막 등불은 어두워가고	燈暗芙蓉帳
비취색 치마엔 향 스러졌구나	香殘翡翠裙
내년에 복사꽃이 피어날 적에	明年小桃發
설도 아씨 무덤을 누가 찾을까	誰過薛濤墳

3구는 3천 년마다 꽃이 피고 또 3천 년마다 열매를 맺으며 다시 3천 년 만에 열매가 익는다는 선계의 천도복숭아를 동방삭東方朔이 훔쳐간 고사를, 4구는 남편 몰래 불사약을 훔쳐 먹고 달아나 달의 요정이 된 항아姮娥의 이야기를 빌려, 매창이 원래 하늘나라의 선녀였는데 잠시 세상에 태어났다가 다시 선녀가 되어 하늘로 올라갔음을 말했다. 8구의 설도薛濤는 당나라 때의 기녀인데, 시문과 음악에 능해 백거白居易이

나 두목杜牧 같은 당대의 명사들과 시를 주고받으며 교유하였다. 물론 매창을 가리키는 말이다.

심양 객관의
자욱한 담배 연기

김상헌과 최명길

김상헌(金尙憲, 1570~1652)   본관은 안동, 호는 청음淸陰. 사림士林 출신으로 원칙과 명분을 내세우며 강직한 언론 활동을 벌였다. 병자호란 당시 남한산성에서 앞장서 척화 斥和를 주장해, 뒷날 명예만을 구한다는 비난을 받기도 했다. 송시열과 함께 조선 후기 의리론의 상징적 인물로 평가받는다.

최명길(崔鳴吉, 1586~1647)   본관은 전주, 호는 지천遲川. 이항복과 신흠申欽에게서 배 웠다. 병자호란 전후 외교 일선에서 활약했으며, 청나라와의 전략적인 강화를 주장했다. 명분에 얽매이지 않고 합리적인 세계관으로 현실을 중시하는 정책을 펼쳤으며, 국가의 시무에도 밝았다.

남한산성에서 논쟁을 벌이다

1637년 1월 18일, 남한산성 안에서는 중신들 사이에 논쟁이 벌어졌다. 불시에 청나라 군대의 공격을 받고 남한산성에서 농성한 지도 한 달이 지났다. 날은 살을 에어낼 듯이 추웠고 양식은 바닥을 드러내고 있었다. 애초에 준비되지 않은 전쟁이었고, 사정은 갈수록 악화되었다. 청군 진영에서는 계속 국서를 보내 인조의 출성 항복을 요구하였다. 일부 사대부들의 반발이 거세긴 했지만 성안의 대세도 강화로 기운 지 이미 오래였다. 하지만 인조는 항복했을 때 자신이 적진에 끌려가지나 않을까 두려워했다. 그는 1125년 북송의 마지막 황제 흠종이 금나라에 끌려가 비참하게 최후를 맞이한 사실을 너무나도 잘 알고 있었다. 그 때문에 조선 조정에서는 인조의 안전을 보장받는 것은 물론이고, 명분상 최대한 자존심을 살리면서 물질적인 피해를 최소한으로 줄이는 방안을 찾는 데 골몰했다.

　청의 침략 초기부터 적진을 오가며 사자使者의 역할을 도맡아 했던 최명길崔鳴吉(1586~1647)은 이날 항복을 요구하는 그들의 국서에 대한 답서를 작성했다. 그간의 잘못을 용서해준다면 스스로 뉘우쳐 앞으로는 온 정성을 다해 섬길 것이며, 항복의 문제는 여러 절차상의 문제가 있으니 시간을 갖고 의논해보자는, 공손하다면 공손하고 의례적이라면 의례적인 내용이었다. 이를 본 김상헌金尙憲(1570~1652)은 편지를 찢으며 실성통곡하였다. 그리고 최명길을 꾸짖었다.

"공의 선대부先大夫는 선비들 사이에 명성이 자못 자자했는데, 어찌하여 그대는 이런 짓을 한단 말이오!"

최명길이 대답했다.

"누가 대감을 옳지 않다고 하리오만, 이는 부득이한 일입니다."

다른 사람이 끼어들어 한참 논란이 일었다. 김상헌은 도리상 있을 수 없는 일이라 했고, 다른 사람들은 종묘와 사직을 보전하기 위해서는 어쩔 수 없는 일이라고 했다. 논란을 지켜보던 최명길은 찢어진 편지를 주워 모으며 말했다.

"대감은 이를 찢었지만, 우리는 이를 주워야만 합니다."

이로부터 열이틀 뒤인 1월 30일, 인조는 결국 백관을 거느리고 남한산성 남문으로 나가 삼전도에서 청 태종에게 삼배구고두三拜九叩頭(세 번 절하고 아홉 번 머리를 조아리는, 만주족의 충성 서약 의례)를 올리며 항복했다. 하지만 김상헌과 최명길 두 사람이 입장의 차이를 좁힌 것은 아니었다.

청군이 물러간 뒤 김상헌은 곧 벼슬을 그만두고 안동으로 낙향했는데, 나라에 큰일이 있을 때마다 수시로 상소하여 청나라 배척의 뜻을 진언했다. 그에 비해 최명길은 계속 조정에 있으면서 전란 뒤의 나랏일을 수습해 나갔다. 원래 최명길은 인조반정의 주역이자 전문적인 행정가였고, 김상헌은 산림 출신으로 재야 학자의 성격이 강했다. 당연히 현실관 또한 달랐다. 현실 가능성을 중시한 최명길은 뛰어난 협상 능력을 지니고 있었고, 원칙을 내세운 김상헌에게는 명분이 무엇보다 중요한 사안이었다. 가는 길과 생각이 달라 합치점을 찾기 어려웠던 두 사람은 다시 만날 일이 없을 것 같았다.

적도 심양에서의 때 아닌 담배 논전

두 사람이 운명처럼 재회한 곳은 아이러니하게도 당시 청나라의 수도
였던 심양瀋陽이었다. 1642년 조선에서 명나라에 몰래 보낸 승려 독보獨
步가 청군에 붙잡히는 바람에 명과 내통한 사실이 알려져 최명길이 압
송되었고, 명나라를 치는 전투에 파병을 반대했다는 이유로 의주에 2년
간 구금되어 있던 김상헌이 심양으로 끌려가 북관北館에 유폐되었다가
이듬해 여름에 남관南館으로 이관되었다. 여기에 그해 심양에 사신으로
왔던 이경여李敬輿도 합류했다. 이경여는 원래 1641년에 김상헌과 함께
심양으로 압송되었다가 먼저 귀국했는데, 아직 죄도 다 용서받지 않은
사람이 정승이 되었다며 청에서 다시 불러 억류시켜버린 것이다.

아무튼 이렇게 해서 세 사람은 청나라의 기세가 욱일승천하는 때,
패전국 인질의 신세로 심양의 관소에 꼼짝 못하고 갇혀 있었다. 군대에
서 한솥밥 먹고 한 이불 덮으며 1년 이상 지내는 것처럼, 인연이라면 깊
은 인연이었다. 이때 김상헌은 74세, 이경여는 59세, 최명길은 58세였
으니 당시로서는 상노인들이었다. 감옥 아닌 감옥에서 할 일도 없고 할
수 있는 일도 없으니 자주 모여 앉아 시를 주고받으며 시름을 달래는
경우가 많았다. 그때 지어진 시가 제법 많이 전하고 있다.

어느 날 세 사람이 앉아 있는데 최명길, 이경여 두 사람이 줄담배를 피워대며 온 방을 연기로 가득 채우는 것이 아닌가? 딱히 할 일도 없고 낙도 없으니 애연가들은 담배나 피우는 수밖에. 당시 담배는 조선의 특산물로 청나라 사람들에게 인기가 높았다. 사신을 수행하는 상인들의 주요 무역 품목 중 하나였을 뿐 아니라, 돈도 쌀도 없는 조선 사람들이 인질을 사 오기 위해 대신 가져갔던 것이 바로 담배였다. 이 때문에 청 태종은 조선 사람들의 담배 유입을 법적으로 금지하기까지 했다. 그때나 지금이나 우리나라 사람들이 담배를 즐기는 것은 변함이 없는 듯하다. 근대의 사학자 문일평은 조선 사람들의 애연愛煙은 중국 사람들이 차를 좋아하는 것 이상이라고 했고, 심지어는 '식후 제일의 맛이요, 손님 접대의 첫인사'란 말까지 생겨날 정도였다.

하지만 담배를 피우지 않았던 김상헌은 담배 연기가 너무 괴로웠다. 지금은 이런 풍경이 거의 사라졌지만, 담배를 피우지 않는 사람이 남의 담배 연기에 얼마나 고통을 받는지는 아는 사람은 다 안다. 참다 못한 김상헌은 붓을 들어 이런 시를 지어 보였다. 제목은 '지천遲川(최명길의 호)과 봉암鳳巖(이경여의 호) 두 분이 담배 피우기를 그치지 않기에 시를 지어 놀리다'이다.

차가운 북쪽 인질로 와 있는 적국의 땅 　　　　　氷魭蜜香餐雪地
금동 화로의 짐승 모양 숯이 연기를 내뿜네 　　金鑪獸炭吸煙時
두 사람의 풍미를 누가 알 수 있을까 　　　　兩家風味誰能辨

아무리 혼자 생각해도 알 수가 없구려　　　　却問靈臺笑不知

1구는 한나라 때 흉노에 사신으로 갔다가 포로로 붙잡혀 19년 동안 온갖 고생을 하고 돌아온 소무蘇武라는 사람의 고사에 빗대어 적국에 인질로 억류되어 있는 자신들의 처지를 말한 것이다. 2구에서는 화로의 숯이 계속 연기를 내뿜는 것처럼 담배를 피워대고 있는 두 사람을 그렸다. 짐승이 연기를 내뿜는 것으로 표현했으니 다분히 놀리는 뜻이 담겨 있다. 3, 4구에서는 무슨 맛으로 담배를 피우는지 도무지 알 수 없는 답답한 심정을 말했다. 내용을 간추리면 이런 뜻이다. "거 무슨 맛으로 그 독한 담배를 피워대오?" 이를테면 점잖은 항의였던 셈이다.

한 방 먹었으니 뭐라 응수가 있어야 하겠는데, 그냥 한두 마디 말로 한다면 얼마나 무미하고 싱겁겠는가? 시로 받았으니 최소한 시로 응수해야 한다. 대화의 격이나 운치란 그런 것이다. 어두컴컴한 골방에서 영혼의 깊은 울림을 들으며 시를 쓰는 것은 근대 이후의 풍경이고, 그 이전에 시란 소통의 한 방편이었던 것이다. 최명길은 이렇게 받았다.

세상의 온갖 일을 내 어찌 관여할까　　　　人間萬事吾何與
날씨는 계절 따라 춥고 또 더웁나니　　　　冬夏氷湯各順時
구구하게 득실을 따질 것 무엇이오　　　　不用區區較得失
그 맛은 자기 혼자 마음으로 아는 것을　　　從須冷煖自心知

첫 구는 '지금 이런 처지에 우리가 무엇을 할 수 있고, 고민한들 무엇 하겠소. 그나마 이 좋은 담배가 있으니 얼마나 다행이오?' 하는 말이다. 2, 3구에서는 겨울엔 춥고 여름에는 더운 것이 자연의 순리인 것처럼, 담배를 피우지 않는 사람은 담배 맛을 모르고 담배 맛을 아는 사람은 담배를 피울 수밖에 없는 기호의 차이를 말하고 있다. '담배 맛을 아는 사람과 모르는 사람 사이에 대화가 가능하겠습니까?' 라는 뜻이 숨어 있는 것이다. 이 두 구절은 경우에 따라 청나라에 대한 태도의 차이를 설명하는 적극적 변설로 읽을 수도 있다. 4구의 '냉난자지'冷暖自知는 원래 선가禪家의 말로, 물을 마셔봐야 뜨거운지 차가운지 알 수 있는 것처럼 '깨달음의 세계' 란 터득하지 않고는 알 수 없다는 뜻이다. 물론 담배 맛도 그렇다는 의미이다. 그런데 담배만을 이야기했다고 보기에는 그 말들이나 분위기가 너무 진지하고 무겁다.

이경여는 이렇게 화답했다.

소무처럼 고생한 지 3년째 접어드니	蘇卿餐雪今三歲
추연이 봄 불러온 그때와 똑같다오	鄒子回春亦一時
물과 불은 원래 '기제' 괘를 이루나니	水火元來成旣濟
공용의 깊고 얕음 어느 누가 알리오	淺深功用有誰知

1구는 억류 생활을 하고 있는 자신들의 처지에 대한 내용이다. 2구에 나오는 추연鄒衍은 춘추전국시대의 인물이다. 연燕나라 소왕昭王이

그를 스승으로 섬겼다. 그런데 소왕이 죽자 뒤를 이은 혜왕惠王이 참소를 믿고 그를 가두었다. 그러자 여름에 서리가 내리고 날씨가 추워져 오곡이 제대로 자라지 않았다. 왕의 정사가 잘못되면 하늘의 질서가 어지러워진다는 천인감응天人感應의 이치를 믿었던 시절이다. 이에 추연이 음악을 만들어 연주하자 다시 봄의 화창한 날이 돌아와 오곡이 잘 자랐다고 한다.(『열자』·『한비자』) 우리가 이렇게 감옥에 갇혀 있지만, 추연이 그랬던 것처럼 힘을 다해서 천하에 다시 봄이 돌아오게 해야 한다는 말이다. 3구는 더 어렵다. 『주역』周易의 63번째 괘가 '기제'旣濟이다. 위는 물이고 아래는 불이 있는 형상(䷾)인데, 이미 물을 다 건넜다는 뜻이다. 그런데 이 괘가 지시하는 바는 불길한 것이다. 이미 물을 다 건넜으면 일이 완수되었다는 것인데, 세상일의 이치란 완성되고 난 뒤에 다시 어지러워지기 때문이다. 그래서 이 괘를 풀어 '처음에는 길吉하지만 끝은 어지럽'고 했고, 그렇기 때문에 '군자는 환난을 생각하여 미리 방비해야 한다'고 했다. 물과 불은 상극의 성질을 지녔지만 함께 어우러져 하나의 사업을 이루니, 어느 힘이 더 낫고 못한지는 단순하게 말할 수 없다는 이야기를 하고 있는 것이다. 아무래도 단순한 담배 이야기가 아니다.

화제는 담배로 시작했지만 시에 담긴 뜻은 그렇게 간단해 보이지 않는다. 세 사람은 청나라를 대하는 태도에 이견을 보였다. 특히 앞에서 본 것처럼 김상헌과 최명길은 극단적으로 대립했다. 두 사람의 시만 놓고 보면 화제가 담배에서 크게 벗어나지 않는데, 이경여는 아예 담배 문제는 제쳐두었다. 그는 이렇게 말하고 있는 것이다. "우리 세 사람은 같은 처지에 놓여 있으니 힘을 합해 사직을 보존해야 합니다. 두 분께 서는 물과 불처럼 다른 견해를 보이지만, 서로 자기 입장만 내세우는 것은 좋지 않은 듯합니다." 화기애애한 분위기 속에서 돌연 팽팽한 긴 장이 감지된다. 얼음과 숯은 상극의 대표적인 사물이기 때문에 '얼음 과 숯은 같은 그릇에 담으면 안 된다', '얼음과 숯은 말하지 않아도 차 갑고 뜨거운 성질이 저절로 나타난다'라는 말이 있다. 하지만 반대로 '얼음과 숯은 서로 아낀다'거나 '물과 불은 서로 구제해준다'는 말도 있다. 극단적으로 달라 서로를 식혀줄 수 있기 때문이다. 동문서답, 이 경여는 담배를 빙자해서 은근슬쩍 두 사람의 입장 차이를 조율하려 했 던 것이다.

이렇게 보면, 제일 처음 김상헌의 시에 있는 '두 사람의 풍미'가 뜻 하는 바도 단순히 애연 취향만은 아닌 게 된다.

권도와 상도 사이에 길을 내다

얼마 뒤 이경여는 다시 시를 적어 두 사람에게 보였다.

두 분의 경도 권도 제각각 공정하니　　　　二老經權各爲公
하늘 받친 큰 절의에 시절 구한 공이로다　　擎天大節濟時功

허나 이제 똑같은 처지에 놓였으니　　　　如今爛漫同歸地
적국에 갇혀 있는 늙은이 신세라오　　　　俱是南冠白首翁

　김상헌은 도의는 어떤 상황에서도 변할 수 없는 것이라는 경도經道를 주장했고, 최명길은 원칙만을 고집하지 않고 상황에 따라 유연하게 대처하는 권도權道를 주장했다. 경도는 상도常道라고도 하는데, 언제 어떤 상황에서도 지켜야 할 대원칙을 뜻한다. 그에 비해 권도의 '권'權은 원래 저울이란 뜻이니, 상황이나 경우에 맞게 행동의 기준을 변통하여 처신하는 것을 가리킨다. 맹자는 '남녀칠세부동석'은 상도지만, '형수가 물에 빠지면 손을 잡아 구해야 한다'는 예로 상도와 권도를 설명했다. 하지만 유가에서는 권도를 행하는 것은 성인에게도 어려운 일이라 하여 대개 정해진 원칙을 묵수하는 것을 중시했다. 이경여는 결국 상도에 바탕을 둔 김상헌의 척화 대의는 하늘을 떠받칠 만한 것이고, 최명길의 강화 주선은 시대의 난관을 극복한 것으로, 두 사람의 행동은 사리사욕에서 비롯된 것이 아니라 모두 나라를 위한 공도公道이니 서로 모순되거나 배치되는 것이 아니라는 말을 하고 있다. 마지막 구에서는 지금은 모두 적국의 포로가 되어 고향을 그리워하는 똑같은 처지이니 더 이상 그 문제로 대립할 필요가 없다는 뜻을 밝혔다.
　이에 대해 최명길은 이렇게 화답했다.

뒷날의 사가史家 판단 공정함 있으리니　　　　青簡枰衡自有公

항복을 주관한 자 감히 공업 말하리오 　　　　會稽臣妾敢言功
우리네 하는 일은 황당하기 짝 없으니 　　　　吾人事業荒唐甚
끝내는 서간옹을 당해내지 못하리다 　　　　畢竟都輸西磵翁

　2구의 '회계신첩'會稽臣妾은 '회계산의 신하'라는 뜻이다. 춘추시대 오吳나라 왕 합려闔閭는 월越나라로 쳐들어갔다가 월왕 구천句踐에게 패해 전사했다. 그 아들 부차夫差는 아버지의 원수를 갚기 위해 딱딱한 장작더미 위에서 잠을 자며 복수를 다짐했다. 이 소식을 들은 구천은 오나라에 먼저 쳐들어갔으나 오히려 크게 패했고 결국 회계산에서 항복했다. 포로가 된 구천은 온갖 고역을 겪은 뒤 영원히 오나라를 섬길 것을 맹세하고 무사히 돌아왔는데, 그 역시 그 수모를 잊지 않으려고 늘 쓰디쓴 쓸개를 씹으며 치욕을 되갚을 날만을 손꼽아 기다렸다. 여기서 '와신상담'臥薪嘗膽이라는 말이 나왔다.
　마찬가지로 삼전도에서 굴욕적인 강화를 맺은 인조와 문무백관을 비롯한 온 조선 백성들도 청에 대한 복수설치復讐雪恥를 다짐했다. 그러니 항복을 주도한 자신이 어떻게 감히 공을 말할 수 있겠느냐는 뜻이다. 최명길은 청나라와의 강화를 주도할 때부터 자신이 뒷날 나라를 망친 신하로 평가될 것을 알고 있었다. 이미 역사에 그런 선례가 있었기 때문이다. 마지막 구의 서간옹西磵翁은 김상헌이 말년에 썼던 호이다. 지금은 가타부타 옳고 그름을 따져도, 세월이 흐르면 결국 역사는 척화斥和를 주장한 김상헌의 손을 들어주리라는 것이다. 이후 김상헌을 이

넘적 지주로 삼은 노론老論이 정권을 장악하면서 최명길의 예상은 그대로 들어맞게 된다. 알면서도 정국을 담당한 사람으로서 그렇게 할 수밖에 없었던 비애와 고뇌가 여기 숨어 있다.

　김상헌은 묵묵부답, 깊은 생각에 잠긴 채 말이 없었다.

나를 지키되 너를 인정한다

이러한 일련의 맥락을 더 선명하게 이해하기 위해 다시 앞으로 거슬러 올라가 짚어볼 것이 있다. 담배와 관련된 사건이 있기 얼마 전 김상헌과 최명길은 이 문제로 심각한 대화를 나눈 적이 있었다. 역시 대화의 방편은 시였는데, 먼저 대화를 시작한 사람은 최명길이었다.

타관살이 몸까지 병들었으니	羈旅身仍病
고향은 꿈결에만 돌아가누나	家鄉夢獨歸
참새도 자기 집을 찾아가건만	雀猶尋舊穴
사람은 계절 옷도 입지 못했네	人未換新衣
쓸쓸하게 봄은 다 지나가는데	寂寂一春盡
온갖 계획 모두 다 어그러졌네	悠悠萬計違
여러 공들 제각각 힘을 쏟으면	諸公各務力
전화위복 기회가 될 수 있으리	自可轉危機

음력 3월 20일 입하立夏 무렵에 지은 것으로, 포로 신세에 병까지 들었을 뿐 아니라 봄이 다 가도록 봄옷으로 갈아입지도 못하는 처지를 한탄하면서도 한편으로는 서로를 격려하고 위로하는 내용이다. 김상헌은 이렇게 화답했다.

두 눈에 선명한 의주 길 위로	羈旅龍灣路
사람들은 차례로 돌아가는데	群公次第歸
백발의 두 늙은이 남아 있어서	只留雙白髮
다 해진 봄옷을 입고 있누나	共弊一春衣
하늘의 뜻은 높아 묻기 어렵고	天意高難問
사람 마음 가까워도 어긋나누나	人情近亦違
그대 부디 가벼이 의심을 마오	憑君莫輕訝
모든 일엔 진실이 살아 있으니	萬事有神機

이 두 편의 시는 일종의 수인사이고 탐색이며, 분위기 조성용이다. 대체로 무난한 내용이지만 마지막 두 구절이 마냥 편안하지만은 않다. 김상헌은 척화를 주장할 때부터 명예를 낚으려 한다는 의혹의 시선을 받아왔기 때문이다. 이것이 징검다리가 되어 대화는 본론에 진입할 수 있었다. 기회였다. 대략 분위기가 무르익자 최명길은 처음이자 마지막으로 피차 정면으로 거론하기 어려운 문제를 꺼냈다. 그는 말없이 한 글자 한 글자 붓을 꾹꾹 눌러 시를 써 나갔고, 김상헌은 무거운 표정으

_ 전기, 〈매화초옥도〉, 국립중앙박물관 소장

로 넘겨다보았다. 시를 다 적은 최명길은 머리를 들어 김상헌을 한 번 쳐다보고는 종이의 방향을 바꾸어 건넸다. 제목은 '앞의 운으로 경經과 권權의 문제를 강설하다'이다.

고요히 뭇 움직임 살펴보자니	靜處觀群動
모두 한데 뒤섞여 돌아가누나	眞成爛熳歸
끓는 물과 얼음은 모두 물이요	湯氷俱是水
갖옷이나 베옷은 같은 옷이네	裘葛莫非衣
일이야 때에 따라 달라지지만	事或隨時別
마음이야 어찌 도와 어긋나리오	心寧與道違
그대가 이 이치를 깨닫는다면	君能悟其理
말과 침묵 제각각 천기랍니다	語默各天機

펄펄 끓는 물이나 꽁꽁 얼어붙은 얼음이나 그 존재의 본질은 똑같은 물이고, 가죽 옷이든 베옷이든 둘 다 옷인 것은 매한가지인 것처럼, 국가의 위난을 맞아 대처하는 방식은 그대와 내가 판연하게 달랐지만 결국 나라와 백성을 위하는 마음은 같지 않느냐는 말이다. 그러니 이젠 표면의 차이에 사로잡히지 말고 보이지 않는 동질성을 생각하자는 이야기이다. 시의 형식을 빌렸지만 논리가 간결 엄정하며, 말은 짧아도 천 근의 무게가 실려 있다. 화해의 손길을 내밀면서도 구차하거나 비굴하지 않다. 오랫동안 국정을 담당한 관료 학자의 관록과 여유를 엿볼

수 있다.

잠시 생각에 잠겼던 김상헌이 붓을 들었다.

성패는 천운에 달려 있지만	成敗關天運
끝내는 의와 함께 돌아가리라	須看義與歸
아침과 저녁을 바꿀 수 있다 해도	雖然反夙暮
저고리와 치마는 바꿔 못 입네	未可倒裳衣
권도 쓰면 현자도 잘못되나니	權或賢猶誤
정도는 무리도 어길 수 없네	經應衆莫違
이치에 밝은 선비께 부탁하노니	寄言明理士
위급해도 저울질은 신중하시게	造次愼衡機

예상외로 김상헌의 어조는 단호했다. 강경 척화파들은 조선은 물론 청나라 인사들의 질책과 추궁마저도 의義가 있음을 알 뿐 성패는 중요한 것이 아니라며 일축하곤 했다. 거기에는 더 이상 타협이나 절충의 여지가 없었다. 동질성을 내세운 최명길의 견해에 대해, 김상헌은 저고리와 치마를 예로 들며 차이를 고수할 뜻을 분명히 했다. 나아가 아무리 위급한 때라도 행동의 기준을 바꾸는 것은 위험한 일임을 충고하는 것도 잊지 않았다.

짧은 시간 두 사람이 주고받은 시는 우리 역사상 가장 수준 높은 대화였다. 대립은 격렬했지만 대화는 함축적이면서도 고요하게 이루어졌다. 그렇다고 긴장이 사라지거나 심각한 주제에서 일탈한 것도 아니었다. 조금의 군더더기나 모자람이 없는 글에는 구절구절 마디마디마다 논리가 번뜩였고 강한 자기주장이 실려 있었다. 글 이면에는 날카로운 비수를 감추었지만 상대방을 상하게 하지 않았고, 자신을 과장하거나 억지를 부리지도 않았다. 그러니 당연히 침을 튀기고 얼굴을 붉히며 삿대질을 할 필요가 없었다. 두 사람은 서로 상대방의 시를 보고는 잠시 침묵에 잠겼고 이내 고개를 끄덕였다. 싸워서 억지로 합칠 수 있는 문제가 아님을 알았기 때문이다. 이윽고 조금씩 기세를 누그러뜨리고 비수를 거두면서 일상의 정감을 표현한 시를 몇 수 더 주고받았다.

아름답지 않은가? 360여 년 전 봄날 심양 남관의 골방 안 풍경이 그려지지 않는가? 심양의 대남가大南街(옛날의 대남문 자리)에서 100여 보 북쪽으로 가면 오른쪽에 보이는 '심양아동시립도서관' 근처가 바로 이들이 시를 주고받던 자리이다.

우리가 정말 기억해야 할 것

뒷날 이긍익李肯翊은 『연려실기술』에서 두 사람의 관계를 이렇게 설명했다.

최명길이 처음에는 김상헌에게 이름을 낚으려는 마음이 있다고 의

심하여 그를 정승 추천 후보에서 빼기도 했는데, 이때 같이 갇혀 있으면서 죽음이 눈앞에 닥쳐와도 흔들리지 않고 의젓한 것을 보고 드디어 그의 절의를 믿고 마음속으로 탄복하였다. 김상헌 또한 처음에는 최명길을 옛날 금金나라에 나라를 판 남송의 진회秦檜와 다름없다고 생각했는데, 그가 목숨을 걸고 스스로 뜻을 지키며 흔들리거나 굽히지 않는 것을 보고 또한 그의 뜻이 오랑캐를 위함이 아니라는 것을 알게 되었다. 이에 두 집이 서로 공경하고 존중하였다. 김상헌은 "이로부터 양대의 우의를 찾아, 문득 백 년의 의심을 푸노라"라고 말했고, 최명길은 "그대의 마음은 돌과 같아 굴리기 어렵고, 나의 도는 고리와 같아 자유로이 간다네"라고 하였다.

누가 옳고 그른지 이 자리에서는 말하지 말기로 하자. 다만 분명한 것은 두 사람 모두 심양으로 끌려갈 때 목숨을 내놓고 갔으며, 득실의 계산이나 당리당략에 따라 행동하지 않았다는 사실이다. 이들은 목숨에 집착하지도 이해관계에 얽매이지도 않았기 때문에 대화를 나누고 서로를 이해할 수 있었으며, 의리義理로 이욕利欲을 덮었기에 함부로 상대방을 비난하고 헐뜯지 않았던 것이다.

전국시대 조趙나라 혜문왕惠文王이 화씨벽和氏璧이라는 희대의 보물을 얻었다. 이 소문을 들은 진秦 소왕昭王은 열다섯 성을 내주는 조건으로 보물을 요구했다. 하지만 성을 준다는 것은 단지 명분에 지나지 않았고 그의 속셈은 보물을 빼앗으려는 것이었다. 혜문왕은 힘센 진나라의 요구를 거절할 방법이 없어 고민했는데, 진나라에 화씨벽을 가지고 갈 사자로 인상여藺相如를 추천한 사람이 있었다. 그 당시 인상여는 환관의 식객에 지나지 않았다.

아무튼 진나라에 사자로 간 인상여는 뛰어난 기지를 발휘해 보물을 가지고 무사히 돌아왔다. 여기서 '완벽'完璧이란 말이 생겼다. 이 일로 인상여는 높은 벼슬에 올랐으며, 이후 진나라와의 갈등에서 목숨을 걸고 나라와 왕의 자존심을 지켜내 가장 높은 상경上卿의 지위에까지 이르렀다. 그러자 대장군 염파廉頗는 졸지에 자신보다 높은 지위에 오른 인상여가 거슬려, 언젠가 대놓고 모욕을 주리라 공언하였다. 이 말을 들은 인상여는 염파를 피했는데, 심지어는 길을 가다가 멀리서 염파가 오는 것을 보고는 달아나 숨기까지 했다. 이에 부끄러움을 느낀 아랫사람들이 항의하자 인상여는 이렇게 말했다.

"나는 그토록 위세가 당당한 진왕도 그들의 조정에서 꾸짖어 그의 무수한 신하들을 부끄럽게 했소. 내가 어리석다 한들 어찌 염 장군이 무서워서 그랬겠소? 강대국인 진나라가 우리 조나라를 쳐들어오지 못하는 것은 나와 염 장군이 있기 때문이오. 그런데 지금 호랑이 두 마리가 싸우면 끝내 같이 죽고 말 것이오. 내가 이렇게 행동하는 것은 나라의 위급함을 우선하고 사사로운 감정은 뒤로 돌리기 때문이오."

이 말을 전해 들은 염파는 회초리를 짊어지고 인상여를 찾아가 진심으로 사죄했다. 이후 두 사람의 관계에서 목에 칼이 들어와도 우정이 변치 않는다는 '문경지교'刎頸之交라는 말이 생겨났다.

조趙는 비록 작은 나라였지만 인상여 덕분에 자존심을 세울 수 있었다. 진秦은 강대국이었지만 인상여와 염파 때문에 조나라를 어쩌지 못했다. 관중管仲은 말했다. 나라의 크기는 정치의 크기에 달려 있다고.

이긍익은 이 뒤로 두 사람이 의심을 풀고 서로를 인정한 것은 물론, 두 집안이 서로 공경하고 존중하게 되었다고 했다. 아름다운 일이다. 하지만 두 집안의 우호 관계는 오래가지 못했다. 역사는 이념의 차이를 존중하지 않고 상대방을 용납하지 않는 방향으로 흘렀다. 그래서 김상헌의 증손 대인 김창집金昌集·창협昌協 형제와 최명길의 손 대인 최석정崔錫鼎·석항錫恒 형제에 이르러서는 서로를 용서하지 못하는 원수의 집안으로 변하고 말았다. 흔히 전자는 노론, 후자는 소론이라고 한다. 그리고 오늘날을 포함한 후세 사람들은 처음의 아름다움은 보지 못하고 뒤의 갈등과 대립만을 기억한다. 안타까운 일이다.

호한과 녹림객의
산중 결교結交

임경업·이완과 녹림객

임경업(林慶業, 1594~1646)　　본관은 평택, 호는 고송孤松. 충주에서 태어났다. 1618년 무과에 급제, 1624년 정충신鄭忠信 휘하에서 이괄李适의 난을 평정하는 데 공을 세웠다. 1643년 명나라에 망명, 명군의 총병總兵이 되어 청나라를 공격하다가 포로가 되었다. 국내로 압송되어 국문을 받다가 죽었다.

이완(李浣, 1602~1674)　　본관은 경주, 호는 매죽헌梅竹軒. 인조반정의 공신인 이수일李守一의 아들이다. 1653년 정태화鄭太和의 천거로 최고 정예부대인 훈련도감의 대장에 임명되어 16년 동안이나 직책을 유지했다. 무신으로는 드물게 성공한 까닭에 야담의 소재로 자주 등장하였다.

녹림호한이 되고 싶은 날

안톤 체호프Chekhov, Anton Pavlovich의 작품은 따스해서 좋다. 그의 작품에서는 격렬한 부정이나 예리한 풍자도, 처절한 묘사나 위대한 선언도 찾아보기 힘들다. 그 대신 낮은 목소리 속에 은근한 울림이 있고, 담박한 풍경 속에 따스한 시선이 있다. 그의 작품 가운데 '한 친구의 이야기'라는 부제가 붙은 「공포」라는 짧은 소설이 있다. 도시에 사는 '나'는 시골의 한 농장에 며칠씩 머물곤 했다. 농장의 주인 부부는 '나'에게 호의적이다. 부부는 외관상 단란한 생활을 하고 있지만 실제 그들 사이엔 애정이 없다. 그들은 처음부터 사랑해서 결혼한 것이 아니었으며, 이 때문에 남편은 결혼 생활의 '진부함'에 공포를 느끼고 있었다.

농장 주인은 '나'에게 속마음을 털어놓으며 '나'와 그의 관계를 진정한 우정이라고 말했다. 하지만 '나'는 그때 얻은 왠지 꺼림칙하고 부담스러운 느낌을 좋내 지울 수 없었다. '나'는 농장 주인의 아내에게 묘한 호감을 느꼈는데, 어느 날 밤 그녀는 '나'에게 노골적으로 애정을 고백해왔다. 이튿날 '나'는 농장을 떠나 페테르부르크로 돌아갔고, 다시는 그 부부를 만나지 않았다. 이야기는 여기서 끝난다. '나'는 왜 농장을 떠났는가? 공포 때문이다. 무엇이 공포를 불러일으켰는가? '우정'과 '사랑'이라는 흔해 빠진 고백으로 인해 관계가 일상의 진부함에 빠질 것을 예감했기 때문이다.

술 한잔 나누면 초면에도 거리낌 없이 호형호제하는 한국 사회의 특수한 인간관계가 나는 아직도 낯설다. 사회관계가 가족 관계로 전환되는 순간 알지 못할 구속감이 느껴지기 때문이며, 형제의 이름으로 정과 의리를 앞세워 온갖 부조리를 정당화하는 사회의 관행이 마땅치 않기 때문이다. 거기에는 또 '형님'과 '아우'라는 진부한 언어 아래 인간관계의 신선함과 진실함이 모두 덮어버릴지 모른다는 두려움도 작용한다. 이건 거꾸로 내가 이 사회의 부적응자이고, 때로는 외로운 소수자이며, 자기 문제에 빠져 있는 나르시시스트라는 사실을 암시한다. 이런 면에서 나는 「공포」의 주인공 '나'와 비슷하다.

하지만 아이러니하게도 사람들은 자기에게 없는 것을 꿈꾸고 욕망하면서 삶의 평형을 지켜 나간다. 나는 무협 만화나 무협 영화를 좋아하고, 툭하면 영웅호걸을 입에 올린다. 주량과 상관없이 술자리에서는 제일의 미덕으로 '호기'를 내세운다. 웬만해서는 술잔을 사양하지 않고, 술은 시원시원하게 마시고, 술잔도 호탕하게 내려놓으며, 호방하게 웃으려고 한다. 청나라 초의 문예 비평가 김성탄金聖嘆은 주막마다 세 사발씩 도합 서른여섯 사발의 술을 마시며 쾌활림快活林을 향해 가는 『수호전』의 무송武松을 천하제일의 술꾼으로 꼽았다. 문수원文殊院에 몸을 숨겼다가 술기운에 말썽을 부려 낙양의 대상국사大相國寺로 쫓겨난 노지심이 채마밭 주변의 건달들과 어울려 술판을 벌이는 모습도 천하의 기이한 광경이다. 이는 온갖 조건과 득실을 따지고 재는 데만 한 세월이 걸리는 식자들에게서는 찾아볼 수 없는 광경이다.

살다 보면 혁명가가 되고 싶은 날이 있고, 시인이 되고 싶은 날이 있고, 산중 처사가 되고 싶은 날이 있고, 방랑길의 나그네가 되고 싶은 날이 있으며, 암혈巖穴의 선승禪僧이 되고 싶은 날도 있는 법이다. 세상을 바꾸고 싶은 분노가 격렬할 때는 혁명가를, 삶의 비의秘意를 통찰하고 싶을 때는 시인을, 세속의 명리 다툼에서 벗어나고 싶을 때는 산중 처사를, 세상이 너무 좁아 답답하다고 느껴질 때는 방랑자를, 자꾸 새로운 슬픔을 빚어내는 인연들을 끊어버리고 싶을 때는 선승을 꿈꾼다. 그리고 옹졸하고 편협한 식자들에게 염증이 날 때면 천하의 호한을 만나 주루로 향하는 광경을 상상한다. 나는 오늘 녹림의 호한이 되고 싶다.

산중에서 천고의 검법을 논하다

임경업林慶業(1594~1646)은 자가 영백英伯, 호는 고송孤松이며, 본관은 평택이다. 충주에서 태어나 1618년 무과에 급제했다. 1636년 병자호란 때는 의주의 백마산성에서 청나라 군대의 진로를 차단하고 배후 공격을 노렸으나 원군을 얻지 못해 무위로 돌아갔다. 이 일로 인해 청나라에서는 명나라를 공격하는 파병 부대의 장수로 임경업을 지목했다. 1640년 청나라 동맹군의 장수로 파병되었으나 명나라와 몰래 내통하다가 발각되었다. 청나라로 압송되어 가는 길에 극적으로 탈출했고 명나라에 망명해 명군의 총병이 되었지만, 끝내 청나라의 포로가 되었다. 1646년 조선으로 송환되어 국문을 받는 도중에 죽었다. 당대에 무용이 높아 많은 설화와 소설의 주인공이 되었다.

그가 젊었을 때의 일이다. 하루는 사슴을 쫓다가 태백산 산중에 이르렀는데, 날이 저무는 줄도 모르고 깊은 숲 속으로 들어갔다. 돌아오는 길을 찾지 못하고 있다가 한 나무꾼을 만났다. 길을 묻자 그는 왼쪽으로 언덕을 하나 넘으면 인가가 있다고 일러주었다. 과연 그곳에 큰 기와집이 한 채 있었다. 문을 두드려도 인기척이 없었지만, 날이 이미 저문지라 들어가 문 옆의 빈 사랑에 자리를 잡고 앉았다. 창밖에 희미한 불빛이 어른거리기에 산도깨비인가 하는데, 어느덧 한 사람이 문을 열고 들어와 불을 비추었다. 살펴보니 아까 길을 일러준 나무꾼이었다.

그는 술과 안주를 대접하고는 이야기를 나누다가 갑자기 벽장을 열더니 장검 한 자루를 뽑았다. 서슬이 퍼런 보검이었다.

"그건 웬 거요? 나에게 쓸 생각이오?"

나무꾼이 웃으며 말했다.

"아닐세. 오늘 밤 볼만한 구경거리가 있는데, 자네는 무서워하지 않겠는가?"

"뭐가 무섭겠습니까?"

마침 밤이 깊어 사위가 칠흑같이 어두웠다. 나무꾼은 칼을 지니고 임경업과 함께 밖으로 나갔다. 겹겹의 문을 지나니 연못가에 누각 하나가 어둠에 잠겨 있었다. 등불과 달빛이 섞여 어려 있고 푸른 물결과 단청 누각이 화려한데, 다락 위에서 소곤거리는 소리가 아주 다정했다. 창문에 두 사람의 그림자가 비쳤다. 나무꾼은 못가에 있는 녹나무를 가리키며, 그 위에 올라가 몸을 숨기고 아무 소리도 내지 말라고 당부하고 는 펄쩍 뛰어 누각에 들어갔다. 세 사람이 함께 앉아 술을 마시고 이야 기도 나누더니, 돌연 두 사람이 뛰어나와 검술을 겨루었다. 연못 위를 날아다니며 싸우는데, 사람의 모습은 보이지 않고 허공에 걸린 무지개 만 이리저리 오가며 만나고 떨어지기를 되풀이했다. 그 사이 번개가 번 쩍이고 챙챙 쇠 부딪치는 소리가 끊이지 않았다. 나무 위에 숨은 임경업 은 싸늘한 기운이 뼛속 깊이 스미고 머리털이 모두 곤두서는 느낌이었 다. 한참 지나 무거운 물건이 땅에 둔탁하게 떨어지는 소리가 들리더니 잠시 후 사람의 그림자 또한 땅에 내려앉았는데, 살펴보니 그 나무꾼이 었다.

그는 임경업을 불러 나무에서 내려오게 하고는 함께 다락으로 올 라갔다. 거기엔 머리가 구름 같은 미인이 고개를 숙이고 부끄러운 듯 난간에 기대 앉아 있었다. 나무꾼이 그녀를 가리키며 "너 같은 요물 때 문에 저 기이한 남아를 죽인 것이 한스럽다"고 꾸짖고는 임경업에게 말했다.

"자네의 작은 용기로는 세상에 나갈 필요 없네. 임진왜란 때 의병 을 일으킨 임중량林仲樑은 장수의 능력을 지녔지만 농사나 지으며 늙었 고, 김덕령金德齡은 수레를 뒤엎을 힘을 가졌어도 매 맞아 죽고 말았으 니 세상일을 알 만하네. 자네에게 이 집과 여자를 주겠네. 집에는 재물 이 쌓여 있고 이 여자 또한 아내의 소임을 해낼 수 있으니, 인간세상의 영화를 끊고 산중의 그윽한 취미를 누리는 것도 통쾌한 일일세. 자네 생각은 어떠한가?"

임경업은 대답 대신 조금 전에 겪은 일을 물었다. 나무꾼이 말했다.

"나는 본디 강호의 호한일세. 녹림객이 된 지 여러 해에 재물을 빼앗은 것이 넉넉해, 큰 산 깊은 숲에는 반드시 화려한 집을 지어놓고 미녀를 두었는데 그런 곳이 십여 곳이나 되네. 지금은 팔도를 두루 다니면서 삶을 즐기고 있네. 그런데 저 계집이 객과 몰래 통하였다네. 객은 한양 남대문 밖의 절초장折草匠이었는데 그 또한 훈련도감이나 어영청의 대장감이었지. 어둠을 타고 왔다가 새벽에 가는 것을 내가 안 지 오래지만, 예부터 여색에 빠지는 일은 영웅열사가 따로 없고, 계집 또한 본디 노류장화이니 깊이 책망할 것 없어 매번 자리를 피해주며 저희끼리 즐기도록 내버려두었다네. 하지만 두 사람이 그만 탐욕에 눈이 멀어 나를 해치려 한 까닭에 할 수 없이 아까 그 일을 벌였던 것일세." 이어서 쓸 만한 남아를 자기 손으로 죽이고 말았다고 탄식하며 한바탕 목놓아 울었다. 그리고는 권했다.

"자네의 담력과 재략은 두셋 호사준걸에게 손색이 없지만, 이렇게 험난한 세상을 만났으니 나가봐야 반쯤 올랐다가 떨어지는 사람이 되지 않을까 걱정일세. 시운이 떠나면 아무리 영웅이라도 그만이니 어쩔 것인가? 이곳의 삶은 삼공三公과도 바꾸지 않을 만큼 훌륭하니 잘 생각해보게."

임경업은 하루아침에 호사를 얻는 것은 분수 밖의 일이니 반드시 재앙이 있을 것이라며 완곡하게 거절했다. 그러자 나무꾼은 쓸데가 없다며 여인의 목을 벤 뒤 두 시신을 자루에 넣어 연못에 던져버렸다. 그리고는 다락 위에 숨겨둔 술을 가져와 함께 마시며, 장부가 세상에서 뜻을 펴기 위해서는 검술을 알아야 하니 며칠만이라도 묵으면서 배워가도록 권했다. 임경업이 검술의 내력을 묻자 그는 검술의 천고 연원과 내력을 자세하게 일러주었다. 문답 끝에 당나라 때의 전기傳奇소설 「규염객전」의 규염객을 예로 들어 복수를 하는 데도 검술이 쓰일 수 있는가를 묻자, 거기에도 곡직曲直이 있으니 그걸 살펴야 한다고 했다. 그렇다면 복수하고 싶은 사람은 누구냐고 물었더니, 나무꾼은 다음과 같이 대답했다.

"세상의 감사와 수령은 자기를 받드는 자는 좋아하고 정직한 사람은 해치네. 힘없는 백성들을 모질게 부리고 뇌물을 탐내면서 목숨을 해치지. 장수는 군무에는 힘쓰지 않으면서 재물을 불리고 나랏일을 망치네. 재상은 사사로운 당파를 만들고 견해가 다른 자를 제거하며 현자와 우자를 거꾸로 쓰네. 이는 모두 나의 검술로 반드시 목을 베야 하는 부류일세. 법률을 가지고 장난치며 이익을 차지하는 아전들과 권세만 믿고 제멋대로 행동하는 호족은 형조가 있어 주관하고, 부모에게 불효하는 자식과 거짓을 일삼는 무리는 염라부가 있어 다스리니 나는 관여하지 않네."

이런 이야기를 나눈 뒤, 임경업은 며칠 동안 산중에 머물면서 검술을 배운 다음 돌아왔다.

천하의 기이한 남아를 보다

이완李浣(1602~1674)은 자가 징지澄之이고 호는 매죽헌梅竹軒이며, 본관은 경주이다. 1624년 무과에 급제한 뒤 1631년 평안도 병마절도사가 되었다. 1636년 병자호란이 일어나자 평안도 정방산성에서 적군을 격퇴했으며, 무신으로는 드물게 승지가 되었다. 효종 때에는 공신이나 외척만이 임명되던 관례를 깨고 훈련도감의 대장에 임명되었으며, 이후 공조와 형조의 판서를 거쳐 우의정까지 지냈다. 말여물을 직접 줄 만큼 무장의 자세가 확고했으며, 효종의 북벌정책을 도와 당시 군비를 다지는데 크게 기여하였다.

　그가 젊었을 때의 일이다. 사냥을 하며 사슴을 쫓다가 깊은 숲 속으로 들어갔다. 해가 지는 줄도 모르고 있다가 사방이 어둑해지자 문득마음이 바빠져 돌아갈 길을 찾기 위해 바위 골짜기를 헤매다 깊은 곳에이르렀다. 나무꾼이 다니는 오솔길이 있어 따라가 보니 큰 기와집 한채가 나왔다. 문을 두드려도 대답이 없더니, 잠시 후 한 여인이 치마를걷은 채 문에 기대어 돌아갈 것을 권했다. 이완이 보니 나이는 스무 살남짓 되었는데 자색이 제법 빼어났다. 말 못할 사정이 있다며 돌아갈것을 권하는 여인에게 이완은, "문을 나서 맹수의 밥이 되느니보단, 차라리 미인이 있는 지옥에서 죽고 싶다"고 말하고는 문을 밀치고 안으로 들어섰다. 여인은 어쩔 수 없이 그를 방으로 안내한 뒤 촛불을 밝히고 마주 앉았다.

이완이 여인에게 숲에 사는 곡절을 캐물었다. 여인은, 이곳은 도적의 소굴이며 자신은 양가의 여인으로 잡혀온 지 몇 년 되어 할 수 없이 살고 있다고 대답했다. 도적이 어디에 갔느냐고 묻자, 마침 사냥 나가 아직 돌아오지 않았는데 그가 돌아오면 두 사람의 목은 그의 칼 아래 떨어질 것이라며 피해 달아날 것을 권했다. 하지만 이완은 죽을 때 죽더라도 배가 고프니 우선 밥이나 지어달라고 했다. 여인은 곧 부엌에 들어가 밥을 지어 내왔는데, 여러 가지 나물 반찬에 멧돼지 고기 등이 푸짐했다. 거기다 술까지 따라 권했다. 이완은 배불리 먹고 실컷 취해 여인의 무릎을 베고 누웠다. 여인이 두려움에 떨자, "이미 여기까지 왔으니 어차피 엎어진 물이오. 고요한 밤 아무도 없는 방에 남녀가 함께 있으면서 어찌 오해를 면할 수 있겠소? 아무 일이 없었다고 한들 어느 누가 믿겠소? 생사는 하늘에 달린 것이니 두려워해봐야 소용없소" 하며 여인을 희롱했다.

얼마 지나지 않아 마당에서 큰 자루 떨어지는 소리가 났다. 여인은 놀라 낯빛을 잃었다. 이완이 아무 소리도 못 들은 척 문밖을 보니 사슴과 돼지가 마당에 가득했다. 한 대한이 긴 칼을 들고 들어왔는데, 신장 8척에 인상이 사나웠으며 얼굴은 불그레했다. 이완이 누워 있는 것을 보고는 큰소리로 꾸짖었다.

"너는 어떤 놈이기에 감히 여기에 왔느냐?"

이완이 천천히 말했다.

"짐승을 쫓아 산에 들었다가 해가 저물어 여기까지 왔소."

그는 또 성내며 꾸짖었다.

"네 담의 크기가 한 말이라도 된다는 말이냐? 묵어 가고 싶으면 바깥채에 있어야지, 감히 내실에 들어 지아비가 있는 여인을 범하느냐? 이것만 가지고도 죽을죄인데, 너는 객으로서 주인을 보고도 예를 갖추지 않고 누워서 흘겨보니 이는 또 무슨 막돼먹은 행동이냐? 죽음이 두렵지 않으냐?"

이완은 웃으며 말했다.

"깊은 밤에 남녀가 한자리에 가까이 앉았으니 아무리 행실을 바르게 했더라도 그대가 믿겠는가? 사람이 이 세상에 태어나면 한 번은 죽게 마련이니 무엇을 두려워하겠는가? 그대 마음대로 하시오."

대한은 큰 밧줄로 이완을 묶어 대들보 위에 달아놓았다. 그리고는 여인에게 잡아온 고기로 술안주를 만들어 오게 했다. 그녀는 곧 문을 나서더니 노루의 털을 뽑고 배를 가른 뒤 숯불에 익혀 큰 쟁반에 담아 왔다. 김이 모락모락 나고 육질은 연하여 쉽게 잘라졌다. 대한은 큰 사발에 술을 가득 따르게 하여 한 번에 쭉 들이켠 뒤, 허리춤에서 서슬 퍼런 칼을 뽑아 고기를 베어 씹었다. 이완을 힐끗 보더니, "사람을 옆에 두고 혼자만 먹어서야 쓰나. 곧 죽을 놈이지만 맛이나 보게 해주마" 하고는 고기 한 덩어리를 칼끝에 꽂아 들보 위로 올려주었다. 이완이 입을 벌려 고기를 받아먹는데, 조금도 의심하거나 두려운 기색이 없었다. 대한은 물끄러미 보더니 말했다. "장사로다!"

이에 이완이 말했다.

"죽이려면 빨리 죽일 것이지 웬 희롱이냐? 옛날 항우가 홍문연에서 번쾌에게 '장사'라고 했는데, 지금 네가 이 말을 쓴 것은 자신을 서초패왕에 견주고 나는 백정의 무리로 본 것이 아니냐?"

이 말을 들은 대한은 크게 웃고는 칼을 던져버리고 이완을 풀어주었다. 그러고는 그의 손을 잡고 자리에 가 앉으며 말했다.

"천하의 기이한 남아를 오늘에야 처음 보네. 장차 세상에 크게 쓰여 나라의 간성이 될 사람을 내 어찌 죽일 수 있겠는가? 자네는 나의 지기가 되기에 모자람이 없네. 저 여자는 내 식구지만 정식으로 혼인한 사이는 아닐세. 자네와 이미 한 점 인연을 맺었으니 이제부턴 자네 사람일세. 창고에 있는 재화도 함께 줄 테니 마음대로 사용하게. 장부가 세상에서 큰일을 하는데 수중에 돈이 없어서야 되겠는가? 사양하지 말게. 나도 곧 따라가겠네."

술 한 동이를 가져오게 하여 함께 마시고 의리로 형제를 맺으며 다시 말했다.

"뒷날 나는 반드시 큰 액운을 만날 텐데, 목숨이 자네 손에 달리게 될 걸세. 그때 오늘의 정을 잊지 않기를 바라네."

말을 마치고는 홀연 떠나가는데 간 곳을 알지 못하였다. 이완은 말을 꺼내 재화를 싣고는 여인과 함께 돌아갔다.

과연 그의 말처럼 뒷날 이완은 크게 현달하여 원수와 포도대장을 겸직했다. 하루는 지방 고을에서 큰 도적을 붙잡아 왔기에 심문하려고 보니 옛날 산중에서 만난 그 대한이었다. 이완은 매우 기이하게 여겨 옛일을 갖추어 왕에게 보고하고, 그를 석방한 뒤 측근에 두었다. 그 사람은 용력과 재략을 갖추어 업무를 잘 수행했고, 이완은 그를 크게 신임하였다. 뒷날 그는 무과에 급제하여 지위가 장수에 이르렀다.

식자들의 허위와 여항의 진실

눈치 챘다시피 임경업과 이완 두 사람의 이야기는 사실이 아니라 모두 19세기에 편찬된 야담집인『동야휘집』에 전해져 오는 야담이다. 하지만 사실이 아니라고 해서 거기에 진실이 없는 것은 아니다. 두 이야기는 모두 무인이 젊었을 때 산중에서 녹림객과 만난 사연을 내용으로 한다. 시대 배경은 공히 병자호란 전이다. 임경업과 이완이 산중에서 만난 이들은 모두 뛰어난 무재武才를 지니고 있지만 세상에 쓰이지 못해 녹림객이 되고 만 사람들이다. 문약文弱에 젖어 무비武備에 소홀했던 조선은 임진왜란의 전화戰禍를 겪었다. 그러고도 사정은 달라지지 않아, 권세와 금전과 가문이 아니면 벼슬길에 나갈 수가 없었다. 산중의 녹림객들은 세상에 제대로 쓰이지 못해 좌절한 인재들의 표상인 셈이다. 그러니 곧 일어날 병자호란의 승패는 보지 않아도 뻔했다. 그런 의미에서 이 두 편의 이야기는 조선 후기 사회의 모순을 아주 상징적으로 드러내고 있다고 할 수 있다.

　호걸들의 산중 사귐은 시원시원하다. 가리거나 숨기는 것이 없고,

따지거나 꺼리는 것도 없으며, 자질구레한 예법이나 허식도 찾아볼 수 없다. 대립되는 요소의 한쪽을 보여주면 나머지는 저절로 드러나게 마련이다. 두 이야기에는 당시 사대부들의 사귐이 신분과 지위와 당파 등의 구속을 받았고, 이런저런 예법과 절차를 따지기에 급급해 진실을 잃었으며, 결정적으로 그렇기 때문에 인재를 제대로 알아보고 쓰지 못한 현실의 그림자가 드리워져 있다. 권력은 언제나 뒷골목의 조직을 지탄한다. 하지만 권력과 금력이 결탁하고, 학벌로 자폐적인 영역을 구축하고, 지식과 정보의 힘으로 이익을 독점하려는 지식층과 건주어볼 때 과연 누가 정말 세상의 독소인가? 조선 후기에 많은 사람들이 허위로 가득 찬 상층의 인간관계에 환멸을 느끼고 보상 심리에서 그 대안의 이야기를 찾았는데, 바로 그런 분위기 속에서 임경업과 이완 두 사람의 이야기가 지어지고 유행했던 것이다.

식자들은 가리는 것도 많고 따지는 것도 많을 뿐 아니라, 일이 있을 때마다 명분 세우기를 좋아한다. 부정한 행위를 저지를 때도, 큰 잘못이 드러났을 때도, 친구의 부탁을 거절할 때도 그들은 언제나 그럴듯한 이유를 내세운다. 옛말에 '예법을 잘 모르겠거든 시골에서 찾아보라'고 했는데, 진솔하고 투박한 우정 또한 여항에서 찾는 게 빠르다. 당나라 때 한유는 벗 유종원의 묘지명에서 식자〔士〕들의 약삭빠름을 이렇게 지적했다.

오호라, 선비가 곤궁해지면 그 절의가 드러나는 법이다. 평소에는 서로 좋아하고 그리워하며 어울려 술 마시고 밥을 먹는다. 억지웃음을 지으며 상대방의 기분을 맞춘다. 손을 꼭 잡고는 속을 다 꺼내 보여줄 듯이 군다. 하늘의 해를 가리키며 죽어도 신의를 저버리는 일이 없을 것을 눈물로 맹세한다. 그럴 때는 정말 믿을 수 있을 것 같다. 하지만 터럭만 한 작은 이해를 앞에 두고 나면 하루아침에 모르는 사람처럼 눈길을 돌리고 함정에 빠뜨린 뒤 손을 내밀기는커녕 도리어 밀치고 돌을 던지기까지 한다.

정약전丁若銓과 정약용丁若鏞 형제는 어린 시절 함께 산사에서 글을 읽었고, 말년에는 함께 유배를 떠나 유배지에서도 편지를 주고받으며 학문을 토론한 평생의 지기였다. 하지만 여러 면에서 판이했다. 형은 풍채가 좋고 도량이 넉넉했던 반면, 아우는 깡마른 외모에 기질이 총민하였다. 두 사람은 벗 사귐에 있어서도 차이가 컸다. 형은 여항의 술꾼들과 가까이 지냈지만, 아우는 주로 깔끔한 엘리트들과 어울렸다. 아우는 미치광이 같은 형의 술친구들을 못마땅하게 여겼다. 이에 형은, "너는 아무개 상서 아무개 시랑과 좋아 지내고, 나는 몇몇 술꾼들과 미친 듯 어울리지만, 우리에게 화가 닥치면 어느 쪽이 배신하지 않을지는 모르는 일"이라고 했다. 실제로 1801년 신유사옥辛酉邪獄이 일어나 형제의 처지가 위태로워지자 형의 벗들은 평소와 다름없이 그들을 따뜻하게 대해주었다. 이에 다산은 "이 점이 바로 내가 형님께 못 미치는 점!"이라며 탄식했다.

야담집 『청담야수』에는 이런 이야기가 전한다. 감사를 지낸 정효성鄭孝成은 성품이 너그럽고 따스했다. 일찍이 여항의 한 신분이 미천한 사람과 함께 앉아 벗의 예로 그를 대우하였다. 이를 본 그의 아들 백창百昌은 체모가 말이 아니라며 자식들이 보기에 민망하고 부끄럽다고 했다. 이에 정효성은 웃으면서, "예를 지키는 데 어찌 지위나 집안을 따지겠느냐? 나는 마음으로 사귀는 것이요, 너의 벗들은 모두 얼굴만 볼 뿐 마음이 아니구나. 한번 시험해보겠느냐?"라고 말했다. 그러고는 드디어 부자가 밤에 허름한 차림으로 길을 나섰다. 아버지가 물었다.

"네 벗 중에 가장 친한 자가 누구냐?"

"아무개 선비입니다."

곧 그의 집으로 가서 아들 백창이 나지막한 소리로 말했다.

"우리 부자가 불행히 남을 죽였네. 그런데 죽은 사람이 사족士族으로 아들 몇이 있는데, 지금 칼을 쥐고 여러 마을을 찾아다니며 만약 숨겨주는 자가 있으면 먼저 죽여버리겠다고 떠들어대니 우리를 받아주는 사람이 없네. 이에 자네를 믿고 왔으니 잠시 숨겨주게."

그러자 그 친구는 이렇게 말했다.

"받아주고 싶지 않은 것은 아니지만 집안에 일이 있어 남이 머무를 수가 없네."

몇 집을 찾아갔지만 모두 헛수고였다. 다들 같은 핑계를 대며 그들을 집안으로 들이지 않았다.

이번에는 정효성이 그 신분 낮은 벗의 집을 찾아가 똑같이 말하자,

그는 조금의 주저함도 없이 즉각 안방으로 안내하며 자기 아내에게 말했다.

"이 어르신이 어려움을 겪고 있는데, 알려지게 되면 이분도 면하지 못하거니와 우리들도 함께 죽을 것이오. 놀라신 듯하니 먼저 술을 데우고, 어서 밥도 하구려."

거리낌 없이 맞아주는데, 어려운 기색이 전혀 없었다. 공이 크게 웃으며 아들을 돌아보고 말했다.

"나와 너의 벗 사귀는 정이 어떠하냐?"

아들은 크게 부끄러워하며 복종했다.

『수호전』의 노지심이나 무송, 이규는 모두 사람을 죽이고 몸을 숨긴 인물들이다. 이들은 여항의 주루에서 술을 마시다가 의기투합해 행동을 같이하기로 맹세하고 양산박으로 모인다. 도적들의 결탁이다. 임경업과 이완이 산중에서 만난 사람들 역시 결국은 산적이다. 세상의 법과 도덕이 적용되지 않는 무뢰한이다. 요즘 한국 영화에서 가장 보편적인 코드는 조폭이다. 그들의 세계는 언제나 인간적이고 유머러스하다. 이 세 부류의 사람들은 나름대로 진실하고 의리가 있다. 나아가 고상함과 우아함을 내세운 채 온갖 부조리와 모순을 감추고 있는 권력과 사회에 통렬한 비판의 똥침을 날리는 것도 잊지 않는다. 조선의 사대부들은 『수호전』을 남몰래 읽고는 사회를 어지럽히는 책이라고 핏대를 올렸고, 오늘날의 지식인들은 조폭 영화를 보며 낄낄대다가 짐짓 표정을 바꾸어 사회 현실을 걱정한다. 하지만 그것이 자신들의 지저분하고 냄새

나는 삶을 향해 날리는 똥침이라는 사실을 깨닫지 못한다. 슬픈 일이다. 나는 오늘 산중에서 녹림객을 만나 천고의 검술을 논하는 장면을 상상한다.

사제가
벗이 되는 이유

이익과 안정복

이익(李瀷, 1681~1763)　　본관은 여주, 호는 성호星湖. 1706년 당쟁의 화를 피해 낙향, 학문에만 몰두했다. 이이와 유형원의 학문을 계승해 실학을 집대성하였다. 천문학·지리학·수학·의학·농학 등에 밝았으며, 서학西學에도 관심이 많았다. 그의 학문은 정약용에게로 계승되었다.

안정복(安鼎福, 1712~1791)　　본관은 광주廣州, 호는 순암順菴. 젊어서부터 과거를 포기하고 학문에 전념했는데, 불교·도교·역사·서학 등 여러 학문에 걸쳐 왕성한 탐구욕을 보여주었다. 특히 역사학에 밝아 『동사강목』을 저술했는데, 이 책은 근대 민족주의 역사학자들의 교과서로 활용되었다.

봄비 온 뒤 황사 걷힌 파란 하늘을 보다

어제 그제 이틀 동안 유례없는 황사가 세상을 뒤덮더니 오늘은 비가 내린다. 창밖 숲도 어느새 연둣빛으로 곱게 물들고 있다. 오늘은 저 숲 속을 걸으리라. 구름 사이로 살짝 드러난 파란 하늘에 비행기 한 대가 경쾌하게 흘러간다. 시원하다. 이런 날이 아니면 '스승과 제자의 우정 이야기'를 언제 하랴! 자료만 모아놓고 오래도록 손대지 못했던 파일을 연다. 맨 앞에 이런 메모가 적혀 있다. "그간 여러 일에 치여 무력감에 빠져 있다가, 두 분이 주고받은 편지를 보고 겨우 정신을 차려 이 글을 정리한다." 벌써 수년의 세월이 지난 것이 놀랍고, 그때나 지금이나 똑같은 상황이 흥미롭다. 그때는 성호星湖 이익李瀷(1681~1763)과 순암順菴 안정복安鼎福(1712~1791)이 주고받은 편지를 읽으며 무력감에서 벗어났고, 오늘은 봄비가 최악의 황사를 가라앉힌 뒤에 살짝 열린 하늘을 보고 두 사람의 사연을 떠올렸다.

천여 년 전 당나라의 한유는 「사설」師說이라는 글을 남겼다. 이 글에 따르면, 스승이란 세상의 진실과 살아가는 방법을 전수해주고 삶의 의혹을 풀어주는 사람이다. 이런 역할을 해주는 사람이 있다면 나이나 신분은 문제 될 것이 없다. 제자라고 반드시 스승만 못한 것이 아니고, 스승이라고 반드시 제자보다 뛰어난 것은 아니다. 삶의 진실을 깨우침에 앞뒤가 있고, 하는 일에 차이가 있을 뿐이다. 하지만 예나 지금이나 사람들은 무엇보다 먼저 나이와 신분과 학벌을 따진다. 자식의 입시를 위해서는 목숨을 걸고 재산을 털어 족집게 과외 선생을 붙여주지만, 정작 자신의 삶을 열어주는 스승에는 아무런 관심이 없다. 기능적인 선생은 많고, 스승은 적은 이유이다.

조선이 임진왜란으로 고생할 무렵, 이웃 명나라에서는 이지李贄라는 걸출한 사상가가 활약했다. 그는 온갖 인습의 권위를 인정하지 않았던 이단자였다. 유학의 허위를 폭로했으며, 승려가 되는 것도 마다하지 않았다. 시대의 금기를 어긴 죄로 감옥에 갇혔다가 스스로 목숨을 끊었다. 그가 가까운 승려에게 보낸 편지에 이런 구절이 있다.

나는 스승과 벗은 원래 같다고 생각합니다. 둘이 무엇이 다르단 말입니까? 그러나 세상 사람들은 벗이 곧 스승임을 모르고, 네 번 절하여 정식으로 제자의 예를 올리고 학업을 전수받은 사람만을 스승이라고 여깁니다. 또한 스승이 곧 벗임을 모르고, 그저 허물없이 사귀는 사람만을 벗이라고 여깁니다. 스승으로 삼을 수 없다면 그와는 벗이 될 수 없고, 마음속에 있는 말을 털어놓지 못하는 사람이라면 또한 스승으로 섬겨서는 안 됩니다. 옛사람들은 벗이 얼마나 중요한지 알았으므로 벗 '우' 友 앞에 스승 '사' 師 자를 붙여서(師友) 벗을 스승으로 모시지 못할 이유가 없으며, 스승으로 모실 수 없다면 벗도 될 수 없음을 보여주었습니다.

이 세상에는 벗만 한 스승이 없고, 스승만 한 벗이 없다는 말이다.

바꿔 말하면 벗이 곧 스승이고, 스승이 곧 벗이란 이야기이다. 모든 관계의 기본은 서로에 대한 믿음(信)이고, 이 믿음이 곧 우정의 본질이다. 이지보다 200년쯤 뒤에 태어난 박지원은 부자父子나 부부夫婦 사이도 관계의 기본은 믿음에 바탕을 둔 우정이라고 힘주어 말했다. 더구나 스승과 제자는 같은 세계를 열어가는 도반道伴이 아닌가! 스승과 제자 사이에 우정이 없다면 아마도 권위와 비굴, 눈치와 파벌만이 남을 것이다.

박지원 사후 100여 년 뒤에 태어난 알베르 카뮈Camus, Albert는 장 그르니에Grenier, Jean의 『섬』에 부친 서문에서 이렇게 말했다.

스승과 제자는 존경과 감사의 관계에서만 서로 마주할 뿐이다. 그때 중요한 것은 의식의 싸움이 아니라, 일단 시작하기만 하면 꺼질 줄 모르고 쉼 없이 서로의 삶을 가득히 채워주는 대화인 것이다. 이렇게 오래 이어지는 교류는 예속이나 복종이 아니라 다만 정신적 의미에서의 모방을 일으킬 뿐이다. 마침내 제자가 스승의 곁을 떠나고 나서 스승과는 다른 또 하나의 독자성을 이루었을 때 스승은 기뻐한다. 그리고 또한 제자는 스승에게 결코 아무것도 되돌려줄 수 없으리라는 것을 알면서도, 언제나 그가 그저 모든 것을 받아들이기만 했던 그 시절에 대한 향수를 간직할 것이다. 이렇게 해서 정신은 여러 세대에 걸쳐 정신을 낳는 것이다. (함유선 옮김, 청하출판사, 1990)

이 세상에서 스승과 제자는 서로의 삶을 가득 채워주는 대화를 끊임없이 나눌 수 있는 유일한 관계이다. 이 대화를 통해 제자가 스승과는 별개의 독자적인 세계를 만들었을 때 스승은 축하의 박수를 보낸다. 제자는 스승으로부터 배우기만 하던 시절의 추억과 향수를 간직한다. 이렇게 해서 부부가 새 생명을 잉태하고 낳듯이, 사제師弟는 끊임없이 새로운 정신을 잉태하고 낳는다. 서로 벗으로 삼을 수 있고, 삶을 채워주는 창조적인 대화를 나누며 새로운 정신을 낳는 스승과 제자라면, 초야의 무명소객일지라도 세상을 자유롭고 아름답게 만들 수 있다. 반대로 그렇게 하지 못한다면 이름난 대학에서 위세를 떨치는 사람들이라도 세상의 공기를 혼탁하게 할 뿐이다.

스승을 찾아 길을 나서다

가슴에 생긴 단단하고 높은 감옥을 빠져나갈 수 없어 스승을 찾아 나선 적이 있다. 마음은 한없이 낮아졌다. 그때 나는, "홀로 자빠져 / 옛날에 옛날에 잊어버렸던 찬송가를 외어보는 밤 / 산양과 같이 나는 갑자기 무엇이고 믿고 싶다"(김기림, 「산양」)는 시의 산양과 같았다. 스승은 다만 고민과 갈등과 두려움으로 점철된 자기 삶의 내력을 조용히 들려줄 뿐이었다. 말씀을 듣는 동안 감옥 안과 밖의 구분이 사라졌고 마음의 움직임이 자유로워졌다. 밖으로 나와 보니 숲은 칠흑같이 어두운데 하늘에서는 별이 쏟아질 듯 눈부셨다. "세사에 시달려도 번뇌는 별빛이라." (조지훈, 「승무」) 나는 그때의 고민과 갈등이 내 실존의 증거임을 깨달았다. 스승이 가르쳐준 것이 아니라 스승과의 만남에서 터득한 것이다. 스승은 그런 존재다.

1746년 10월 16일 아침, 안정복은 광주의 텃골(지금의 경기도 광주시 광주읍 중대리) 집을 나섰다. 계절은 단풍으로 온 산이 붉은 가을이었고, 사람은 서른다섯 살 장년이었다. 목적지는 성호 이익이 사는 첨성리였다. 오래도록 별러왔던 일을 더 이상 미룰 수 없어 작심하고 길을 나선 것이다. 오늘날 안산시 상록구 이동 615번지에 자리 잡은 성호기념관 일대가 바로 이익이 살던 곳으로, 당시에는 광주부에 속해 있었다. 지금은 1시간에 도달할 수 있는 멀지 않은 거리지만, 당시에는 이배재를 넘어 과천과 인덕원을 거쳐 갔는데 중간에 하루를 묵어야 했다.

안정복은 이튿날 오후에야 첨성리에 도착했다. 산기슭 아래 지붕에 띠를 얹은 집이 있었는데, 마당 한구석에 있던 머슴이 나와 머리를 조아렸다. 그에게 물어 선생의 집임을 알고는 말에서 내렸다. 안에 알리게 하자 선생은 곧 그를 바깥채로 들게 했다. 앞에 한 칸은 토방으로 두었고 뒤에 두 칸은 방으로 꾸민 소박한 집이었는데, 이름은 육영재六楹齋였다. 기둥 여섯 개를 세워 세 칸 방을 꾸몄다는 말이지만, 그 이면에는 동서남북과 천지를 지탱하는 기둥이란 뜻도 숨어 있다. 학자에게 그 작은 집은 우주였다. 안정복이 절을 올려 예를 표하자 이익도 일어나며 공손하게 답례했다. 예가 끝나자 안정복은 조심스럽게 머리를 들어 이익을 보았다. 키는 보통이 넘었으며, 수염이 아름답고 눈빛이 형형했다. 머리에는 당건唐巾을 썼는데, 검은 명주 끈 두 갈래를 머리 뒤로 몇 자 남짓 늘어뜨렸다. 이때 이익은 66세였다.

의례적인 인사가 끝나자 이익은 찾아온 까닭을 물었고, 안정복은 이렇게 대답했다.

"나이가 마흔이 다 되도록 배움의 방향을 잡지 못하고 있습니다. 멀지 않은 곳에 선생님께서 강도講道하시는 곳이 있음을 알고도 성의가 부족해 10년을 마음에만 품고 있다가 이제야 찾아뵈었습니다."

이익은 가타부타 말없이 빙그레 웃을 뿐이었으나, 안정복은 이미 스승의 풍도를 느꼈다. 『대학』에 대해 문답하는 사이 저녁상이 들어왔다. 반찬은 새우젓 한 종지와 무김치 한 접시, 호박국이 전부였는데, 맛이 모두 짰다. 상 올림도, 물림도 모두 젊은 안정복에게 먼저 하도록 하였으니, 손님을 맞이하는 예로 대한 것이다. 상을 물리고는 학문을 논했다. 주제가 이리저리 옮겨가는 사이 새벽닭이 울었다. 두 사람은 그제야 나란히 자리에 들었고, 한숨 잔 뒤에 일어나 이야기를 이어갔다. 선생의 말씀을 안정복은 하나하나 마음에 새겨두었다. 그러는 사이 또 아침상이 들어왔다. 아침상을 물리고 돌아갈 것을 아뢰자, 이익이 말했다.

"쓸데없는 말이 많았는데, 가릴 만한 게 있으면 한번 생각해보길 바라오."

안정복이 일어서자 다시 당부했다.

"그대는 나이도 젊고 기력도 왕성하니 마땅히 지식에 힘써야 하오. 지식이 명확해지면 가는 길이 평탄할 거요."

안정복이 절을 올리자, 이익은 또 답례했다. 안정복은 왔던 길을 거슬러 광주 텃골 집으로 돌아갔다. 안정복은 중간에 하루를 묵어가며 이익을 찾아가 두 끼의 밥을 같이 먹었다. 계절은 가을과 겨울의 사이였고, 집은 겨우 세 칸 육영재였으며, 반찬은 새우젓에 무김치가 전부였다. 두 사람은 10월 17일 하룻밤을 같이 보냈을 뿐이지만, 이 밤을 기점으로 안정복은 먹구름 사이로 살짝 드러난 파란 하늘을 보았고, 이익은 자신의 정신을 맡길 사람을 얻었다. 두 사람은 서로 지기知己를 얻었던 것이다.

광주와 안산 사이 편지가 오가다

집을 드나들 때마다 습관적으로 편지함을 쳐다본다. 편지함은 늘 비어있고, 간혹 뭐가 들어 있어 열어보면 각종 고지서와 사용 내역서, 초청장과 안내 공문, 학회지 등속뿐이다. 내게 편지 보낼 사람이 없다는 사실을 뻔히 알면서도 눈길은 편지함을 거르는 법이 없다. 컴퓨터 앞에 앉으면 습관적으로 또 전자 편지함을 열어본다. 역시 각종 공식 안내문과 광고문, 도서 반납 독촉장 등으로 가득 차 있다. 늘 실망하면서도 주기적으로 전자 편지함을 연다. 그러다가 어느 안개 낀 날, 또는 단풍 빛

깔이 고운 계절에 장문의 편지를 보내오는 사람이 있다. 이런 날이면 내 마음은 촉촉하게 젖는다. 살아 있음을 만끽하며 시를 짓곤 한다. 편지는 시를 낳는다. 하지만 내 삶에서 갈수록 시는 사라지고 있다.

이듬해 9월 안정복은 다시 스승을 찾아가 하루를 묵어 돌아왔고, 그 이듬해 12월에는 이틀을 머문 뒤 돌아왔다. 40세 되던 1751년 7월에는 문병차 갔지만 조정의 일 때문에 그날로 돌아와야 했다. 42세 되던 1753년에는 스승을 찾아가기 위해 집을 나섰지만 하인이 탈이 나는 바람에 중간에 돌아와야 했다. 그 뒤로 두 사람은 다시 만나지 못했으니, 안정복이 이익을 모시고 가르침을 받은 것은 모두 합해 4일에 지나지 않았다. 그러나 그것으로 충분했다. 안정복은 정신을 기댈 큰 산을 얻었고, 이익은 자신의 뒤를 이어 흘러갈 강물을 확인했다.

두 번째 안산을 다녀온 안정복은 이익에게 편지를 보냈다. 편지를 받은 이익은 답서를 보냈다. 안정복은 이익을 스승의 예로 대했고, 이익은 안정복을 벗으로 여겨 일언반구도 함부로 말하지 않았다. 안정복은 질의했고 이익은 답변을 했다. 그렇다고 일방적으로 가르치고 배운 것은 아니다. 서로의 삶을 가득히 채워주는 대화를 나눈 것이다. 안정복이 두 번째 안산을 다녀온 1747년부터 이익이 죽기 전 해인 1762년까지 수십 통의 편지가 광주와 안산을 오갔다. 두 사람은 서로의 편지를 받으면 읽고 또 읽으며 글에서 상대방의 눈매를 보고 목소리를 들었다. 글씨에는 영혼이 묻어난다.

엎드려 살펴보매 자획이 떨리고 매끄럽게 글씨가 되지 않은 모양이 있으니, 혹 병환이 중하신 게 아닌지 억측을 해봅니다. 삼가 자세히 보고 여러 번 생각하노라니 사모하는 회포가 더욱 끝이 없습니다.

이번 달 16일 꿈에서 생시처럼 선생님을 모시고 가르침을 받았습니다. 깨어난 뒤의 서글픈 그리움을 어찌 다 형언할 수 있겠습니까!

각각 안정복이 40세와 48세 때 이익에게 보낸 편지의 일부이다. 편지를 읽던 안정복은 스승의 필체가 평소 같지 않음을 알아차렸다. 글자의 획에는 떨린 흔적이 있고, 힘이 없어 제대로 쓰지 못한 듯한 글자가 많았던 것이다. 안정복은 읽고 또 읽고, 생각하고 또 생각한 뒤 스승의 병환이 위중해졌다고 판단했다. 일단 그런 생각이 들자 근심과 사모의 정이 더욱 간절해졌다. 안정복은 편지에서 글자가 아니라 스승을 읽었던 것이다. 그 또한 이미 일가를 이룬 학자였지만 48세가 되어서도 꿈에서 스승을 모시고 대화를 나누었다. 두 사람의 대화와 서로를 향한 연모는 쉼이 없었다.

이익은 안정복의 편지에 일일이 답신을 보냈다. 현재 남은 것으로만 본다면 편지를 보낸 횟수도 더 많고, 그 내용도 더 긴 것이 많다. 역사에 관심이 컸던 안정복은 조선의 고대사와 역사서 편찬의 방향, 그리고 우리 역사에 무지한 조선의 현실 등을 집중적으로 물었다. 이익은 자신의 생각들을 조목조목 풀어 보냈다. 중국의 역사서를 근거로 우리의 역사를 억지로 끼워 맞춰 설명하는 풍토, 압록강 동쪽에서 고대사의 현장을 찾으려는 안이한 태도 등을 극력 비판하며, 안정복의 포부를 크게 격려했다. 한 나라의 통사 서술에 대한 자각과 논의와 성취가 초야에 몸을 숨긴 포의布衣의 선비들 사이에서 이루어진 것은 사실 안타까운 일이었다.

1753년 이익은 73세의 노구를 이끌고 광주로 안정복을 찾아가려 하다가 병환으로 포기한 적이 있었다. 이때의 심정을 그는 다음과 같이 말했다.

저번에 내가 몸이 안 좋아 가던 길을 멈춘 것이 안타깝지만, 벗들이 함께 강학하는 일이 꼭 한자리에 모여야만 되는 것이겠습니까? 각자 자기 공부에 힘써, 선현에게 들은 바를 존중하고 새롭게 알게 된 것을 실천하는 것은 한 가지 일일 뿐입니다.

그 나이에 한참 어린 제자 같은 벗을 찾아 나섰다는 사실이 놀랍다. 굳이 만나는 일에 연연하지 않는 자세에서는 달관한 학인의 풍모가 느껴진다. 두 사람보다 한 시대 앞서 살았던 김창흡金昌翕은 이렇게 말한 적이 있다.

사람이 늘 무리와 어울리더라도 갈고 닦는 바가 없다면 무익하다.

각자 스스로 자기 일에 힘쓴다면 비록 서로 보지 못한들 무엇이 슬프겠는가?

시대가 바뀌어도, 학문 경향이나 유파가 달라도 고독을 감내하며 성숙한 인격을 닦은 사람들의 생각은 통하는 모양이다.

1557년 이황은 찾아와 토론하고자 하는 정유일丁惟一에게, 얼굴을 맞대고 토론하는 것이 좋긴 하지만 서로 사정이 여의치 않을뿐더러 깊이 생각하여 조목조목 논점을 정리하는 편지만 못할 것이라고 이야기 했다. 퇴계를 지극히 존숭했던 이익은 안정복에게 편지를 보내면서 이황의 이 글귀를 이끌어 썼다. 79세 때의 일이다.

퇴계 선생께서 말씀하시길, "얼굴을 맞대고 토론하는 것이 좋지만 편지만 못하다"고 하였습니다. 한때 만나 말을 나눈다면 깊이 생각할 수도 없고 또 미루어 고찰하기도 힘듭니다. 우리들이 요즘 주고받는 편지는 황금이나 옥 구슬처럼 귀하니, 얼굴을 마주한들 무엇을 더 논할 수 있겠습니까? 이번에 인편을 바꿔가며 보내준 편지를 받으니, 긴 종이의 작은 글씨들이 우울한 마음을 흡족하게 달래 줍니다.

편지가 사라진 시대에 육필 편지가 지닌 인간미 묻어나는 아름다움을 생각해본다. 오늘도 우리 집 편지함은 비어 있다.

이익의 관찰과 안정복의 메모

이익의 집에는 알을 품는 닭 중 한쪽 눈을 잃은 놈이 있었다. 이 닭은 모이도 제대로 쪼아 먹지 못했고, 걸을 때면 자꾸 울타리에 부딪혔다. 사람들은 모두 새끼를 기르지 못할 것이라고 했다. 그래도 알이 부화해 병아리들이 태어났다. 이익은 새끼들을 다른 어미 닭에게 줄까 생각했지만 차마 그러지 못해 그냥 두고 보았다. 그런데 놀라운 일이 일어났다. 다른 어미 닭은 많은 병아리들을 잃었는데 반해, 그 닭은 새끼들을 모두 온전히 길러내는 것이었다. 그래서 닭들의 생태를 관찰한 끝에 그 이유를 알아냈다. 다른 어미 닭은 분주하게 벌레를 찾아다니고 솔개나 족제비 등을 살피느라 전전긍긍하다가 창졸간에 위급한 일이 닥치면 허둥거리다 새끼들을 잃었다. 여기에 비해 애꾸눈 닭은 늘 두려운 마음을 품고 사람에게서 멀리 떠나지 않고 한곳에 가만히 엎드려 있을 때가 많으니, 새끼들은 편안히 모이를 먹고 자랄 수 있었던 것이다. 애꾸눈 어미 닭의 생존법을 통해 이익은 세상을 살아가는 이치를 터득했다.

당시 사대부들은 글줄이나 읽으면서 놀고먹는 것이 습성이 되어 있었지만, 이익은 여러 가지 농법을 실행하며 농사를 지었다. 그래서 농촌의 사정은 물론 농작물에 대해서도 밝았다. 그러던 어느 날 마을 친족들과 함께 삼두회三豆會를 만들었다. 삼두는 콩으로 만든 세 가지 음식, 즉 콩죽과 콩장, 콩나물을 뜻한다. 이익은 이른바 3대 곡물, 즉 쌀·보리·콩 가운데 콩의 가치를 높게 보았다. 콩은 죽을 쑤면 그 양이

_ 김명국, 〈설중귀려도〉. 국립중앙박물관 소장

1.5배 이상 늘어나니, 20일 분량의 곡식으로 한 달을 먹을 수 있었다. 이에 정기적으로 콩죽과 콩장과 콩나물, 이 세 가지 음식만으로 배불리 먹고 헤어지는 모임을 꾸렸던 것이다.

이 두 예화는 이익의 생활 모습을 함축적으로 보여준다. 이익은 두 살 때 아버지를 여의었다. 어머니가 늘 약주머니를 차고 따라다니고, 열 살이 되도록 글을 배우지 못했을 정도로 병약했다. 26세 때에는 공부를 가르쳐준 둘째 형 잠潛이 역적으로 몰려 장살杖殺을 당했다. 이익은 이때 받은 상처와 충격이 너무 커서 평생 벼슬길에 나갈 생각을 못 했다. 일찍부터 벼슬을 포기하고 학문과 농업에 몰두한 이유이다. 초야에 묻혀 세계를 폭넓게 체험하지 못한 이익이 세상 이치를 터득한 방법은 독서 외에 관찰과 실험이었다. 그는 닭 같은 가축은 물론이고, 벌·나방·나무·기후 등 살아가면서 접하는 모든 사물과 현상을 주의 깊게 관찰했고, 그를 통해 삶의 원리와 이치를 터득했다. 그리고 가능하면 실험을 통해 명확한 증거를 얻으려고 노력했다. 이러한 자신의 기질을 그는 벽어축의癖於蓄疑, 즉 병적일 정도로 의심나는 일을 쌓아두고 탐구하는 것이라고 고백한 바 있다.

노자는 "집 밖을 나서지 않아도 천하의 일을 안다"고 했고, 소강절은 "고요한 곳에 처하여 세상의 움직임을 살핀다"고 말했다. 모두 이익에게 들어맞는 말들이다. 『성호사설』을 비롯한 이익의 방대한 저술은 모두 이러한 관찰과 실험의 산물이다.

안정복의 서재에는 두 개의 큰 바구니가 있었다. 하나는 초서롱鈔

書籠이고, 다른 하나는 저서롱著書籠이다. 초서롱은 남의 책을 요약 정리한 종이를 넣어두는 바구니이고, 저서롱은 자신의 생각을 기록한 종이를 담아두는 바구니였다. 안정복은 귀한 서적이 있다는 말만 들으면 어떻게 해서든 그 책을 빌려 와 밤낮으로 베껴 쓰곤 했다. 아무리 잔글씨라도 마다하지 않았으며, 자기 혼자 하기 어려우면 남의 손을 빌려서라도 다 베껴 쓴 다음에야 그만두었다. 병난다고 가족들이 말려도, 헛고생한다고 친구들이 비웃어도 그만두지 않았던 것은 당장 한 권 책의 맛을 느끼는 것이 가장 즐거웠기 때문이다.

남의 책을 베끼면서 드는 생각들, 독서 감상, 자료를 분류하고 비교하면서 새롭게 알게 된 사실들, 여러 삶의 느낌과 체험 등을 적은 종이는 저서롱에 담았다. 화가 났다가도 책만 읽으면 기분이 좋아지고, 병이 들었다가도 나을 정도로 안정복은 책을 사랑했다. 선현의 책들은 펼칠 것 없이 어루만지기만 해도 행복했다. 그러다 보니 물이 차면 넘치듯 가슴에서 무엇인가가 넘쳐흘러 나오는 것 같았다. 안정복은 이 넘치는 것들을 버릴 수 없어 또 밤새도록 종이 위에 하나하나 적어서 저서롱에 넣었다. 사람들이 미치광이라고 비웃어도 그 글들은 자신의 분신이자 소중한 자식이었다. 『동사강목』을 비롯한 안정복의 방대한 저술은 모두 이 끊임없는 메모에서 비롯된 것이다.

안정복은 충청도 제천에서 태어났다. 집안 형편이 여의치 않아 서울·전라도·경상도 등지를 전전하며 자랐다. 25세 되던 해에 경기도 광주 텃골에 자리를 잡았다. 세상 형세가 상서롭지 않아 과거를 포기하고 학문에 마음을 쏟았다. 29세 때 읊조린 "오늘 산에 사니 무슨 일이 좋더냐, 세상의 명예 이익 하나도 안 들리네"란 시구가 당시 그의 마음을 말해준다. 그가 살았던 텃골은 성남에서 광주 방향 3번 국도를 따라 갈마터널을 지나 3km쯤 달리면 왼쪽에 보이는 영장산 부근으로, 그 중턱에 그의 유택이 있고 그 자락에 그가 강학하던 이택재麗澤齋가 자리잡고 있다.

남기신 책을 안고

이익이 1763년 83세를 일기로 세상을 떠났을 때 안정복은 52세였는데, 병환에 시달리고 있어 먼 길을 나서기가 어려웠다. 달려가 몸소 염을 하고 장례 일체를 지키고 싶은 마음 간절했지만, 부득이 아들을 대신 보내 스승의 영전에 글을 올렸다. 다음은 그 일부이다.

아, 소자가 선생님 문하에 이름을 맡긴 18년 동안 선생님의 얼굴을 뵌 적은 드물었지만 손수 편지를 써 가르쳐주신 것은 빈번하였습니다. 『소학』과 『시경』과 『예기』를 읽으라 권면하셨고, 명예를 감추고 실질에 힘쓰는 공부를 해야 한다고 경계하셨습니다. 부지런히 이끌어주셨으나 아직도 어리석음을 깨치지 못하고 있으니, 그 은의가 깊고 무거워 두려운 마음으로 몸가짐을 가다듬고 있습니다. 『동사강목』을 편찬할 때에는 조금도 남기지 않고 꼼꼼하게 지도해주셨습니다. 강역이 찬락되어 확정되지 않았던 것과 의리가 은미해 잘 드러나지 않았던 문제에 있어서는 모두 선생님의 가르침을 받지 않은 것이 없습니다. 『성호사설』의 경우 외람되이 부탁을 받았으니, 이 책은 선생님의 호한浩瀚한 식견과 의리가 담긴 집이라 할 것입니다. 비록 번쇄한 것을 덜어내라 이르셨지만 저의 좁은 소견으로 어찌 능히 하늘과 바다의 깊고 넓음을 헤아릴 수 있겠습니까? 열 권의 책을 만들어 올리려 했으나, 책이 이루어지기도 전에 부음을 받고 말았으니 남기신 책을 끌어안고 더욱 슬퍼합니다.

18년 동안 겨우 세 번에 걸쳐 나흘을 만났고, 마지막 12년 동안은 아예 얼굴도 보지 못했다. 그래도 대화는 면면히 이어졌고, 서로에 대한 신뢰는 산악처럼 무거웠다. 『동사강목』에는 스승의 가르침이 배어 있고, 『성호사설』에는 제자의 손길이 묻어 있다. 똑같이 곡절 많은 유년기를 겪었고, 25세를 전후해서는 과거를 포기하고 학문을 선택했으며, 병약했으나 80세 이상 수를 누리며 방대하고도 값진 저서를 남긴 닮은꼴 사우師友인 두 사람을 나는 경외한다. 광주에 사는 나는 간혹 안산으로 일을 보러 가는 때가 있는데, 그때마다 두 분 선생의 정신이 오간 길을 되밟는다는 감회에 사로잡히곤 한다.

북경에서의
한 점 인연과 긴 여운

나빙과 박제가

나빙(羅聘, 1733~1799)　　중국 청淸나라 때 사람으로, 호는 양봉兩峰 또는 화지사승花之寺僧. 강소성江蘇省 양주揚州에서 성장했다. 양주는 당시 부유하고 문화 수준이 높은 도시였는데, 전통적인 속박을 벗어던진 자유로운 화풍이 유행했다. 나빙은 그러한 화풍을 대표하는 화가이자 문인이었다.

박제가(朴齊家, 1750~1805)　　본관은 밀양, 호는 초정楚亭. 홍대용, 박지원, 이덕무, 유득공 등과 함께 북학파를 형성한 학자이자 문인이다. 규장각 검서관으로 국가적인 편찬 사업에 참여했으며, 북경 사행을 계기로 불후의 명저 『북학의』를 지었다. 그의 사상은 북학파 중에서도 가장 급진적이고 개혁적이었다.

그림 속 인물과 대화를 나누다

그림 속에 한 사나이가 서 있다. 팔자로 벌린 두 다리에는 힘이 단단히 들어가 있어 아무리 밀어도 넘어지지 않을 것 같다. 키는 과히 크지 않으니 대지에 가까이 밀착해 있는 느낌이다. 철릭을 입었고, 허리에는 남색 전대를 찼다. 허리가 두툼하여 힘깨나 쓸 법해 보인다. 수북한 수염에 가려진 넓은 턱 선과 다문 입에는 단호함과 함께 고집이 배어 있다. 바깥으로 약간 갈라진 크지 않은 눈과 양쪽으로 치켜 올라간 짙은 눈썹은 무인의 용맹한 기질을 보여주는데, 시원시원하게 넓은 미간 때문에 사나워 보이지는 않는다. 눈썹 끝의 모습이 그가 쓴 글씨의 필획을 닮아 있어 흥미롭다. 머리에는 전립氈笠을 썼는데, 꼭대기에 공작 깃털이 달려 있다. 이마는 전립에 가려 다 보이지 않는다. 시선은 45도 방향으로 오른쪽을 향해 있다. 가만히 보고 있다가 기질이 서로 통하면 그도 고개를 돌려 내 눈을 본다. 그리고 우리는 대화를 나눈다.

이 그림은 청나라의 화가 나빙羅聘(1733~1799)이 그린 박제가朴齊家 (1751~1805)의 전신상이다. 박제가는「소전」小傳이란 글에서 자신의 삶을 함축적으로 그려낸 바 있다. 그림을 보다가 이 글을 읽으면 둘 사이에 빈틈이 느껴지지 않는다.

『대학』大學의 뜻을 취해 제가齊家라 이름 지었고,「이소」離騷의 노래에 뜻을 부쳐 따로 초정楚亭이라 하였다. 물소 이마에 칼날 눈썹을

하고 있으며, 눈동자는 검고 귀는 하얗다. 고독하고 고매한 사람만을 골라 더욱 가까이했고, 부귀한 사람들은 바라만 보아도 더욱 멀어졌다. 그러므로 뜻이 맞는 사람이 적었으며 늘 가난했다. 어려서는 문장을 배웠다. 자라서는 경제의 방책을 좋아해 몇 달씩이나 집에 돌아가지 않았지만 세상 사람들은 아무도 알아주지 않았다. 고명高明한 것에 마음을 쏟느라 세상 업무를 버려두었고, 명리名理를 종횡무진 탐색했으며, 그윽하고 신묘한 일에 깊이 잠심하였다. 백대百代 이전의 사람들과 마음을 주고받았으며, 만 리 밖의 세계를 마음껏 누볐다. 구름 안개의 기이한 모습을 보고, 온갖 새들의 새로운 소리를 들었다. 멀리는 산천과 일월성신에서부터 작게는 초목과 충어상로蟲魚霜露에 이르기까지, 날마다 변화하지만 그 연유를 알지 못하는 것들이 가슴속에 하나하나 정돈되어 있다. 언어로도 그 실상을 다 표현할 수 없고, 구설로도 그 맛을 말하지 못한다. 스스로는 홀로 터득했다고 생각하는데 아무도 나의 즐거움을 알지 못한다. 아아! 외모는 머물러도 떠나는 것은 정신이요, 뼈는 썩지만 마음은 남을 것이다. 나의 말을 알아듣는 자는 아마 생사와 허울뿐인 이름의 밖에서 노니는 사람일 것이다. 그러니 내 말을 듣고 내 마음을 안다면 시대와 공간을 물론하고 나를 아는 사람이라 할 것이다.

그의 이름인 제가와 호인 초정에는, 치국의 이념과 소외된 자의 슬품 사이의 불일치와 거리가 놓여 있다. 어쩌면 이것이 박제가의 역사적 운명일지도 모른다. 물소 이마와 칼날 눈썹은 그림에 보이는 모습 그대로이다. 젊어서는 문학에 심취했지만 30세 무렵부터는 경제학에 전심했다. 1주일에 4~5일씩 숙직을 서며 몇 달 동안 힘들게 지어낸 것이 바로 불후의 명저 『북학의』였다. 하지만 그걸 알아주는 사람은 아무도 없었다. 자기가 좋아하고 잘 아는 세계에 빠져들수록 세상과의 거리는 멀어졌고, 이 때문에 그는 고독했고 괴로웠다. 그 시대에 절망한 박제가는 결국 정신과 마음만을 남겼다. 그 마음을 느끼고 그 정신을 이해한다면 박제가의 천고지기千古知己가 될 수 있으니, 그건 누구에게도 예외가 아니다.

자기 시대와 천 개의 산봉우리를 사이에 두고 살았던 박제가는 몇몇 벗들과의 사귐을 통해 삶의 위안을 얻었는데, 그 벗 중의 하나가 바로 북경에서 만난 화가 나빙이다. 짧은 순간이었지만 두 사람은 강렬한 일체감을 느꼈다. 그걸 어떻게 아는가? 나빙이 그린 초상화와 박제가가 쓴 「소전」을 맞추어보면 알 수 있다. 나빙은 박제가의 형상에 그의 정신을 오롯하게 담아냈던 것이다. 박제가는 북경에서 나빙의 대나무와 난초 그림에 시를 써준 적이 있다.

도인이 대나무를 그릴 적에는 　　　　道人畵竹時

색상에서 붓대를 일으키지만 　　　　還從色相起

그대 보게 그려진 대나무 모습 　　　　君看竹成後

신묘함은 외양에 있지 않다네	妙不在形似

찾는 사람 없다 말하지 마오	莫說無人采
향기가 없어서도 아니랍니다	非關爾不香
애오라지 외로운 꽃받침으로	聊將一孤萼
웃음 띠며 봄빛에 인사를 하네	含笑答春光

차례로 대나무와 난초를 읊었다. 화가는 대나무를 보고 붓을 들지만, 정작 그림에 담은 것은 대나무의 꼿꼿한 정신이다. 흉중성죽胸中成竹이라, 그것은 바로 화가의 정신인 것이다. 난초는 깊은 산 외진 곳에 홀로 피어 있어 찾아주는 사람이 없다. 하지만 그건 향기가 없어서가 아니요, 세속 사람들이 다가가기 어려운 고매함 때문이다. 속인들이 다가오지 못하는 곳에서 난초는 봄빛과 마음을 나눈다. 나빙이 박제가의 형상을 그리면서 그의 형형한 정신을 담아냈듯, 박제가는 나빙의 대나무와 난초 먹그림에서 꼿꼿하고 고매한 그의 정신을 읽었다. 두 사람은 언어와 형상의 밖에서 정신을 나눈 것이다.

박제가, 북경에 가다

박제가는 서얼이었다. 지금 남은 족보를 살펴보면 그의 어머니는 출신

성분도 알기 어려울 정도로 신분이 낮았다. 입신을 하는 데 있어 조선 시대의 서얼 신분은 지금의 학력 격차보다 더 큰 한계이자 장애였다. 그는 태생적으로 슬픈 운명을 지니고 태어났으며, 성장하면서 그런 자신의 처지에 절망했다. 이를테면 박제가는 현실 속의 홍길동이었던 셈이다. 홍길동이 세상과 타협하지 못해 활빈당을 만들었듯이, 박제가는 뜻이 통하는 동류들과 어울리는 가운데 위안을 얻었다. 젊은 시절 박제가의 가슴속은 부조리한 현실과의 불화에서 생기는 울분으로 가득 차 있었다.

폭발 직전의 울분은 30세 되던 해 정조 임금에 의해 규장각 검서관으로 임명되면서 얼마나마 해소될 수 있었다. 검서관이라고 해봐야 임시로 설치된 미관말직이었지만, 박제가를 비롯해 이덕무李德懋·유득공柳得恭 같은 인사들에게는 오랜 가뭄 끝에 만나는 단비와도 같은 것이었다. 종로나 혜화동의 좁은 골목 작은 방에 모여 능력을 썩히던 이들은, 친히 임금을 모시고 이런저런 행사에 참여했으며 규장각에 소장된 귀한 책들을 마음껏 볼 수 있었다. 이것은 박제가의 인생에서 오른발에 묶여 있던 족쇄가 풀린 2차 해금이라고 할 수 있다.

왼발에 묶였던 족쇄는 그보다 한 해 전에 먼저 풀렸다. 박제가는 1778년 3월 청나라에 가는 사신을 수행할 기회를 얻었다. 왕복 6천 리를 오가는 넉 달간의 이 여행을 통해 그의 시야는 조선을 벗어났다. 북경에 가까워지면서, 즉 청조 문물의 정수를 접하면서 박제가는 좋아하는 시도 한 편 쓰지 않고 부지런히 다니며 이런저런 것들을 세심하게 관찰했다. 숙소에서는 그날의 견문을 소상하게 메모했다. 6월에 귀국한 뒤에는 궁궐에서 숙직을 설 때나, 시골 전장에 가 있을 때를 막론하고 북경에서의 체험을 바탕으로 조선의 경제·사회 개혁을 위한 집필에 전념했다. 이렇게 해서 탄생한 것이 바로 오늘날 필독서로 꼽히는『북학의』이다. 박제가는 의사처럼 당시 조선의 병증을 진단하고 처방을 내렸다. 이 진단에 따르면 당시 조선 사회는 대대적인 수술과 극약 처방이 필요할 정도로 중상이 심각했다.

하지만 기대한 바와 달리 그의 처방은 채택되지 못했고, 박제가는 관직을 오가면서도 현실의 벽에 가로막혀 30대 10년을 우울하게 보냈다. 그것은 경계에 어정쩡하게 놓인 사람에게 생기기 쉬운 일종의 무력감이었다. 그는 양반과 평민 사이에 있었으며, 벼슬을 안 한 것은 아니지만 뜻을 펼칠 수 없는 자리였으니 자리를 얻었다고도 말할 수 없었다. 청년 시절의 혈기는 스러져가는데, 아직 노년의 달관에 이르지는 못했다. 그런 가운데 옷자락의 먼지를 털 일이 생겼으니, 2차 연행의 기회가 찾아온 것이다. 박제가는 지체 없이 길을 떠났다. 5월에 떠나 10월에 돌아왔는데, 정조는 동지사행단을 따라 다시 북경에 다녀오라고 명했다. 결국 며칠 쉬지도 못하고 또 길을 떠나 이듬해인 1791년 3월에야 돌아왔으니, 근 열 달을 길 위에서 보낸 셈이다.

박제가에게 이 여정은 고통이 아니라 오히려 행복한 체험이었다. 이번에는 저술을 구상하지 않고 두루 사람들을 만났다. 사막에서 갈증에 시달리던 사람이 오아시스를 만난 것처럼, 굶주린 사자가 사슴 떼를 만난 것처럼, 그는 닥치는 대로 북경의 명사들을 만나 술을 마시고 필담을 나누며 시문을 주고받았다. 박제가가 뒤에 인상 깊게 기억한 사람만도 100명이 넘었다. 한중 교류가 시작된 이래 이렇게 많은 중국인들을 사귄 사람은 없을 것이다. 그렇다고 그 사람들이 저잣거리의 무명소객들도 아니었고, 또한 무성의하게 스쳐 만난 것도 아니었다. 뒷날 그 사람들은 조선 사신을 만나면 으레 박제가의 안부를 묻곤 했다. 박제가는 가능한 한 많이, 그리고 정성을 다해 중국 사람들과 교류했다. 그것은 일종의 보상 심리였다. 그는 교감하고 소통할 사람들에 굶주려 있었다. 홍길동이 결국 조선 땅을 벗어나 바다 밖 섬을 찾았듯이, 박제가는 북경에서 울울한 심사를 보상받고 싶었던 것이다.

청나라의 문물과 인사들에 대한 박제가의 집착은 거의 병적인 수준이었다. 보다 못한 이덕무가 지나친 당벽唐癖이라며 자제를 당부했을 정도였다. 아무리 그래도 박제가의 태도는 바뀌지 않았다. 그것은 호사 취향이 아니라 실존을 위한 절박한 몸부림이었기 때문이다. 감정을 애써 숨기지 않고 곧장 질러 말하는 박제가의 기질은 일반 유자들은 물론이고 절친했던 이덕무 같은 아사雅士들과도 현저하게 달랐다. 격정적이어서 때로는 과격해지는, 에두르지 않고 문제의 핵심을 곧장 파고드는 시원시원한 언행은 박제가의 가장 박제가다운 점이다.

유리창 관음각의 이별 정경

박제가 일행은 1790년 8월 한 달간 북경에 머물다가 9월 4일 귀국길에 올랐다. 떠나기 며칠 전 박제가는 나빙을 만났다. 두 사람은 이미 전에도 만났던 적이 있었다. 나빙은 박제가에게 매화 그림 한 폭을 그려주었다. 옛 등걸에 꽃이 무성한 매화였다. 그림 아래엔 시를 적었다.

한 가지 매화 그림 옥인께 드리나니	一枝蘸墨奉淸塵
꽃 좋으면 뼛속 깊은 가난을 상관하랴	花好何妨徹骨貧
살얼음에 잔설 남는 계절이 찾아오면	想到薄氷殘雪候
숲 아래 물가 사람 반드시 그리리라	定思林下水邊人

시 다음에는 "차수次修(박제가의 자) 검서관이 조선으로 돌아갈 때가되었으니 이 소폭 그림으로 전송하여 이별하는 뜻을 나타낸다"고 적어그림을 그려주는 뜻을 설명했다. 나빙은 눈 속에서 피는 매화를 그려, 빈한한 가운데서도 풍류와 운치를 잃지 않았던 박제가를 담아낸 것이다. 3, 4구에서는 얼음이 얇아지고 쌓인 눈이 점차 녹아 잔설만 남은 겨울 끝 무렵, 즉 매화 피는 계절이 찾아오면 멀리 그대를 그리워할 것이라고 하였다.

나빙은 매화 그림으로도 자신의 깊은 정을 다 표현하지 못하자, 박제가의 전신상을 그리고 또 거기에 두 수의 시를 적었다.

삼천 리 밖 조선 사람 이렇게 만났으니	相對三千里外人
아사 만남 흔쾌하여 그 모습 그렸다오	欣逢佳士寫來眞
사랑스런 그대 운치 어디에다 견줄거나	愛君丰韻將何比
매화의 화신임을 분명히 알겠구나	知是梅花化作身

어인 일로 그대와는 보자마자 친해졌나	何事逢君便與親
떠난단 말 홀연 듣고 인생고초 말했다오	忽聞別我話酸辛
이제부턴 아사라도 담박하게 대하리라	從今淡漠看佳士
이별의 아픈 마음 정신 가장 다치나니	唯有離情最愴神

말도 잘 통하지 않고 나이도 자식뻘쯤 되는 조선 선비 박제가를, 나빙은 매화 같은 사람으로 보았다. 두 사람은 만나자마자 친해졌고, 그래서 헤어지는 아픔이 더욱 심했다. 삶에서 합일은 이렇게 섬광처럼 왔다 사라지는 것이 아닌가? 나빙은 박제가가 떠난다는 말에 인생의 괴로움을 이야기했고, 아무리 아름다운 선비를 만나도 다시는 정을 주지 않으리라고 다짐까지 했다. 두 사람은 8월 18일 처음 만났는데, 이때 박제가는 조선에서 가져온 그림을 꺼내놓고 대화를 나누었다. 두 번째 만남인 이 자리에서 나빙은 그림을 그려주었고, 헤어진 뒤에는 그리운 마음을 담아 시를 보냈다.

겨우 두 번 그대와 만났었는데	兩度與君逢

생각하매 이제 그댄 떠나고 없네	思之今已去
우리 사이 길 멂을 한하지 않고	不恨道路長
그대 홀연 떠나감을 한탄한다오	恨君別我遽
풋 잠결에 그대를 만났었는데	假寐忽見君
서두르며 몇 마디 이야기했소	蒼茫與君語
모르겠네 그대도 꿈을 꾸면서	未知君夢中
혹시 나를 만나지 않았던가요	遇我還未遇

겨우 두 번 만났지만, 꿈속에서 만나 대화를 나눌 정도로 나빙은 박제가에게 흠뻑 젖어 있었다. 이때 나빙은 56세, 박제가는 40세였다. 놀랍지 않은가, 그 나이에 이토록 신선한 사랑에 빠질 수 있다는 것이. "나는 꿈속에서 그대를 만나 이야기를 나누었는데, 그대도 혹시 꿈속에서 나를 만나지 않았소?" 하고 묻는 말이 정겹기 그지없다.

그렇다면 나빙에 대한 박제가의 태도는 어떠했을까? 박제가는 나빙과 헤어지고 나서 몇 편의 시를 부쳤다. 다음은 그중 두 수이다.

천 년에 짧은 이별 술은 갓 깨어나고	千年小別酒初醒
사해에 벗 논하니 마음 온통 환했다오	四海論交眼盡靑
내 보물 모두 다 산 것이 아니어니	我貨都非銀子買
허름한 시낭 화축 가벼이 미소 짓네	詩囊畵軸笑零星

누런 주렴 선방의 독서성을 떠올리니	緗簾禪室憶書聲
꿈결에도 매화는 눈에 환히 비치누나	夢裡梅花照眼明
수레 오른 오늘 마음 시원치 아니함은	今日登車心不快
보내주신 시구에 이별의 정 울려서라	薄氷殘雪動離情

가난했던 박제가는 책이든 서화든 변변하게 사지 못했다. 그 대신 그의 시 주머니에는 나빙을 비롯한 북경의 문사들에게서 받은 시가 들어 있었고, 화축에는 나빙이 그려준 몇 폭의 그림이 말려 있었다. 그것들은 모두 마음을 주고받은 우정의 증거였다. 숙소에 돌아온 박제가의 귓전에는 선방에서 글 읽던 나빙의 목소리가 떠나지 않았고, 잠을 잘 때에는 나빙이 그려준 매화가 눈부셨다. 이 말은 "혹시 꿈에 나를 만나지 않았소?"라는 나빙의 물음에 대한 대답이기도 하다.

다시는 못 만날 것 같았던 두 사람은 해가 바뀌기도 전에 다시 만나는 행운을 누렸다. 앞서 언급한 것처럼 귀국길에 올랐던 박제가가 도착하자마자 정조의 특명을 받고 동지사행단과 함께 북경에 왔기 때문이다. 두 사람은 재회의 기쁨을 만끽했고, 다시 헤어지는 슬픔도 맛보았다. 1791년 박제가가 귀국한 뒤 두 사람은 인편을 통해 편지와 선물을 주고받으며 우정을 이어 나갔다. 박제가가 청심환과 일본산 먹 등을 보내주면, 나빙은 고대 청동기에 새겨진 글씨를 탁본해 보내주었다. 나빙은 박제가의 생일이면 시를 쓰며 멀리 있는 친구를 기렸고, 박제가도 간혹 서쪽 하늘을 보며 나빙을 그리곤 했다.

1801년 박제가가 네 번째로 북경에 갔을 때 나빙은 이미 죽고 없었다. 박제가는 나빙이 있던 곳을 찾아 위패를 놓고 제사를 지내며 곡을 하였다. 어떤 사람이 이를 보고 놀렸다.

"당신은 동국에서도 돈을 없애가며 벗의 제사를 지내주었소?"

박제가는 이렇게 대답했다.

"인생에서 가장 중요한 것은 마음을 알아주는 벗이니, 돈을 쓰고 안 쓰고는 따질 바가 아니오."

일찍이 사마천은 "한 사람은 살고 한 사람은 죽었을 때 그 사귐의 정을 알 수 있다"고 했다. 헤어질 때만 이야기한 것은 이별 속에 만남이 다 들어 있어, 헤어지는 모습만 봐도 그 사귐의 깊이를 알 수 있기 때문이다. 나빙에 대해서만 말하고 박제가에 관해서는 구구절절 말하지 않음은, 벗은 서로에게 거울과 같으니 한 사람을 보면 다른 사람도 알 수 있기 때문이다.

귀기 어린 천재 화가, 나빙

나빙의 자는 돈부遯夫, 호는 양봉兩峯이다. 꿈에 어떤 절에 들었는데 화지사花之寺란 편액이 걸려 있었다. 자신이 전생에 주지였던 절이라는 생각이 들어 그때부터 자신을 '화지사승'花之寺僧이라 불렀고 낙관에도 그 이름을 사용했다. 강소성 양주 출신으로, 이 일대에 살면서 독창적인 화풍을 자랑했던 양주팔괴揚州八怪 가운데 한 명이다. 역시 양주팔괴의 한 사람으로 꼽히는 김농金農에게서 배웠는데, 제자로 입문할 때 시를 폐백으로 삼았던 것으로 유명하다. 부인 방완의方婉儀도 시와 그림으로 명성을 떨쳤다.

나빙은 40대 후반 이후 죽기 전 해인 1798년까지 거의 20년간 고향을 떠나 북경에서 살았다. 박제가를 만난 것도 이때의 일이다. 그는 당대에 이미 시와 그림으로 이름을 날렸고 북경의 명사들과도 가까이 지냈지만, 일반적인 생각과는 달리 그의 살림은 가난하고 누추했다. 고향에 돌아가고 싶어도 여비가 없어 떠나지 못한 적도 있을 정도였다. 번듯하게 세간을 갖추기는커녕 이 집 저 집을 떠돌아다닐 때가 많았다. 박제가에게 보낸 편지나 주변 사람들의 증언으로 볼 때, 그가 주로 묵었던 곳은 유리창琉璃廠 근처에 있던 관음각觀音閣이었을 가능성이 크다. 박제가와 만나 그림을 그려주고 시를 주고받았던 곳도 아마 이곳이었을 것이다. 가끔 북경에 가면 유리창을 거닐며 관음각 자리를 물어보곤 하지만 아직은 그 자취가 묘연하다.

그는 어려서부터 귀신을 잘 보았다고 한다. 남들이 좋는 것을 좋지 않고 오히려 아무도 보지 못하는 귀신을 혼자 보았으니, 그의 삶이 평탄치 않았으리라는 것은 쉽게 짐작할 수 있다. 그는 귀신 체험을 바탕으로 〈귀취도〉鬼趣圖를 그렸는데, 의도치 않게 이것이 그의 대표작이 되고 말았다. 나빙은 당시 독창적인 문학론으로 이름난 원매袁枚와도 교분이 깊었다. 원매는 이 〈귀취도〉에, "나는 괴기서를 편찬하여, 『자불어』子不語라 했는데, 자네의 귀신 그림 보고 나니, 귀신 모습 어떤 줄 알겠네. 이런 취미 알아줄 자 그 누구런가, 세상에 오직 나와 그대뿐이리라"라는 시를 적었다. '자불어'子不語란 "공자는 괴력난신怪力亂神에 대해서는 말씀하지 않으셨다"라는 『논어』의 한 구절에서 따온 말이다. 공자의 권위에 정면으로 딴지를 건 제목이다. 그 시절에 두 사람은 남들이 보지 못하는 것을 보았으니, 그것을 귀신이라고 불러도 크게 틀리지는 않을 것이다.

나빙은 외양이나 형식에 얽매이지 않았다. 한번은 주자영朱子穎이라는 사람이 나빙에게 초상화를 부탁한 적이 있었다. 이에 나빙은 대숲을 그려 보내주었다. 극단적인 정신의 표현인 셈이다. 언젠가는 원매의 초상화를 그려준 적이 있었다. 하지만 원매의 가족들은 다 그림이 실물과 다르다고 말했다. 초상화로서는 치명적인 결함이 아닐 수 없었다. 이에 원매는 그 그림을 짧은 글과 함께 돌려보냈다.

양봉거사가 나를 그려주고는 나라고 했지만 가족들은 내가 아니라고 하여 결판이 나지 않네. …… 성인도 두 모습이 있고 나 또한 두 모습이 있으니, 가족들 눈 속의 나와 양봉의 그림 안에 있는 나일세. 사람들은 그걸 깨닫지 못하네. 내가 내 모습을 알지 못하는 것은 양봉이 자기 그림을 알지 못하는 것과 같네. 그렇다면 보는 사람의 잘못인가, 그린 자의 잘못인가? 아니면 원래의 내 모습이 이러한데, 나를 낳은 하늘이 잘못한 것인가? 금생의 내가 그림 속의 나와 같지 않지만, 전세와 후세의 내가 이와 같지 않다고 장담할 수 있을까? 그러므로 양봉은 지금 세상의 모습을 버리고 먼 세상의 모습을 취하여 선천과 후천의 모습과 부합되게 그린 것인가? 그렇다면 그림이 나와 닮았는가 닮지 않았는가는 따질 것이 못 될 걸세. 가족들이 나와 다르다고 하는 데도 집에 두면, 부엌에서 불 때는 늙은이나 문 앞에서 장을 파는 늙은이로 여겨 불태워 버릴 것이 틀림없네. 양봉거사는 나를 그렸으니 양봉의 집에 두면 벗을 사랑하는 마음으로 그림도 사랑할 것일세. 장차 〈귀취도〉 및 동심冬心·용홍龍泓 두 선생의 그림과 함께 영원히 진귀하게 대접받을 것이니, 이는 두 모습의 나 중 하나의 행운일세. 그러므로 내가 간직하지 못하고 양봉에게 맡겨 나와 양봉을 아는 세상 사람들로 하여금 아울러 살펴보게 하려네.

그 글이 또한 명문이거니와 두 사람의 장단이 착착 맞아, 먼 뒷사람까지 자신도 모르는 사이에 웃음 짓게 만든다. 더 이상의 설명이 필요치 않다. 친구의 친구는 친구다. 좋은 친구를 새로 사귀면 그 친구와 관계를 맺고 있는 또 다른 친구도 얻는다. 박제가를 가까이하니 나빙을 알게 되었고, 나빙과 친해지니 원매와도 사귀게 된 셈이다. 물론 여러분이 박제가와 친구가 되었다면 나빙·원매와 친구가 되는 것 또한 어렵지 않을 것이다.

지워지지 않는 순간의 눈빛

2003년, 연행로 답사의 일환으로 열하熱河에 갔다. 우리에게 열하를 소개해준 현지 안내인은 리밍李萌이라고 하는 사람이었다. 겉모습만으로는 결혼을 했는지 안 했는지, 즐거운지 우울한지 잘 분간이 안 되는 묘한 분위기를 지닌 서른 살쯤 된 여인이었다. 입은 꼭 다물어 말이 적었고, 표정은 다소 우수 어린 듯하면서도 자존심이 강해 보였다. 열하 행궁의 호수에서 유람선을 탔다. 도통 말이 없던 그녀는 묻지도 않았는데 자신은 만주족의 후예라며 만주어로 노래까지 불러주었다. 작고 가느다란 목소리가 호수 위를 미풍처럼 미끄러져 흩어졌다. 만주어로 아가씨를 '끄어끄어'라고 말해준 것으로 보아 당시는 결혼 안 한 처녀였음에 분명하다. 어쨌든 노래를 마친 그녀는 수줍은 듯 가만히 호수 위로 시선을 내렸는데, 그 모습에서 또한 짙은 우수가 풍겨졌다.

만주족의 언어와 문화에 관심이 깊었던 나는 그녀의 표정과 몸짓에서 만주족의 과거를 읽었고 짙은 연민을 느꼈다. 하지만 말이 통하지 않으니 마음만 답답했다. 고심 끝에 흔들리는 배 위에서 명함을 꺼내 그 뒷면에 한문과 백화문을 뒤섞어 급히 몇 자 적었다.

我深愛滿族的歷史和文化, 又認爲滿朝兩族是舊友. 請你暢達滿族的
文化和言語!
나는 만족의 역사와 문화를 깊이 사랑한다. 또 만족과 조선족은 오랜 친구라고 생각한다. 모쪼록 당신이 만족의 문화와 언어를 창달시켜주기 바란다.

메모를 읽은 그녀는 나를 보더니 살짝 고개를 끄덕였다. 나는 그녀의 눈빛에서 비애와 결연함을 느꼈다. 비록 더 이상 대화가 불가능해 속절없이 자리로 돌아왔지만, 그때 말없이 고개를 끄덕이는 순간의 표정은 영원한 것이었다. 우리는 짧은 순간 무언의 교감과 영원한 신뢰를 나눈 것이 아닐까? 나는 지금도 그녀의 표정을 통해 만족의 역사와 문화를 읽곤 한다.

친구와 포도주는 묵을수록 좋다고 한다. 물론 그럴 것이다. 하지만 우정이란 사랑과 같아서, 때로 묵은 인연은 관습과 습관에 구속되기도 한다. 반대로 무심결에 밤하늘을 보다가 별똥별을 포착하는 순간의 희열처럼, 사랑과 우정은 낯선 곳에서 예기치 않게 다가오곤 한다. 살다보면 누구에게나 몇십 년을 벗으로 지내온 사람보다도, 여행길이나 선술집에서 잠깐 만난 사람이 깊은 인연으로 다가올 때가 있는 법이다. 그런 만남은 대개 길게 이어지지 못하는데, 인연을 이어갈 수 없기 때문에 그 단 한 번의 만남이 평생 지워지지 않는 기억이 된다. 박제가와 나빙의 우정은 그래서 더 뜨겁고 아름답다.